猫先生

尚 元 | 著

天津出版传媒集团
百花文艺出版社

图书在版编目（CIP）数据

猫先生 / 尚元著 . —天津：百花文艺出版社，2023. 4

ISBN 978 - 7 - 5306 - 8234 - 0

Ⅰ. ①猫… Ⅱ. ①尚… Ⅲ. ①中篇小说—小说集—中国—当代 Ⅳ. ①I247. 5

中国版本图书馆 CIP 数据核字（2022）第 037144 号

猫先生

MAO XIANSHENG

尚元 著

出 版 人： 薛印胜

选题策划： 胡晓童 **责任编辑：** 张 雪

特约编辑： 张子瑶

装帧设计： 中联华文

出版发行： 百花文艺出版社

地址： 天津市和平区西康路 35 号 **邮编：** 300051

电话传真： +86-22-23332651（发行部）

+86-22-23332656（总编室）

+86-22-23332478（邮购部）

网址： http：//www. baihuawenyi. com

印刷： 三河市华东印刷有限公司

开本： 710 毫米×1000 毫米 1/16

字数： 238 千字

印张： 15. 5

版次： 2023 年 4 月第 1 版

印次： 2023 年 4 月第 1 次印刷

定价： 68. 00 元

如有印装质量问题，请与三河市华东印刷有限公司联系调换

地址：河北省三河市汇福路 68 号

电话：0316-3313228 邮编：065200

序：文学之路寂寞又不寂寞

马步升

说起文学之路，习惯性的说法是：文学是一条寂寞之路。说这话的意思，并不是执意要判定文学之路必须是一条先天的寂寞之路，而是激励正在艰难跋涉于文学之路的人要甘于寂寞，不要两耳只想听掌声，双手只想捧鲜花，心浮意躁间，那种蓄积于心田的澎湃之气早已消散，那种本来看得见文学之神的目光早已混沌。确实，文学是一种既要看重天赋，更要比拼耐心耐力的活动，怨不得，又急不得。

在文学之路上，当你走过一段旅程后，前后左右看看，恍然惊觉，那些一同出发，但中途离开者，未必没有你有才华，缺少的只是你的耐心耐力。而反观自己，多少次被堵在一道道坎儿下，多少次也都生了就此别过之心，终究还是提起一口口真气，迈过一道道坎儿，走到了现在。在这个过程中的寂寞、无助、迷茫，乃至失望绝望，种种郁闷，也只能留给自己在长夜孤灯下独自消化，不足为外人道也。

文学之路真的不好走，可是，话说回来，人世间哪条路又是好走的。不走这条不好走的路，必然要走别的不好走的路，人生在世，总是要走一条路的啊。

相比较而言，文学之路还算是一条好走的路。怎么说呢，这是一条相对可以自控的路。别的路，极尽心力也未必会有收获，因为很多事情是不由自主的。而文学之路，只要尽心尽力了，一定会有收获，只是收获多少而已。另外，文学之路是一条可以实现个体自洽的路。有钱难买我愿意，当进入自洽状态后，完全可以无视现实世界中的利益得失，阅读时，书籍就是自己不离不弃的精神伴侣；书写时，人生万物可以凭着自己手中的一支笔任意安排。起承转合，恩爱情仇，一个人，一支笔，一种自己理想的天地人生，于是一一生成。如是一来，时时都有大欢喜，处处都是大天地，又何言寂寞。

这就是文学之路的寂寞和不寂寞。

又有人时常说，哪里哪里是文学的沃土，哪里哪里又是文学的沙漠。看似言之凿凿，理之昭昭，实则都是经不起任何逻辑推敲的简单判断。本是膏腴之地，无人耕种，很快会成为撂荒地，而沙漠变绿洲也是经常的故事。话说到平凉文学，几千年的文明史，饱学才子随手就能扒拉出好多位，算不算文学沃土呢，当然算，标准的米粮川。可是，又经常会出现不算短暂的文学荒芜期，这个时段，算不算文学的盐碱地呢，当然也不能假装看不见。

庄稼长势如何，要看庄稼人是如何对待土地的。

客观说，平凉自古以来，学术名家、诗文名家，并不匮乏，唯小说尚嫌薄弱。而近几年，小说有了新气象，先有马宇龙，随即李新立、宋亚平、曹鹏伟、田华、尚元诸人，紧随其后，而且，以他们的锦心绣手，创作出一个又一个华章佳制，渐成群体，渐成阵势，荦荦然，成为一种地方文学现象。

《猫先生》《陌生人》《思无邪》《蓝鼻子》《打花匠》五部小说集摆在案头已经时日不短了，时常抽空翻阅，风格各异，所选内容却都是省刊发表过的，这个门槛立得好。我对他们几位都很熟悉，想说的话很多。熟人评说熟人作品，免不了戴着一副熟人面具，作品是写给大众看的，还是留给读者去说为好。总之，要真正写出好小说是很难的，而他们的小说都写得很好，各有各的好。

是为序。

壬寅良月于兰州

（马步升，甘肃省作家协会第六届主席团主席，甘肃省社会科学院文化研究所所长、研究员。多次担任茅盾文学奖、鲁迅文学奖、骏马奖等国内重要文学奖评委）

目 录

CONTENTS

磨　窑

一

吃过三碗小米干饭，外公继善拉着一辆破架子车上路了。临走，他揣上了两封信。

那天是农历腊月初八，节气到了大寒之后的第四天，很冷，冷到一大清早继善的堂二嫂子喜鹊就发现门口老槐底下的磨盘裂开了缝，同时昨夜搁上去的一簸箕麸皮撒落一地，顿时就嚎着跑进来向继善的父亲告状。她一口咬定是继善和我外婆作的祟，于是，我那瘸了腿的外曾祖就掂起一条扁担满院子追着继善和孩子们打，不光打人，还打牲畜，人鸡猪狗无一幸免。虽然在早些年掘窑的时候塌坏了腿，但借助一根榆木根削制的歪牙拐杖，每当在这样的时刻，外曾祖跑起来如履平地，丝毫不输常人。他手里抓起什么就是什么，从来不考虑是在执行家法还是在演绎家暴。总之，只要一不小心就闪到人们身后，用一条经常教训牛羊的皮鞭，实实在在往任何一位家庭成员的身上招呼下去。空气里一声干裂裂的响，犹如燃放了一枚鞭炮。

万幸，今天抓起来的是扁担，而不是杀伤力更大犹如长了眼的鞭子。他一手拄着拐杖，一手执着扁担，身体的不协调影响了发挥。等他撵出门外，鸡狗猪羊都缩进了圈舍，大人小孩都逃到了槐树旁边、崖面以下。那里有条从乌鸦沟里流出的清渠，外公在溪水边的石崖下淘了两眼泉，一眼供人挑水做饭，另外一眼饮牛喂骡。水里时常沉着牲畜的粪便和蹄印，春夏时分，一马勺下去还能舀出许多圆头胖尾泥黄的蝌蚪。清早担水的庄民放下肩头的担子，袖着手蹲在半坡上，口鼻里喷出白气。满桶的人多半是想借故休息，空桶的人纯粹是想瞅一眼热闹，不过所有人都感恩我外公的好，这种观望自是善意的。他们不敢和我外公开过分的玩笑，只有一个人说："继善儿，大清早的就带上我的小孙子们藏猫猫呢？"此人便是外公本家一位名叫蛮牛的汉子，辈分大但年龄和继善差不多。我外公曾经救过他垂危老姐的命。还有人想安慰我外公，便转了话题说："陈大夫，今早你又把泉淘了一遍吧，水又清又汪，我存贵大大有你这样的好儿真是福分，快进屋吧，今早比昨个冷得更紧了。"继善此时还不忘宣传一下医疗卫生知识，说："蛮牛叔，桂叶嫂子，公社里这几天下了通知，叫预防流行性感冒，回家了都把门洞敞着，通通气，手脚也要洗勤一些。"

善良的庄稼人深信不疑地应了一声，像听到了权威教诲。可那时候我的外公才四十岁，他们清楚外公的为人，更清楚继善家的历史。他们的眼睛自是雪亮的。

此时，我的外曾祖扔掉扁担，扶着拐杖站在老槐底下，余怒未消。他咆哮道："不孝逆子，别回来了，看我打折你的腿。"继善的三个子女当中，大舅已经十二岁了，冲着高处的瘸脚爷爷说："你瘸了一辈子，也想叫我们都瘸吗？多亏你瘸了，要不早把我们打死了。"

"畜生——"外曾祖气得直跳脚，把拐杖从上面扔了下来，架在半崖的枣枝上。继善回头嗔斥儿子："闭嘴！有你这样跟爷爷讲话的吗？"大舅流下了清亮的眼泪，说："爹，你成了瘸子就不能到集上给我买大红灯笼了。"继善看着三个流着鼻涕、皴着脸蛋、穿着破棉烂袄的孩子红了眼睛，搂住他们幼小的身子讪笑道："买得，买得，一人一个，爹就是瘸了脚也像你爷爷一样拄着拐杖去。"这时候，我外婆这个坚强的农村女人才深吁一口气，喟叹说："如果把新磨子拉回来就再也不讨这糊涂气了。"这是几天来她说的唯一的话。

外婆是个沉默寡言的人，她的日子似乎永远只有一个主题，那就是劳动，黑明昼夜地干活儿，一刻都不闲。她人生得高大，干活儿也得劲，歇下来就要心慌，手里只有握住掀把锄柄之类的东西才觉得日子心安理得。可即便如此，在这个有着二十多口人的大家庭里也难免受些闲气，所以她选择不说话。外曾祖站在老槐底下还在骂，寒冷的天气很快在他凌厉的八字胡上织了一层凌霜。多年以后，我瞻仰老人家的遗像，纸面上透出的是任何一位离世老人都有的慈爱笑容，唯独对他的髭须印象深刻，仿佛剪刀的两片黑刃。继善领着妻小躲在崖面底下，他们知道，正在气头上的老人一刻不离去，他们便一刻休想进家门，即便老人消了气，还有喜鹊要乱上一场。这日子啊，哪里是个头！什么时候才能安安稳稳地蹴在自己的窑里喝口高粱面糊糊？凹凸不平的路面仿佛铁石蒺藜，一家人就这么立在坡道上，猫腰跺脚，鞋底撞击地面，希望给脚一丝温度。然而这样的安慰往往事与愿违，等待他们的将是寒冻和硌脚的双重考验。慢慢地，脚就暄痒麻木，不知疼冻了。外公蹲下来，抱住三岁小舅瑟瑟如鹿的小身子，把他皴了粗黑裂子的小脚掖进怀里，肉贴肉挨着，暖出了全家人的眼泪。

茜家沟大队的半山腰上，早晨罩着薄薄的烟霾，空气里充斥着柴禾与牛粪燃烧的味道。腊八一过就入了年。在这重要的一天，庄稼人要赶制一顿像样的伙食，犒劳一年来的辛苦。家家户户的窑洞里，风箱“哐当哐当”富有节奏，只要停顿片刻，便能听见马勺剐蹭锅底的声音，然后是“嗞啦”一声爆鸣。光景好的人家捧出宝贝油瓶，用细棍蘸几滴油星炒一盘浆水菜叶，光景差的就全年不见荤腥，用辣子醋水浇着干饭吃。大锅里升腾起白色的蒸气，火窑里常年烟熏火燎，黑漆漆的洞室云遮雾罩，做一顿饭人要咳喘半天。我的外曾祖母，也就是继善的母亲在这个时候才发现早晨混乱的一幕场景。

她点着两只麻雀般的小脚出现在老槐树下。

那年，老人已经快六十岁了，耳朵背，但眼睛好使。清早，她穿好出门衣裳，那是一件黑布大襟罩衫，勉强遮住袖口乱飞的旧棉，下身穿着筒子棉裤，扎着裤管。外曾祖母看到怄气的老伴，看到被赶出家门的可怜孙儿，立刻明白了是怎么一回事。她擤了一把鼻涕，啜泣起来，女人越老哭得越有味道，蕴着委屈、伤心以及更多内容。听惯了喜鹊的哭能辨出有种表演成分，可是老人的哭令人扎心，再大的纷争都要在这个时候停止下来。

她无数次用这样的方式挽救了大舅美好的童年记忆。

外曾祖母说：“继善都四十岁的人了，不顾儿的面还该顾媳妇的面，今天本是个好日子，你打吧，打死了一家老小就不用跟你受罪饿肚子了。”

外曾祖不说话，悻悻地哼了一声。老人继续嗫嚅："他大舅捎来信，叫我回凤翔过年哩，你的心就这么硬，我都四十年没回过娘家了，骂天骂地，打鸡打狗，你这是给我脸子看哩。"

"住嘴——"外曾祖哆嗦着胡子喝道。

外曾祖母吓得赶紧住嘴，掉光牙齿的嘴巴陷成了坑。外曾祖说："你不看看现在是什么日子，哪有腊月里走亲戚的？我陈家就是穷得过不了年，也不能在这个时候把女人往娘家门上派发。要去也该是正月里去，沽满一瓶黄酒，打上三斤豆腐，体体面面地去！人家凤翔那边也好有个茶饭备上。"

外曾祖母听清了老伴的话，一边抹泪一边絮絮叨叨："你嫌丢人，我腊月二十三之前回来别人还有啥话说上？我给你生儿养女，四十年了，也不知会死到哪天，能回趟娘家，就是钻进土堆里我都笑呀！"

"妇人——妇人——"外曾祖说，"你生下的好儿！去了就别回来了。"

外曾祖的话里有了另外一层意思。他明显是在生外公的气，因为一天前继善已经向大队的宝堂支书请了假，准备用架子车拉母亲赶一趟凤翔县城。如果没有外公陪，六十岁的老太太是走不了一百多公里山路的。外曾祖的话同时也在向他发出最严厉的警告：胆敢出去，就别想再进家门！

按以往，只要外曾祖说出这样的话，事情就没有商量的余地，可那天，就在这个决定两个舅舅前途命运的特殊时刻，外婆却勇敢地站了出来。这个整天只知道埋头干活儿的沉默女人说："爹，让我说句话吧，我娘去凤翔娘家坐坐，回来顺便把新磨子拉上，有了新磨，也算是咱家今年新添的一件家什。等明年开春，新庄子落成，我们就把你和我娘接过去，咱们一家就能另起锅灶了。"

外婆的话起了至关重要的作用。外曾祖思忖片刻，吹吹胡子趔着身子返回了院子里。虽然他没有再说什么，但每个人心里都清楚，这是老人在儿孙面前做出的一次艰难妥协。

冬日早晨的太阳没有多少光泽，更没有一丝温度，雾蒙蒙的，风硬硬地刮着地面，夹杂着一星半点的雪花。我外公望着河对岸店坊坡萧瑟的山景，就有眼泪掉下来。

一九二九关门闭首，三九四九冻破石头……雪粉仿佛麸皮一样没有温度。

二

很多年后，两位舅舅以及我母亲经常会说起外公从凤翔拉回来的石磨，它在陈家历史上所做的贡献不可小觑。二〇〇五年泾川县新博物馆落成，大舅陈宏君受邀从美国飞回来参加揭牌仪式，十几串带着礼炮的万头爆竹齐声放响，炸得青烟弥漫，炮屑横飞，炸得街边停放的汽车“嘀嘀嘟嘟”受惊乱叫。大舅剪断彩球宣布了一个思虑已久的决定：他要将磨子捐献出来！他说那是块无价宝，改变了他的人生，是时代发展的见证。他要把磨子摆在这里，以便更多的人都来瞻仰这块曾经沾染过外公鲜血的石头。

大舅还以外公为原型，创作了四幅油画：《磨合天地》《笼织经纬》《佛济苦难》《灯照乾坤》，说的是一个普通农民的故事。

三

一九七四年，传统的腊八节。《礼记》载“岁十二月，合聚万物而索飨之也”。那天，庄稼人把瓦瓮反扣案板，将各种粮食清底，几乎也只能兜拢出一顿饭的食材。据说是五谷八样，煮成一锅，是为腊八粥，有合聚万物、调和千灵之意。那年那天，外公肚里装着三碗干饭，拉车从店坊坡往上走的时候，力气很足。车体上绑着十只鏊笼，大笼套小笼，从后面看简直是一个移动的大柴垛。只有在车厢的中心位置，给外曾祖母和一团烂旧棉絮留出了空间。这些笼都是外公亲手编织的，到了集市卖掉，换几个往返的盘缠。外曾祖母拥着烂草叶般的棉絮，内心不免兴奋，不停述说当年逃荒的故事，而在外公的记忆里，重走这条路，同样让他感慨万千。那时候外公年龄小，经常饿着肚子，跟一群脚夫从凤口往宝鸡运物资，一走就是三天两夜，很多时候既要掌握手推车的平衡，还要努力保持清醒的意识。第一次去长武县的凤口镇验工，他才十岁。现在的小孩，十岁能干什么？可十岁的外公已经是家里的劳力。因为个子还未拔开，犁地的时候连犁把都握不到，外曾祖就削掉半截犁拐，外公犁地磨地，俨然是个顶用的小把式。十岁那年，外曾祖打窑遇上塌方，残了一条腿，继善就接替父亲，跟两位叔叔到凤口的货运队赶车挣钱。刚去时验工的主任根本瞧不起他，一个没有掀把长的孩子下得了这等苦力？外公赖着不走，非得领了活儿不可。一直到了中午，货物都装上车了，主任才觉出来这孩子的来头。

主任第二次把继善叫过去，看他的手。外公挽起袖子，亮出两只不似少年的手。主任同意了。

货站交给年少的外公一辆手推车，车上驾着两箱青霉素。

临行前，主任拟了担保书，让继善的两位叔叔画押，如若路途破损，承担连带责任，照价赔偿。外公走在中间，独轮车的木轮子吱呀吱呀涩涩干响。从长武县的凤口镇到凤翔县城，走的这条商道就是一九七四年外公拉母亲回娘家的这条路，正好经过茜家沟。民国时期，陕北的烟土、草药、毛皮、粮食等物资从庆阳地区的董志塬运过来，一路沿西兰公路直抵西安，另一路在长武停留，下西兰公路，向南沿小路运往凤翔所在的宝鸡。人们在千百遍的摸索中找到了一条便捷山路，起始之地便起名凤翔路口，就是现在的凤口镇。这条路长一百多公里，从凤口镇向南过黑河、达溪河，沿灵台县的南川穿越陕甘边界泾渭流域的分水岭，翻宝玉山，过羊引关，出大峡小峡到汤房庙，走五曲湾，下十里马头坡，便到了八百里秦川的后方。外公第一次上长路，力道掌握不均，一路歪歪扭扭，满身是汗，但人走在中间，前面有人引，后面有人赶，丝毫不能怠慢。他和叔伯走一样的路，吃一样的饭，干一样的活儿，脖上担一根麻绳，手推一辆木车，艰难地行走在漫漫长路上。第二天傍晚，商队终于来到羊引关下的两亭寺。力气早已耗尽，大人燃烧脂肪还能补充点体力，又瘦又小的外公全凭毅力坚持，他知道，要是第一次干砸了，连累两位叔叔不说，往后的活儿就别想领到手。可再坚强的意志又怎么能弥补上百里路上超负荷的体力消耗呢？终于在两亭寺的破庙外，外公头晕眼花，望着一干脚夫停车歇马、拍衣拂尘的重重身影晕倒了。连人带车，一起撞向地面。

两位叔叔以及同路的人都围了过来，赶紧往他嘴里灌水，外公呛了一口才醒。他的第一句话就是：“药！药！”人们不懂，以为外公要吃药。那年头哪个下苦力的脚夫还吃药？除非快死了才瞧大夫开方子，抓几副草药。只有两位叔叔明白，安慰他说药好着呢，只是箱子破了。外公一听，挣扎着起来要看究竟。木箱摔坏了角，封印也撕裂了。外公哭了，显出孩子幼嫩的一面。这下可怎么交差？凤翔那边的验货十分严格，怕是与两个叔叔一年的工钱都不够赔偿。货运队的脚夫啧啧议论，简直闯下了弥天大祸。虽然也有人怀疑是否真的摔坏了里面的东西，但那时候，竟没一个人敢打开来看看。

据说那是装在玻璃瓶中面粉一样的东西，有人说，比金子还贵。

外公一夜未睡。两亭寺的破庙是货运队第二天夜宿的地方，这是经验。先天中午出发，必须在天黑前蹚过黑河，上独店塬，那里有个名叫李武的人，开了家店坊，过了这个村，就没这个店，说的就是灵台县的独店乡。第二天最为关键，要走一百二十里，天黑之前赶到两亭寺支锅造饭，好好歇息一晚上，蓄积足够的能量第三天翻越宝玉山。外公躺在草铺上，望着满天星星，听此起彼伏的鼾声。货运队的脚夫下牛马般的苦力，都知道在吃饭问题上不敢精细打算，因为肚里少了一粒粮食就有可能在羊引关前连人带车翻下山，所以出行前除了带上干粮还带了锅灶米面，就为第二天晚上有顿热饭吃。外公早就听两个叔叔说过，第二天晚上是脚夫们最难熬的时候，人们宁愿把这顿饭叫作“断头饭”，意思是上了宝玉山就没回头路。

外公就是在这样复杂的心情下吃了“断头饭”的，姓张的领队还叫他尝了一口黄酒。第二天，十岁的外公把麻绳往脖子上一担，天不亮就上路了。推过手推车的人都知道，独轮车一只轮子支撑厢体，走起来十分灵活，要靠人的两只胳膊把持车辕，必须不偏不倚，最关键的是绳子要勒紧绷直，三点固定一个平面。连续两天赶车，外公的脖子被绳子磨出了血口子，汗水一浇，有种断头的感觉。

看来“断头饭”有一定道理。

外公肚里觉不出饥饿，但眼前一直黑影浮现，时而金星闪动，说到底，他还是个孩子。走到这里，山明显和黑河川老家的山不一样了。山势险峻，路是千百年来靠脚踩车碾开辟出来的逶迤山道，宽不过两米，满是乱石。独轮车的木轮一弹一跳，车夫们在路上尽量避开一块一块高出地面的石头，扭来扭去，整个队伍像蜿蜒的蛇。一旁是往下掉石头的山崖，一旁是深不见底的沟谷，狼的嗥叫在山谷中回荡，风吹树木，碧波荡漾。此时的外公是没有心思欣赏周围的风景的，苦难的岁月早早把他推向了成人世界，任何童趣诱惑对他都起不了作用。他已经不想怎样幸运地在凤翔货站蒙混过关，而是怎样把这车青霉素赶到羊引关外。十二点前，人们都说，这个点就差不多了。他几乎行尸走肉般存在，机械地挪着步子，每一块石头都是挑战。只有走，没有领队的命令谁敢休息？一鼓作气拿下这程再说，如果中途休息，就有可能再也起不来。外公满身汗水淋浴，衣服湿透了，两块肩胛骨从脊背上逼出，贴着汗衫，这个时刻他只有一种感觉：杀头。

羊引关是宝玉山上一座窄长的隘口，犹如刀劈斧削，站一人往下砸石头，就能把一标人马阻于山下。不知哪个朝代在关口修了一座庙，虽然远离人烟，但香火旺盛，据说是为了纪念一个女人。货运队每走到这里总要歇息个把钟头，这要视情况而定，时间早则长，时间晚则短，总之剩下四十里下山的路，就是轻轻松松，一路车急人快了。领队在庙里进香，脚夫们不讲究，也要去给那个不知道叫什么的娘娘胡乱磕几个头，然后满满地嘘几口旱烟。队伍最前面已经有人把推车停靠在了关下，领队站在娘娘庙前喊：“加一把劲呦，羊引关到了！”外公看着期许几日的场景，天旋地转，内心的信念支撑着他，即使勒断脑袋，也不能停止向前。

他差点像两亭寺前那样倒下，幸好背枪的押兵及时出现。押兵把枪换了个肩膀，用手牵住车，骂他是不是不想要命了，死到半路还要老子抬。

押兵叫王三有，也许同样是个孩子。在往后的日子里，如果碰上外公赶车，三有都要在羊引关前擅离职守，对外公施以援手。

站在羊引关向南远眺，目光跳不出层峦叠嶂的山。外公第一次站在异乡陌生的地界上思考一个严肃的问题：原来世界上不全是黄土，还有青山，石头山虽然好看却不能长庄稼，走到哪里还是茜家沟好，荒山荒洼只要开出一片平地，就养活得了人。外公虔诚地跪在娘娘庙前的蒲团上，向领队要了半根香，郑重地插在神龛前，那时他还不能分清佛与道的区别，只在嘴里喃喃自语：佛祖保佑，这箱货一定要验过，如果下次还来赶车，一定再磕几个头。

四

中午时分，外公抵达独店乡，遇上大集。按计划他要卖掉十只草笼。

一九七四年，陇东地区的农村集市渐渐复苏。岁末，庄稼人将积攒了一年的自认能换作钱使的各种物件拿到集市上，卖掉或者换几样急需的东西过年，公社干部睁只眼闭只眼，已经不再强加干预了。集市就设在独店公社大门口。外公将十只草笼摆成一绺，有人询价，就叫买主随便给几个钱，结果九只小笼在不到一个小时就被人拎走了，换了一块三毛钱。剩下的大母笼摆在架子车前没人敢要，连个问价的人也没有。外公说随便给钱，为了赶路，还什么钱不钱的了，赶紧处理掉。这样又过了一个小时，大笼像被施了魔法，无人问津，倒是旁边一位挽着篮子的妇女似乎门路活络。她拦住过路人神秘兮兮地嘀咕几句，然后到公社的土墙后面做交易，不一会儿，路人怀揣一只手，就急匆匆地离开了。

外公嗅出篮子里面是什么。肚中仿佛钻了只蛐蜒，那种香气令人垂涎，终生难忘。

外公向妇女表示，愿意用大草笼换她篮子里的油饼。

妇女想了想说，换两个差不多。

外公同意了。

女人又说，换两个不成问题，但要想馋嘴，可以再往油饼里夹两片肉。女人撩开绿色盖布，篮子里除了四五个焦黄的油饼外，还埋着一只白色的搪瓷缸，里面是梳子厚的肥肉片。外公和女人商量，用一个油饼换肉，夹到另一个油饼里。那女人答应了。

外公把油饼夹肉呈给外曾祖母的时候，老人终于热泪盈眶。她说："油饼夹肉，有福不可重享受！你爹要是知道了，肯定要拿鞭子抽。"外公说："娘，你能享几天福了，快吃吧，小心被叫花子抢走了。"正说着，天上扑下来一只花鹞子，两只翅膀像簸箕般大，外曾祖母受到惊吓，攥着油饼的手松开了。花鹞子抓住油饼飞到空中，肉片散落地面，又招来了四五只猛禽。饥饿的肉食鸟在天上打斗，在地上争抢，油饼一会儿被叼到天空，一会儿又掉到地上。集市上穿着老布黑袄的庄稼人都定住了，看着眼前神奇的一幕。

外曾祖母号啕：“油饼！油饼！肉！肉！”

人们这才意识到鹞子嘴里叼的是什么。有人冲过去驱赶落在地面上的恶鸟，希望能鸟口夺食。很快就有更多的人参与进来，一群馋疯了的人追逐着一群饥饿的鸟，人群一会儿仰天兴叹，一会儿发疯似的奔跑，直到那群恶鸟滚下独店塬草枯木黄的深沟大壑。

在人们与鸟争食的时候，外公悄悄来到女人面前，花了三毛钱，重新买了稀罕的吃食。不过这次更狠，是一个油饼外加两份肉。他把吃食掖进怀里，拉着架子车上颤抖的外曾祖母离开了公社门前的集市。他们出了独店乡，一路向南，站在塬边能望见川道里的灵台县城。达溪河绕城而过，城北有荆山，山下有“灵台”，是西周时期文王伐密凯旋所筑的祭台。外公在一棵古老的据说是尉迟恭拴过马的“三异柏”前停车歇脚，然后掏出油饼。老人喜出望外，她亲眼看见油饼夹肉被可恶的鹞子叼走了呀，可眼前的美味实实在在。外公把油饼塞进母亲怀里，自己咽了一口唾沫。得赶紧起身了，现在的出行不是三十年前替人赶车，他有权利做主。更重要的是腊月天太短，要按计划过灵台县城，晚上住在城南五里枣树台的亲戚家。外曾祖母倒坐在架子车上，两只瘦手捂着油饼用牙花一点一点刮，一点一点蹭，她心情太好了，不再说以前逃荒的故事，而是说上一次同时吃油饼和肉，还是十二岁那年在卧牛城党毓琨的府上——

田畦上又稀又薄的麦苗缓慢后退，空气中飘零的雪粉已经不见踪迹。冬天麦盖三层被，来年枕着馒头睡。出门前对下雪的猜测叫外公这个庄稼汉又一次沉重地叹了口气。塬上呼啸的冷风在吼，打着旋儿，吹起地面的浮土，在空中卷成一个个浑黄的漩涡。

在这条行走过成百上千遍的乡村小路上，外公肩披麻绳，躬身拽车，拖着年迈的老母亲艰难行走，有时候我会想，那何尝不是一道风景呢？

五

民国三年正月初五，外曾祖母杨氏出生于凤翔县糜杆桥乡杨安门前。那些散落在关中平原、千河之滨的小村子大多以姓氏命名，这也门前，那也门前，光是糜杆桥乡就有十二门前之说。

外曾祖母十二岁那年四月，军阀刘镇华围困西安城，杨虎城与李虎臣联合，开始了“二虎守长安”。九月，冯玉祥五原誓师，率部入萧关，由宁夏过陇东入陕，援解西安之围。那时候，我的外曾祖母被她的父亲用三枚“袁大头”卖给了关中刀客党毓琨的小老婆当丫鬟。那是个妖魅的女人，外号“小白鞋”。据老人回忆，父亲卖她不是为了粮食或是治病，而是为续一口鸦片烟瘾。进府后，“小白鞋”对她们这等下人并不算坏，有时还能领到奖赏。一次，“小白鞋”差她给全聚德钱庄的阿贵送信，回来后便问了她的生辰，并赐给她桌上吃用过的饭食。那是未吃完的粉蒸肉和油饼、水果之类。第一次吃这些东西，肚子受不了，拉稀，但也让她饱了三天。以后，外曾祖母就经常给阿贵送东西，成了“小白鞋”联系阿贵的信使。第二年，“小白鞋”突然给她五十枚银圆，叫她去与阿贵完婚，以后不要回来了。“小白鞋”说要打仗了，叫他们赶紧离开凤翔城，往东北方向逃，过了羊引关就安全了。年轻的外曾祖母拿着沉沉的一包银圆去见阿贵，告诉了“小白鞋”的话，阿贵不信，苦苦等了那女人一年。

战争真的爆发了。

一九二八年，冯玉祥部将宋哲元攻打凤翔城不下，令人挖地道，于城下埋了七口棺木的炸药，破城而入。盘踞城内的党毓琨部五千士兵被俘，党毓琨本人也被乱枪击毙，“小白鞋”服毒自尽。

阿贵带着我的外曾祖母跑出卧牛城，一路向东北方向逃，后来在麟游山区落了脚。

关中平原东有函谷关、武关，南有散关，西有萧关，羊引关虽然难比“关中四大关”之险要，但也算渭北平原从陈仓地区通往陇东的咽喉。相传，陕西长武县有位女子嫁到凤翔一户人家做童养媳，经常受到婆家的侮辱打骂。可怜的女子去放羊，不小心让一只老母羊崴了腿，回家后，婆婆罚她饿饭，把她关进羊圈里。半夜，女子又冷又饿快不行了，瘸腿的母羊就用犄角拱她，然后撞开圈门走到外面，还不时回头向她“咩咩”哀叫。女子明白了母羊的意思，就跟着出了门。天太黑了，根本看不见眼前的路，羊引她一直来到宝玉山上，那里有一条羊踏出来的小路，一直延伸到很远的地方。女子并不知道沿这条羊场小路能回到娘家，她坐在山的豁口处，再也不走了。

天亮之后，有人发现牧羊女子死了，脸上带着笑。人们说她羽化升仙了，去了极乐世界，就在这里修了一座庙。她坐过的地方取名羊引关。

从此，凤翔通往陇东的捷径才被人发现。

外曾祖母和阿贵在麟游山里过了一年，阿贵因感染破伤风死了。外曾祖母的第二段婚姻就跟那位可怜的牧羊女一样，充满了坎坷与不幸。阿贵死后，十七岁的外曾祖母无亲无靠，被人介绍给汤房庙的一户人家，男人叫汤鹤龄，是位儒雅的国民党上校军官。汤鹤龄待她很好，可一年四季也难得回家几次，外曾祖母就和婆婆小叔过活。婆婆对她特别苛刻，凡是汤鹤龄捎给她的棉布、银圆等物一律没收，对她动不动就打就骂，还说她是党毓琨的小老婆，凤翔城里逃出来的女妖精。小叔子狼一般盯着她，她觉着迟早要出事。怀孕那次，口寡，没征询婆婆同意，就用汤鹤龄捎回来的糯米蒸了一碗甑糕。婆婆骂她是馋死鬼，嘴里得有个马粪塞上。

她说，米还是汤鹤龄捎回来的，为啥不能吃，何况肚里还有汤家的孩子。

小叔子二话不说就往她脸上扇巴掌，把她打倒在地。婆婆拽住头发把她往门槛上磕，要她吐出甑糕，看是个红的还是个绿的。头叩在门槛上，“咚咚”作响。这时，肚子被人跺了一脚，小叔子骂道：“别以为肚子大了，就敢对我妈说这么硬气的话，指不定还不是我哥下的种。”她感到肚子一阵痉挛，有东西在体内游动，要钻出来，突然她觉得身下爆炸了，一股热热的带着腥味的东西流了出来。

六个月大的胎儿淌成了一摊污血。

后来，她经常挨打。打得一次比一次狠，伤得一次比一次重，那段时间她身上几乎没有一寸完好的皮肤。要说这世上还是有好人，坐在车厢里的外曾祖母对外公说，汤家有位佝偻身子的老光棍爷爷告诉她，赶紧走吧，这样会要了你的命。

年轻的外曾祖母说要等男人回来，男人对她好，以后跟汤鹤龄回凤翔城。

佝偻爷爷说，傻丫头，前面打死过一个，打跑了两个，你都是汤家娶进门的第四个媳妇了。

于是，十九岁的外曾祖母选择了逃亡。

那是个有着一轮明月的夜晚，她摆着两只小脚从村子里跑出来，钻进了周围的玉米林子。她白天趴在庄稼地里，观察过往的行人，听他们说话，判断他们要去哪里，晚上才敢出来，根据观察到的情况跑。渴了舔玉米叶上的露水，饿了就吃生玉米棒子。她想起佝偻爷爷的话就害怕，只要被歹毒的小叔子抓住就只有死路一条。

外曾祖母想起“小白鞋”的话：过了羊引关就安全了。

整整三天三夜，小脚女人都没有跑出汤房庙村。在密密匝匝的玉米地里，叶片比刀片还要锋利，脸被划出五麻六道的血口子。她撞见了一头野猪，结果可怖的模样把野猪都吓跑了。第四天小脚女人听到了一支叮当叮当的驼队，才从半昏半迷中醒来。她知道，驼队开进的方向一定就是羊引关。晚上她沿着驼队踏过的山路走，终于在第五天来到了一处飞檐斗拱的神庙前。

外曾祖母当年逃跑的路线就是十多年后她的大孩替人赶车的那条路，也是一九七四年我外公拉着她回娘家的这条路，只不过方向相反。小脚女人一路流浪，有一天走到了茜家沟，严重的风寒与营养不良使她嘴里只有出的气，没有进的气。她趴在陈家门前的老槐下再也走不动了，她看到一个没有痛苦和饥饿的世界在向她召手，便微笑着闭上了眼，身体化作紫色的霞烟升上了天。

是我外曾祖救了她。外曾祖除了是个掘窑的好手，还是个略懂些医术的大夫。

恢复健康的小脚女人再也不走了，像一块浮木靠在了泥土上，并以一种令人惊叹的生命力扎根，发芽，开花，结果，成了一棵孕育生命的树。外公于小脚女人进门后的第二年出生，以后这棵树还将孕育出我的三个外公和两个姑姥。

那年是一九三四年，民国二十三年，也是陈家历史的元年。

从陈家历史的元年算起，外曾祖母操持了上下五代人的生活。四十年，少半个世纪，起初她不敢见人，门前的这条路经常有商队经过，她怕有人认出她。一九四九年后提倡男女平等，婚姻自由，外曾祖母才敢在夜里放心踏实地去睡，起码不用再担心有人从火炕上把她抓回凤翔去。人老以后，情感变得丰富，在她五十岁以后，经常能梦见卧牛城里夹着香烟的“小白鞋”，能梦见两眼痴情的阿贵，也能梦见待她像亲妹妹一样的汤鹤龄，但梦得最多的还是汤家小叔子一双绿莹莹的狼眼。

她经常从梦里惊醒，醒来后发现是在做梦。那些人，那些事，都消散了，也许糜杆桥乡杨安门前的哥哥还活着，她突然想。于是外曾祖母在大舅的记忆里总是站在老槐底下，一有生人经过，就问他们是不是从凤翔那边过来的。她能根据来人的口音判断，准确性八九不离十。终于在她六十岁的那天，一个肩挎褡裢的玉米贩子接上她的话，说他认识一个叫作杨麦仓的人。

十个月后，那个叫作杨麦仓的人捎来了一封信，字是工整的小楷：

> “水莲亲妹，见信如吾：闻妹尚存人世，兄涕零雨下，深感惊慰。但因腿脚不便，又亟待见面，急火攻心，遂卧床不起。妹可有后人否？同来凤翔，欢度春节，以诉四十余载思念之苦而虽死无憾。无以见面，备一石磨，聊表心意。”

六

下到灵台县城时天已擦黑。一个外乡人拉着架子车走在街道上，车厢里是年迈的老母亲，叫人一看就知道是要去投奔远路上的亲戚。两个轱辘的家什确实比手推车方便，想走就走，想停就停，不用考虑地形方便。外公在庄稼地里走习惯了，现在连人带车搁在硬硬的沥青路上，反倒走得别扭。街道两旁低矮的平房里透出电灯辉煌的光，外公认识字，知道那是国营食堂和招待所。路上的行人并不多，天太冷了，没人愿在一条萧条得只有标语口号的路上消磨时光。走着走着，他的影子出现在了前方，身后两盏强大的光源把外曾祖母的乱发照得纤毫毕现。小脚老太太说："太阳出来了，追着我们跑。"

外公停住，原来是灵台城里的大明星回来了。

灵台城里一共有三辆大明星。除了这辆来往于县城和地委之间的班车外，还有一辆解放牌卡车和一辆北京吉普。人们把三个大明星分别叫作铁壳子、大鼻子和黄秋鞋。

这是他们见过的最亮的灯。到了城南五里的枣树台，天完全黑了，只听见村子里的狗叫声。外公凭着多年的赶车经验和灵敏的直觉，拉车往狗吠的岔路方向走。

有狗的地方一定有人烟。

外公认定了一户人家的大概位置。

"二姑，二姑——"

寂静的隆冬深夜，人们都睡了，或许还醒着，坐在火炕上拉话。灯是不必点的，在那个年月里，煤油是紧俏物资。

静，是那样安静，狗在吠，能听见黑暗中牲畜咀嚼草料和喷鼻的细微声响。

有人咳嗽了几声，私语的声音窃如秋虫。

低处亮起了昏黄的光，是窗户的形状。

"吱呀——"门开了，光变成了一盏灯。

"像是继善的声音？继善——"

外公赶紧搭腔："二姑，是我。"

"我的个大大，你从哪来？"女人问。

"我和我娘去凤翔，天黑了——"

外公没有再说下去。女人就喊："建军，建军，快快，茜家沟来亲戚了！"

煤油灯从低处游上来，停在外公眼前。这时女人也和车厢里的老太太搭上了话。

“他妗子，你怎么来了？”

“我回凤翔娘家。”

女人引着外公钻进倾斜的地洞，下到地面以下。这是一处地坑庄子，头顶呈现出四方幽蓝的夜空。凭着感觉，外公辨出姑妈家的方位布置，三孔窑洞中间设灶，左首起居，右首养畜，虽然墙上生着黑色苔衣，但外公的记忆还停在当年崖面那层新鲜的黄土上。

姑妈家挖窑的技术来自茜家沟的陈家。

女人提着煤油灯进屋，光又变成了窗户的形状。这时，建军爹才从门里出来，边走边扎腰里的麻绳。

“都来了啊！快进，快进。”

我外公放下架子车的辕杆，把老母亲搀下来。坐了一天车，外曾祖母几乎不会走了。

女人把灯放在炕栏杆上去锅台后面生火，为远道而来的亲戚烧水做饭。老太太坐上火炕与忙碌的女人说话，都是关于茜家沟那边的话题。外公站在脚地上洗脸，巨大的身影在窑壁上晃来晃去。对于眼前这户人家来说，因为他们的到来，漆黑的夜晚被一盏煤油灯戳破了。

院里传来脚步声，一只手电筒的光伸了进来。来人看不清脸面，雪亮的光束在外公和外曾祖母的脸上扫来扫去。老太太安安静静地闭上了眼睛，任由陌生人照。外公急忙用手遮眼。

黑漆漆的窑壁，煤油灯消退了光芒，只听建军爹说：“支书，这就是我家来的亲戚，是建军他妗子和表兄。”

陌生人应了一声，问：“你们从哪里来的。”

外公的声音有些抖，说：“茜家沟。”

陌生人的声音并不凶，但明显带着例行公事的询问，“沟多了，到底是哪里的茜家沟？”

外公这才反应过来，说：“泾川县黑河公社茜家沟大队。”说完，又补充道：“就在独店乡往北去的川道里，我们和长武人连畔种地。”

“介绍信给我看看。”

外公赶紧从怀里掏出一张纸片递过去。手电筒的光变了个方向，映亮了雪白的纸片。上面是纯蓝水笔字，陌生人念道：“凤翔杨安门前，兹介绍我大队社员杨水莲和陈继善过来看望你大队杨麦仓，情况属实。一九七四年腊月，黑河公社茜家沟大队。”

陌生人念完，又对号入座询问了他们的名字。

建军爹说：“都对着哩，他们去凤翔，晚上就在这里歇一晚上。”

陌生人说：“谁管去哪不去哪，我只认这个红色的章子，有砣砣就是真，没砣砣就是假。”

陌生人走后，外曾祖母还闭着眼，等着别人发落她。她是被前几年夜里经常出现的手电筒吓成了病。建军娘就骂建军爹：“你看你把他妗子吓得，我以为你干啥去了，跑起这事来倒不用人教。”

建军爹说：“你又不是不知道，这几天形势又紧张了。”

建军娘不再与他计较，问我外公茜家沟那边怎么样。外公告诉她黑河川里查得没有这么紧。

“娘，娘，来人走了，没事了。”我外公说。

七

离开茜家沟的第二天早晨，外公钻出地坑庄子，告别枣树台的姑妈，走在了灵台的南川道里。

他心里又添了一份踏实，那是怀里姑妈赠送的两枚熟鸡蛋。

南川的这条路比三十年前宽了，能走“大鼻子”。民国三十六年，这条路只容得下一个吱呀吱呀的木轮。外公多数时间是从凤口镇往凤翔地区运输毛皮、草药以及定边的食盐，但到了后来，情况就发生了急遽变化。车队调转方向，开始源源不断地从宝鸡向长武运送一种更为稀罕的物资：军需。十三岁的外公推着手推车混迹在赶脚的队伍里，仿佛驼群里钻进一匹趵蹄的马驹，领队有时步行有时骑骡，但总背着一把三八大盖。押运的士兵更多了，以前跟着两个哨，现在是整个警卫连。

年轻的外公闻不到时下战火临近的硝烟，因为在他的理解中，叫作日本鬼子的矮脚倭寇被打回到了鸡嘴之下的东瀛四岛，他们的天皇跪着与委员长签订了战败条约。对于传说中无恶不作的侵略者，外公有一出清晰记忆。那是他赶车之前，在凤翔城内，呼啸的日本飞机像密密的牛虻从头顶上空飞过，四架一组，一组四架，排着整齐的“人”字攻击队形；防空警报发出急促尖厉的蜂鸣，像是从云端传来；城内已经乱成了一锅沸腾的稀饭，炸弹在慌乱奔逃的人群之间爆炸，像一连串粥泡儿破裂，溅出灼人的气浪。巨大的冲击波撕开人脸上的肌肉，拔光人颅顶的毛发，直把人往天上抛。空气仿佛又浓又烈辣辣的锯末，呛一口就要窒息而亡。什么也听不到，什么也看不到，听到的只有爆炸，看到的只有烟火，耳朵失聪与眼睛失明交替发生或者共同作用，七岁的外公感到呼吸困难。人们都在跑，却找不到地洞躲藏。炮弹在地面爆炸，大地发出痛苦的痉挛。人们脚下拌蒜，跑一阵就要趴下，趴一会儿就赶紧逃跑。在同一个方向上，一座巨大的仓房爆炸开花，土飞尘扬，碎石、瓦砾、木屑、弹丸以及玉米颗粒和小麦种子四散飞袭，残肢断臂和人血纷纷雨下，跑在前面的人应声而倒……

外公的一位叔叔就是在这场著名的“凤翔大轰炸”中死掉的，获得抚恤费三十元。之后，日本飞机就再也没有来过，来了也过不了西安城。外公在宝玉山上为死去的亲人焚香祷告，每次来去都有个简单仪式。对那些在轰炸中烧焦的众多尸体，外公寄予的是同样一种情感，他们都叫作天下苍生。

然而一九四五年以后的兵荒马乱，外公却毫不知情。

此时内战已经全面爆发，蒋介石许以陕西省政府主席一职诓诱马步芳之子马继援移师陇东，逼近子午岭，联合胡宗南部围剿陕甘宁边区。国民党西北行辕前进指挥所就设在平凉城，而马继援以整编82师驻守泾川。民谚唱道：

马家队伍占泾川，
马粪攒了三尺三。
大火烧了宝鸡县，
将军出了羊引关。
后面撵个胡宗南，
前面等个马继援。
平凉西峰两条线，

中间留个豁豁边。
设下口袋叫咱钻，
忘了花所大眼眼。
屯子镇上闹翻天，
毛主席收复了宝塔山。

这段历史是外公后来从大舅的教科书上读出来的。当年他像只尥蹶子的马驹在赶脚的队伍里寻找自己的兴趣。王三有藏了一本线装的戏本《金沙滩》，小小年纪竟天天唱秦腔，“吃王家爵禄受王管，国家有难臣怎安。忽然一计涌心起，启奏宋王听心里。这才是手不动红红自染，把千斤重担卸我肩。慢步我出了大佛殿，见众家儿郎站两边。大郎儿把兵书看，二郎在一旁捆雕鞍。三郎气得团团转，四郎不住骂奸谗。五郎执手把佛念，六郎望的太平年。七郎吃了豹子胆，八郎年幼打花拳……”外公一有机会就跟着王三有哼唱，不知唱词只模仿发音，总念得王三有心烦意乱。

王三有说：“你怂娃懂什么是吃王家俸禄受王家管？”

外公摇头，嘴里唱声不断。

王三有十分瞧不起外公这等脚夫苦力，勒紧他的枪说：“去去去，推你的车去。”

我外公继续唱，连着一段杨继业的唱词。休息下来的脚夫士兵都静静地听，连王三有都不再讨厌他。一个十多岁的孩子，把戏词唱进了许多人的心里。

王三有将怀里的戏本丢给外公，但外公并不满足。他想要识字，唱更多的秦腔。这次王三有不客气了，踢了外公一脚，骂他滚，并说：“你那么想识字，就叫你爹送你去找何秀才。”

何秀才是长武的一位老先生，专教人识文断字，不收分文。

我外公没有去找何秀才，他找到了背枪的领队张贤官。张领队是位清癯的老头，对一群冒臭汗的车夫不屑一顾，却对外公有些好似后辈儿孙的疼爱。他曾经给外公喝过一口黄酒，让外公骑过两回他的青口骡子，并摸着外公杂乱的头发说：“我有你这么个小杂毛就好了。”

张领队对着戏本唱戏，唱不来就念戏词。外公在一旁聆听，默默记忆。他不懂意思，更不识文字，但外公有个好办法，把发音和文字对应编号，两三年下来竟囫囫囵囵认识了七八百字。

张领队也可以是何秀才。他送给了外公一样礼物，是电池里的碳芯，可以当笔涂字。外公永远忘不了张领队送给他碳芯的那只手，那只干瘦的手蘸着弹孔里汹涌而出的鲜血写下一个字：跑。

外公认识这个字，学会了“脚”，就学会了“跑”。

南川道里阴冷的北风打着旋儿，像一块粗粝无形的砂纸，打磨着外公四十岁的黑皮老脸。他的两只手仿佛生铁钳口锈在车辕上，而且这两块黑铁疙瘩随时都准备挣破表皮，裂出一道淌血的口子。外公一点儿也不觉得冷，眼里扑簌扑簌落下两颗浑浊的泪，像秋天的蚱蜢跳进了枯草。炙热的情感来自火炭一般的内心，记忆像张贤官张领队的鲜血一样咕咕汹涌。外公不由得打了一声呃逆，倒吸一口凉气。

冷风噎喉，他感到食道与胃凉气逼人。

推着手推车的外公感到腹痛难忍，前边是人，后边也是人，整个队伍走在五王殿的荒岭上。他已经忍受了十多里路程，盼望着骑着骡子的张贤官能喝令休息，也好叫他行个方便。终于他忍无可忍，叫了张领队一声爷。

“我想屙屎，我肚子疼。”

张领队骑着高头青口骡子，说：“就你事多，懒驴上磨屎尿多。”

队伍临时休息。外公躲在山路底下的一株核桃树背后去屙屎。头顶上响起了一阵枪，他提起裤子就要上去，士兵经常会对着沟里撞出来的野猪或獾放上几枪。这时，高头骡子的马镫倒托着一个人下来。稀稀拉拉的枪声又响了几下，警卫连的士兵在明处，放枪的人在暗处。士兵背靠背，端着手里的家伙，不知所措，盲目还击。

一截手指粗的腐朽枝丫从核桃树上掉下，落在了外公屙的那泡屎上。外公心一紧，想山道上埋伏了人，打黑枪。又一个士兵应声倒下。

青口骡子拖着张领队立在核桃树下，悠闲弹蹄。外公看到他先前刚叫过一声爷的那个人扭曲变形骇人的脸，嘴里的血倒流面颊，创作出一副鲜活生动的彩色油画。

外公一点一点靠过去，晃他的身子。“爷——爷——”

张领队还没有死，胸脯上的弹孔血流如注，他睁开眼看外公，就从口袋里摸出那根碳芯。张领队手掌鲜红，手背上的血管清晰可见，仿佛爬满了蚯蚓。

外公知道碳芯是给他的，这是他的第一支笔。

张领队已经不能说话了，用手蘸血写字，写了个“跑”。

两名士兵又在枪声中相继倒下。突然出现的冷枪把这些平日里训练有素的国民党士兵打蒙了，因为谁射击的子弹越快谁就越是显眼的靶子，就是前一个脑袋开瓢的下场。几乎在同一瞬间，士兵们就达成了默契，好似听到了内心无声的发令枪，四散奔逃。脚夫们钻在车底下，喊道：“我们是民不是兵，别打我们。”

山坡静悄悄的，子弹拖着长长的颤音游向山巅，受惊的山鸡“呱呱”乱叫，叫响了山谷空荡荡的回音，青天白日，乾坤朗朗，风呼啸着，好似山间游荡着无数索命的阴魂。

车夫们不敢轻举妄动，趴着，不知是在等生还是在等死。一枚子弹精确击中了推车上的麻袋，麦粒儿簌簌地往下淌，仿佛漏斗流沙，接着几乎所有的麻袋都中弹了，放枪的人把战利品检查了一遍才止住手，看样子收获颇丰。

一场伏击胜券在握，放枪人要等到天黑才出来清理战场。

稀疏的枪声像暗夜中的流星归于沉寂，甚至若不是眼前淌血的死尸作证，人们不会想到曾经的一刻有过亡命的危险，好似什么都没有发生。外公认出那个字的意思和脚有关，是“跑”！领队叫他跑!？那一刻外公丢下还未咽气的张贤官，握住细小的碳芯往山底下跑，人们惊奇地发现公然逃命的外公并未饮弹倒毙，他瘦小的身体所承载的贫贱性命不值得放枪人用一颗黄亮亮的金属子弹去终结，龟缩的走卒似乎也明白了放枪人要货不要人的道理，迅速从地上爬起来，死尸还了魂一般，都在同一时间跟着十几岁的少年狼狈鼠窜了。

背后再无枪声。

八

外公从五王岭的枪战中逃出来，就看到了久违的宝玉山直逼入眼。

那时候，天光泛黄，暮色围拢，灰白的雾霭沉入山林，皇天与后土交融颜色，近处枯木横斜，远处暗影绰绰。阴冷的青气在山野流窜，枯败的蒿草在疾风中歪斜。外公身上浮着一层黑灰，沧桑的老脸仿佛树皮蒸干了水分，碰一碰就要剥落，身子一挺一挺的，眼里透出牛一样凝滞的光，人与车艰难行走在隆冬腊月的荒山野岭上。昔日的崎岖山道如今辟成了铺石子的盘山公路，以前往下滚石头，现在炸裂的岩石就悬在头顶，好似随时准备砸下来。车厢里的外曾祖母安安静静，在两亭寺公社冒烟的土房下，老人吃完两颗熟鸡蛋，外公到供销社去讨水，水泥柜台后面站着两个年轻的售货员，浓重的煤油味充斥屋内。外公说："同志，给倒杯水吧。"

年轻的同志说："水？这里不卖水。"

另一个同志说："酒倒是有，就看你买得起吗，五毛一瓶，高粱大曲。"

外公买了瓶白酒，剩下一块钱花去一半。外公用瓶盖斟酒，给外曾祖母暖身子，老太太喝过两口，就不再打抖了。外公也喝，嘴对着瓶子"咣咣"三咽，虽然他内心有着对佛的敬仰，但在吃喝二字上并不忌口，算是俗家弟子吧。按照计划，他要在两亭寺的破庙夜宿，但三十年时事变迁，庙早已破败不堪，只剩下残垣破瓦，神像烂了身子掉了脸，趴在地里嘴啃泥，连拴马的柏树也被人砍做了柴禾，佛尚无容身之地，人哪来避难之所？外公放声唱了一句"慢步我出了大佛殿，见众家儿郎站两边"，撩开长腿，拉车上路了。

他要在天黑之前上宝玉山，那里的娘娘庙或许可以歇脚。然而就在宝玉山兀立在眼前时，他突然觉得气氛安静得可怕。

"娘——娘——"

外公意识到车厢里还有个年迈的老母亲。恍然转身，他看见老人拥着破旧棉被倒坐在车厢里，耷拉着头。外公吓了一跳，急忙丢下车辕。

"娘——娘——"

他摇晃母亲，老太太慢慢睁开眼，怨道："啊呀，你这是怎么了，遇上狼了？"

外公这才放下心，说："我见你半天不言喘了。"

外曾祖母用舌头舔一舔嘴角的涎水，说："你这娃，人刚睡着，梦见你大舅一家给咱们包饺子哩，羊肉馅，又肥又鲜，我老太太正吃得香哩。"

外公笑了，调转车头，把外曾祖母搁在眼前，推着车走。这个举动并不是习惯使然，而是他真的怕遇上狼。七十年代的陇东地区，乡下流窜的狼比现在城里流浪的狗还多，它们会跑到村子里觅食，咬死鸡羊，连小孩子也敢下口。大人带着小孩走路，一定要是小孩在前，大人在后，有时候走了许多里地，等进了村子才听远处有人喊："狼——狼——"路人回头，发现不知何时起后面真的就跟了一条狼。据说，万物生灵日久成精，狼成了精就会学人的样子直立行走，它们跟在人的身后，用前爪拍击行人的肩膀，人们以为是熟人打招呼，只要转头，就被狼咬住了咽喉。我最爱听大舅给我讲关于狼的故事，他说村里的蛮牛，他叫爷爷，我应该称作蛮牛太爷。老太爷年轻的时候去凤口赶集，那是九月的阴雨天，迷迷蒙蒙的雨丝把塬面润洗得葱葱茏茏，玉米高过人头，棒子吐着璎珞，秸秆叶片刷着人们的脸，泥泞的夹道笔直向前。行人看不清左右十尺开外，只能望见前后百米之间。周围全是玉米棵子，风吹绿浪如海波荡漾。蛮牛太爷走了一路，找不到说话的人，心急，见前方有个灰色的影子，总与自己保持不远不近的距离。老太爷话繁，就放快脚步，心想以他的脚力追那人还真有些费力，看样子该是个裹了小脚的叮当女流。终于追上了，那物顶着草帽，拄着拐杖。蛮牛太爷拍它的瘦肩，说："一双小脚走得还真快！"结果那东西转过头，原来是匹狼，与蛮牛太爷四目相对，但见獠牙雪白，舌头鲜红，毛发间斜立着一对晶黄残酷的三角狼眼。蛮牛太爷惊叫一声：

"啊——狼——"

那物迅速恢复狼形，奔突进玉米地，丢下了草帽与拐杖。人把狼惊跑了，狼把人吓瘫了，蛮牛太爷一屁股跌坐在地。玉米地里发出嘶嘶呜呜的哀鸣，犹如鬼哭狼叫……

西边消逝了最后的光亮，暮色掩上，月出残云，山野幽暗。老太太又睡着了，打着轻微的鼻鼾，面带微笑，嘴里流出涎线，在梦里享用着娘家亲人为她赶制的香气四溢的羊肉水饺。外公继续想那些关于狼的故事，脊背上凉气森森，好像脖颈后面龇着吹气的狼嘴。他想，如果有什么毛手毛爪搭肩，无论如何都不敢回头。可外公毕竟喝了酒，心里一片热烫，头上也是一阵阵眩晕，武松能打吊颈白额猛虎，他今就捉条狼回去，狼怕什么，不过是条会咬人的狗。

外公想起他从货运队逃回来的一九四八年。

马继援的部队占领泾川已经三个年头了，连年战乱，百姓家中缺衣少粮。国民党实行保甲连坐，十户为一甲，十甲为一保，户按地丁课税，家家少不了贡献草料、粮食和大洋。我外曾祖这个穷得掉虱子的庄户人就为了两块地丁银子被保长拴在了碌碡上，保长限他三日凑足银子，否则就抓他充军，丢到青海的马队里喂牲口。外曾祖没有用他后来擅长的鞭子去造保长的反，而是蹲在地上抱住头哭。那时保长家场院的大树上拴满了穷苦民夫，除了说一些求爷爷告奶奶的贱骨头话，他们就只会哭，顿时场院里哭声震天。如果蹦几颗眼泪能当银子使，哭倒是个好法子，可眼泪除了浪费水资源，起不了半毛钱作用。保长就着大葱一边吃馍一边骂人："狗日的，哭啥哩？马家军要粮要饷，连草料都摊下来了，有种就去泾川城里哭，要哭动了马家军，咱就不在这里受饥寒。"

民夫们还是哭。

"哭，哭㞞哩？"

民夫们继续哭。

保长不耐烦了，把最后一口馍和剩下一截葱塞进嘴里，夺过家兵小乙的长枪，对天放了一响，"砰——"

枪管口吐白烟，保长竖手而立。

全场肃静。保长的嘴巴像驴屙屎前蠕动的屁眼，腮帮子鼓囊囊的，食物在嘴里咀嚼不过，又急着给民夫们训话。保长吐出绿花花的一团稀物后说："哭，怎么不哭了，哭给我看呀？"

"砰，砰——"

又是连续两声枪响。

"不哭了？怎么不哭了？这年头眼泪不准事，纸票子都不准事了，准事的是袁大头，是这东西!”保长把枪举过头顶，枪口指天，“你们摸摸是脖子上的脑壳硬，还是这三八炮的子弹硬？三天，给你们三天时间，要再交不上来，就别怪乡党不客气了。”

确实是这样，伪乡政府催粮“三日限”，马家队伍抓兵“一夜齐”，家有兄弟二人，必有一人为兵丁。外曾祖是个瘸子，不属于优等兵源，此前以马易人，已经捐献了一头黑叫驴。

也是隆冬腊月，外公担着一担柿子去凤口集市卖，他要用卖柿子的钱救赎被绑在碌碡上的外曾祖。十四岁的外公走在后来蛮牛太爷遇事的那条笔直的小路上，后面跟着一条饥饿的母狼。那狼垂着干瘪的奶袋，正要用十四岁外公的鲜血去滋养它的小狼崽。母狼跟踪了很久，始终不敢贸然出击，因为它惧怕外公肩上的枣木扁担。幸亏机警的外公及时嗅到了狼嘴里喷出的恶臭，与狼对峙在雪地里。他手握扁担护身，狼像狗一样蹲地吐舌，只要一转身，狼就潜行身后，死死将他跟住。这样不知过了多久，蛮牛太爷才从凤口方向走来，他看见外公与狼周旋，大喊一声“狼——”

狼望见猎物来了帮手，眼里流露出失望与不舍。蛮牛太爷跺脚撵狼，狼夹着尾巴溜了。

事后，雪地里满是外公的葫芦足迹和狼的梅花爪印。太爷拍拍外公的头说：“继善儿，你上哪？看狼不吃了你。”

我外公都不晓得怕是什么滋味了，木木地说：“狼差点把我吃了。”

太爷说：“我再迟来上一锅烟，你爹就见不上你了。”

外公说：“卖不了这担柿子，我就见不上我爹了。”

蛮牛太爷抓起一个柿子往软里捏捏，咬一口，涩得连吐唾沫。“呸呸，这货色送人都要下话，还卖?”

外公说：“就剩这一树柿子还能卖钱，其他的都卖光卖净了。”

蛮牛知道外曾祖被保长拴在碌碡上饿饭，也瞧见了外公卖柿救父差点命丧狼口，就往两笼柿子上美美地浇了一泡尿。

“狗日的马继援，老子叫他吃屎（柿）喝尿。”

一股白热的蒸气从柿子堆里升起，表层的白霜在热力的作用下顷刻融化，生柿子经过尿液淋浴，立刻鲜红可爱，招人垂涎了。

外公就这样担着柿子来到集市。凤口镇有东西两道门，之间不过千米距离。外公担着柿子走过西大门，金黄的柿蛋儿立刻惹来了许多人。人们举着钱争抢，那是国民党的法币，成千上万也不算个大数目。外公卖完一担柿子担满两笼钱，当他兴冲冲地走到东大门时，这种形同废纸的钞票就宣告了彻底作废，人们已经开始在用一种更值钱的货币“金圆券”了。

“慢步我出了大佛殿，见众家儿郎站两边。”

宝玉山上传来外公的声音。

九

四十岁的外公从他瘸脚的父亲那里至少继承了两样手艺：掘窑和给人看病。

说起看病，我舅姥爷家有种古老的炼丹术，传儿不传女，传内不传外，连枣树台的亲戚都休想沾半个子儿的光。这秘方是祖上医活了凤口塬上有名的财东王世泰家的大黑骡子，财主见我祖心地纯善，适合行医，便交出一剂良方，专治各种痈疽、疔疮、下疳和疮疡。祖上原本只敢给牲畜下药，自从得了秘方，就开始以悬壶济世为己任，到了外公这里，已历三代。他不但能治疗乡下人的头疼脑热和伤食风寒，还凭此秘方为人搜脓拔毒，去腐生肌，接骨正形，逐渐朝外科骨科的领域发展去了，很受家乡人民欢迎。

偏方学名“升药”，是在地上挖一土坑取火，将白帆、火硝、硫黄、砒霜、水银、全蝎、蜈蚣、毒蛇、朱砂、雄黄等物盛入瓷碗，两碗对接，盐泥封口，用文武火煅烧八炷“四四”香的时间，待碗内药粉蒸发凝结后，刮下敷用，疗效甚佳。外公凭着古老的以毒攻毒的手法，不知治好了多少贫苦乡下人的难缠病。当年，蛮牛太爷的老姐患上痈疽，一口牙齿掉光掉尽，满嘴黑汤黄脓，仿佛六月天里腐烂生蛆的臭肉。蛮牛特地从几十里路上将她背过来，靠在我舅家的老槐底下，连院子都不敢进了。我外公得外曾祖亲传，已是乡里有名的赤脚医生，赐一剂三仙红升丹，便叫那妇人起死回生，吃到了来年新产的粮食。后来一番磕头拜谢，转危为安的妇人非说我外公是药王重生，华佗转世什么的，无以为报，竟把一株本地稀缺的剑麻送到了茜家沟。大舅说，其实那混合着多种毒物的偏方并不神秘，《外科经鉴》上有详细记载，也不是谁的独创，只是那个时候，人们把外公当成了神医，把他的红升当成了仙药。

外公的美名以几何形式广泛传播，七里八乡就有了继善的佳话。人们说他是神医，能聚天地之精气，炼救世之仙丸，免费听诊，对症施药，救人于疾难，简直就是活在乡民当中的大菩萨。黑河川里走一遭，乡卫生院庭院冷清，落着麻雀，远道而来向我外公求医问药的人却络绎不绝。门前的老槐成了那个年代茜家沟的一道风景，仿佛朝圣者觐见的圣物，一见此树，来人的病情顿能轻缓一截。他的药架上不但有阿姆西林、安乃近、青霉素等常见西式药品和各种中草药，还敬供着药王和几尊菩萨的神像。香炉吐烟，青气缭绕，颇有点玄秘气息。外公身上经常混合着泥土、佛香和草药的淡淡味道，在外人看来，即使两脚插在泥地里，也是个隐世的神仙形象。

赤脚医生陈继善站在宝玉山上，身披薄雾，头顶朝霞，一身轻松。此刻，他腹空如鼓，寒冷的天气使他周身麻木，但内心的热气正在向外蒸发。一夜，外公和我上了年纪的外曾祖母没有找到当年栖身的庙宇，只能偎着一堆篝火坐到天亮。外曾祖母老糊涂了，一上长路就满眼瞌睡，似睡非睡的，仿佛丢了魂，拥着烂棉被喃喃自语。啊哟，我的老哥哥，你还活着，老妹子就来看你来了——外公第一次以闲散的心境观望苍莽的大山，眼前是一幅江山如此多娇的壮丽美景。外公往泥土上插了三炷香，拜谒他的精神家园。这家园已经不复往昔，然而多年内心洗练，让他固执地信守一个简单道理：人活着该有所敬畏，众生平等，心诚则灵。

我把它叫作信仰。外公不懂这个词，但我敢肯定他比我更理解其中的道理。

外公在火上给小脚母亲烤热了一块高粱面馍，从随身携带的葫芦里盛出一碗凉水，解决了这顿再简单不过的早餐。他拧开所剩不多的白酒，仰脖吞咽，却感到内心世界一片冰凉，关于宝玉山的记忆，外公还有很多。

“四川成都有家乡，弟子接驾到凤翔。宝玉山上有圣母，威灵感应照四方。”

当年外公叩头的娘娘庙，供奉的是九天圣母。诗中所提接驾女子一人姓刘，一人姓陈，据说那陈姓女弟子就来自茜家沟。外公在来往之间，和庙里的住持说上了这层意思，住持对外公的礼遇便不能等同一般。一九五七年春旱，一冬未见落雪，麦子到了该拔开来长的四月，还是一拃高的黄苗。外公自觉有种使命，加之内心强烈的愿望，便带了焚香祷告的器物，只身一人前往宝玉山九天圣母庙祈雨。我无法想象那是怎样一个场景，住持以娘舅家来人的身份接待了这位祈雨的香客。全村人都不知道，但我知道，他们都眼巴巴盼着下雨，却没有个祈祷的场所。

那次的祈雨没有取得立竿见影的效果。世界上没有神，只有希望。

那日外公请回一尊九天圣女神像。

那年经历春旱后，雨水渐增，夏粮丰收。

十

一九七四年农历腊月十一，历经三天跋涉，外公拉车出羊引关，下马头坡，一片开阔的冲积平原呈现眼前。头顶有架银灰色的飞机，像一只大鸟。

一入娘家地界，老太太的话也多了。经过汤房庙的时候，她把脸遮住，怕人认出，但又不甘心，在被子里与外公说话。

"儿，你说那户人家还有个后不?"

"谁?"

"汤家，说不定能遇上。"

"遇见了咱也不认识。"

四十年不相往来，再恩爱的夫妻都要冷成两座山上的石头。二〇〇五年，我和大舅陈宏君踏上这条追寻前人足迹的故道。我采撷写作素材，大舅寻找创作灵感，各有各的目的。我们曾在汤房庙做短暂停留，我格外关心这家人的下落，却听到了人世间众多悲剧惨案中的一个。老太太到死也不知道，一九四九年前夕，她曾经的那位封建婆婆和狼眼小叔子遭遇山匪洗劫，早已绝户，尸骨无存。村人说，汤鹤龄跟着老蒋去了台湾，另娶了妻室，但每日遥望海峡对岸，思念大陆家乡，泪流不止。

这是陈家历史性的一刻，外公拉着我的外曾祖母来到糜杆桥乡杨安门前打听一个叫作杨麦仓的人。他拿出那份字迹工整的信请人看，遇到的第一个人就告诉了他结果。

“你们是从北山那边过来的吧，终于到了！”

那人引着外公来到村西一处烂庄子前。房子年久失修，半边顶子塌陷，四墙漏风，只剩下锅台和土炕藏在尚能遮雨的横木之下。

炕上睡着一个人，等着咽最后一口气。不用说，这便是杨安村的五保户杨麦仓。

老人骨瘦如柴，双目紧闭，气若游丝。他也许能用模糊的意识感知亲人到来，闻他们的气味，切肤的感觉，但要睁眼看看他们的模样，却做不到了。老人用尽今生最后一丝力气，缓缓展开一根手指，而这个举动最终要了他的命。

顺着手指的方向，外公看见烂柴下面埋着一盘尘封的新磨。

老人脸上的肉跳了一下，咽了气。诡异的笑昙花一现。

还未相见就已诀别，来不及享受重逢之欢，来不及诉说岁月往事，甚至来不及痛哭流涕，亲情就已阴阳相隔，血浓于水，情重于山，世事沉浮转眼便成彼岸之花。人世间的悲喜跌宕啊！生活，我恨你。

老太太终于知道哭了，她哭得假情假意，如病猫哀嚎。当年离开哥哥时她才十二岁，记不得家乡许多事，也想不起哥哥的模样，只知道他比她大八岁，名叫麦仓，小时候抱过她。外公面色酱紫，不知是激动还是悲伤，对突如其来的情况，不知该做出怎样的表达。

这时候，破鞋一般的烂房子里钻进一位老者，戴着老花眼镜，镜腿上系着细绳，套在脑后。来人说：“节哀，节哀。生死有命，富贵在天，人有生一日，就有死一天。”

此人是杨安村的老先生，清末秀才。那封信就是他代的笔。

老先生说起了当日情况。

那天，玉米贩子传来茜家沟小脚太太的口信。杨麦仓老汉起初不信，后来贩子说起羊引关外，说起凤翔路口，说起茜家沟，说起小脚太太的名字杨水莲，家门前有棵大槐树。杨老汉不能不信，在他近三十年的生活中，从来都是孤独一个人，世上再无亲人，突然听到亲妹子还活着，是怎样的兴奋与不安。水莲妹子，你没有死啊！

当年凤翔城破，党毓琨手下五千兵卒被俘，屠刀一挥，五千人头落地。卧牛城内哀鸿遍野，血流成河。那天他去看了，吓出了一裤子的屎和尿。无辜百姓和缴械的士兵都不放过，一个小小的府上丫鬟，助纣为虐，哪有活着的道理，能有全尸，就是苍天体恤。欢喜过度的五保户没有挺过这道坎，竟一头栽倒了。是村里的老先生替他料理后事，了结心愿。他写了上述一封信，但不能言明真相，只说盼望来人欢度春节。

五保户毕生的心愿是用家中唯一值钱的石磨磨出让他永远也吃不完的白面，可惜石磨一日不曾用，他却偏偏名叫麦仓。这个笑话杨安村人人皆知。当他死期将至时，他想这盘石磨或许该有个好的归宿了。

老先生退到屋外，给死去的五保户烧化了几张纸。杨麦仓魂魄归天，驾鹤而去。接下来，四十岁的外公以孝男身份为老舅入殓治丧。没有仪式，没有棺木，只有一领精席，杀了一只咬不动肉的老公鸡。

外公又一次把镢头抡得分外响，脚下长方形的浅坑显出清晰的雏形。镢头一起一落，所到之处，黄土翻涌，锋利的铁刃在松软的土地上游刃有余，每抡一次，携起的泥土就会随着镢头飞向半空，然后落在他的肩上、衣领上。挖够了，他会换一把家什，摆开弓箭步，将铁锹插进去，提身摆臂，奋力把土扬出坑外。他一声不吭，镢头撞击泥土的声音清晰而有规律，仿佛大地跳动的脉搏。他曾经给神挖窑，给人挖窑，现在要给鬼挖窑。他的手艺让糜杆桥乡杨安门前的人暗自惊叹，村民们都为省尽一份力而庆幸，也为死去的五保户庆幸，能躺在这样好的墓室里，死了比活着强。

地里起了一座新鲜的坟茔。

戴眼镜的老先生对我外曾祖母说："看我老糊涂了，才记起令兄生前说过，你的生辰是正月初五，民国三十八年你爹杨九酒后溺水而亡。"

十一

外公拉着此行最大的收获往回走，他要赶回家过年。

腊月二十八清早出发，只有两天时间。

小脚太太在前面蹀躞而行，二百斤的石磨压得车胎贴住地面。外公望着小脚母亲的身影，想起蛮牛太爷说过的狼精，终于发现一只狼如果拄着拐杖走路，应该就是眼前小脚母亲的样子。令他欣慰的是，此次凤翔之行，按照来时的想法，他用十元钱为我的外曾祖母补齐了一嘴瓷白的假牙。外公心里分解着时间上的安排，像一个裁缝要将整块布料安排得当。

两天时间，二百斤重的磨子，是个挑战。他的计划是夜宿宝玉山。

黄昏，他来到羊引关下。尽管无数次从这里经过，但从来没有像今天这样心焦如焚，也从没有像今天一样费力。汗珠悄悄湿了棉袄，车轮发出干涩的响，仿佛绳子陷进木头，拉大锯。

走啊！不能停下！

老天！千万不要爆胎！

人受得了，车受得了吗？

老太太不见踪影了，只有他在山间转。在外公朴素的观念里面，经常有些连哲学教授都无法比拟的观点：人活着就要受苦受难，才能换取等量幸福，如果此生遭遇不公，定是前世做了孽事；人要吃麦子，就要被一年四季最毒的太阳晒，那是在向天赎罪。万事万物，都暗合自然造化，你说那盘石磨，就是天地合体，混沌之物；你又说那草笼，看似平常，却横为纬条，纵为经枝，就是地球的形制；还有那许多事，好事坏事，祸福相依，心中有灯，就是希望……

继善背上的汗水已经打湿了棉裤腰，他的力气快要用尽了，但这条路还茫茫无尽头。路要怎么走，这个老脚夫自有技巧。宝玉山就是今天的终点。近了。近了。剩下的路明天再说。

不能停下，一鼓作气。

不能爆胎，娘娘保佑。

他拆开石磨，将上盘推出一百米，卸下，返身再去推下半盘，走不动就拐“Z”形路线，以借外力。羊引关下的最后一百米是在璀璨的星空下走完的。

勺子北斗，四角发亮的猎户。

外公感到肺部闷胀。上盘磨子，他拐折尺形走，每到三四米的拐点处，便踢出一块事先预备好的石头顶住车轮，然后借机休息，铆足劲再推。一百米走了一个多小时，到最后车子干脆就像蹒跚的公鸭，轮子仿佛圆规的两只脚，交换画弧，一步一步被外公扭制上去。剩下的半盘石磨，将是累死骆驼的稻草？外公想，当年都没有令他对艰难的前途绝望，现在区区一块石头算得了什么！外公搬起剩下的半盘石磨上车，车子像一头犟牛，顶着他后退。

万丈深渊。万劫不复？

此时，山间响起一声清脆的车铃。推车赶上的是一位年轻的女子。借着月光，外公看见她长相标致。

外公说："搭把手吧，妹子。"顿时他感到车子在牵着他加速往前跑，外公手搭车辕，飘浮在地面，如踏在云端。

上到山顶，外曾祖母已经在来时宿营的娘娘庙外生起了火。篝火跳跃，映红山林。外公向年轻女子道谢。女子莞尔："我其实也没用劲，你走得快，我都搭不上手。"

女子两眼流光，转身便消失在黑色的大山中。

第二天，外公下了宝玉山，一路在想女子超凡的气质，怎么能给人如此温暖的感觉，却只记起她满眼月光，如水波澜。

农历腊月二十八，夜，怎么会有月光？我外公失口叫道：娘娘！

外公在最后一天的时间里，将行程划分十几个小段，按时间分解任务。每一小段他都当作一段重大的里程来走。等下了店坊坡，在冬日黑河仍在喧响的水声里，他听到了灵魂与身体的对话："辛苦你了，前面不远就是家！"

来开门的是十二岁的大舅。

农村的夜晚，不因为大年三十这个特殊日子而辉煌。夜，黑，夜，静，狗都不叫，它们熟悉外公的气味和声音。堂二哥的窑洞里吹灭了灯。

"爹，你怎么才回来，我妈给你留了好吃的。"

我外公从车辕杆上抽出四只灯笼，一大三小，是他在独店乡买的，大的两毛，小的一毛，花去了他此行仅剩下的五毛钱。

"这是给你们三个娃娃的。"

大舅高兴地叫道："灯笼，妈，我爹给我们买灯笼了。"

外公说："宏君，过完年你就十二了，该上学了。"

大舅说："大灯笼是给咱们新庄子上的吗？你走了我和我妈把那盆剑

麻抬上去了，我们真的要分家另过吗？"

外公淡淡地说："去把大灯笼挂到槐树上，今儿个过年着哩。"

外公把外曾祖母扶下车，把石磨抱起来，他觉得自己的力气大得惊人，从身体里正源源不断往出溢。这磨子放到哪里呢？放到大槐树下，与那盘鄙陋的裂了缝的旧磨子搁在一起？还是放到新庄子的三孔窑洞前？外公在思考，他觉得或许这些都不是，他要用毕生的精力在小河渠口、城庙之下、大队场院旁挖一孔与以往都不同的窑洞，把磨子安置进去，磨出全村人都吃不完的白面。

石磨重重地砸在地上。

脚下的窝窝棉鞋不知什么时候走丢了，他感到肺部炸裂，一腔腥浓的东西涌上来，喷在石磨上，仿佛碎了一瓶墨。

老槐上升起了纸灯笼。

红日高悬。

春天来了。

附言：

我是一个吃过三年黑河水的游子，寄宿在故乡的泥土之外。我是你们用一枚细胞孕育出来的后代，与你们有相同的百分之九十九点九九的基因。我是幸运的个体，我的生活已成定局。我是你们最懦弱无力的种子，黑夜怀念你们的善良，白天不思你们的痛苦。我杜撰了你们真实的经历，辱没了先祖声名。我只希望，你们的苦难就此成为历史，永不复加。可我清楚，你们的苦难就是历史，我们怎敢轻易忘记。

——献给我的外公陈继善，献给我的表舅公冯金财，当含笑于九泉！

（原载于《飞天》2016年第八期）

解　药

我的兄弟叫赵博，我俩不是同一个女人生的，但都得管杨长寿叫爸。

叫爸我不亏，因为他是我亲爹。记忆里，我爸总是满脸黑毛，一副凶神恶煞的模样，像极了他肉铺里悬挂的猪头，有时候抱住我又亲又啃，我就能闻到铺子里猪肚翻开的味道。等我长大后才渐渐明白，我亲妈离开我们或许就有这个原因，我不能忍受的我妈也不能忍受。我看过以前的照片，我妈脸蛋白皙，时髦爱打扮，我爸永远就像是被他刀下的生猪拱过的邋遢样子，一点也配不上我妈。一个白脸女郎，一个黑头汉子，中间夹着我这个避孕失败的副产品，我就想造物主真是糊涂透顶，与其让我成为没妈的孩子，不如当时叫我爹一泡尿把我滋出来。

我爸养我比养他的那棚猪还精心，他给猪崽添饲料，给我灌羊奶。猪一年一出栏，我却永远也长不大，总在他眼前晃。一次，我带着我的小伙伴钻猪棚，追着一头母猪和六个猪崽跑，猪吓得号叫不止，我们高兴得前仰后合。我们比猪还能撒欢，在猪身上我们留下了童年里最难忘的记忆。随之出现的是我爹杨长寿，他站在猪棚门口，高大的身体挡住了午后的阳光，那个时候，我和小伙伴正每人怀里抱着一头小猪崽撩拨呢。

杨长寿一巴掌打在我脸上，我觉得整个脑袋都飞走了。他骂我是猪种，当时我不敢还口，要搁现在，我会说，我是猪种，那我爸就是种猪，反正我就一个爹。我不哭，脸上火辣辣的，小伙伴们被我爹镇住了，我看见他们满头满脸的灰土，睫毛上挂着泥珠，小猪崽们倒是毛色油亮，比我们耐看。

自打那以后，杨长寿就要给我物色个后妈，是不是给自己找个暖被窝的身子，那时我不懂，现在照样不懂。

后来，赵博被他妈牵着来到我家，我爸殷勤得像遇上了来铺子里买肉的客人。他从案板上捡起卖剩的卤肉拌了一盘凉菜，还到隔壁万元户的商店里要了一瓶烧酒。赵博妈手里拎着一网兜苹果放在肉铺隔断后面的卧室里，拍着赵博瘦小的身子对杨长寿说："跪下，快叫爹！"

赵博很听话，就跪下来叫了一声爹。我爸高兴地张大嘴巴说："儿子，快起来！"他掏出十元钱给赵博，赵博刚要伸手，就被他妈打掉了。他妈说："都是一家人了，还给什么钱不钱的！"

杨长寿说："这是我给儿子的见面礼，你别拦着！要是不拿，以后就别让娃儿喊我爹！"说完就将钱拍在桌子上。

赵博妈哭了，说："以后你能把赵博当儿子待就好。快给你爹磕头，再磕几个！"赵博当下就又把头捣在了地上。我爸说："够了够了，快起来吧，有伟伟吃的，就有博博吃的，两个娃都是我杨长寿的儿子。来，今儿个是个好日子，咱们一家人，喝酒！"

当夜，我爹就把自己放醉了。他将我打发到肉铺子临时搭起的木板床上，把隔断门从里面上了锁。之前，即便是杨长寿把我狂揍一顿，晚上还是叫我同他一起睡在里屋的床上，但现在，这个安逸的位置被赵博妈占据了。隔断是用三合板钉起来的，将我家的铺子前后分开，前面三分之二撑着苫板，摆着剁肉的木墩、冷藏用的冰柜，还有一口煮肉用的大铁锅，墙上挂着铁钩和开膛破脑用的各种凶器，场面肮脏恐怖，后面三分之一才是我们真正意义上的家，挤满各种生活用具，能用和不能用的，一股脑儿全在里面，稍值钱的就是那台十四英寸的黑白电视。以前我讨厌这地方，恨不得一把火烧了，但现在连这样安逸的角落都不属于我了。

还好，有个家伙处境和我一样，那就是赵博。

他被赶出来和我睡。那小子，我恨他，刚一来就把我逼到了肉铺子里，我正为白天的即将到来而烦恼。到时店门一开，那些小伙伴说不定会到市场里转，看见我家原来在这样一个破烂的地方，心里就一阵不安。赵博脱衣服，外衣、袄子、衬衣、毛裤、线裤，一层一层的，有妈没妈区别就在这里。我从小没妈，衣服脏了杨长寿就叫我脱下来，他不说我就不换。赵博脱得只剩下裤衩和背心，钻进被窝直喊冷，我看见他那种认贼作父的孬样就来气。你小子还有个裤衩和背心穿，你给我起来！

我一把抽了被子，赵博在床板上缩成一团。我叫他把裤衩脱了，赵博说："哥，小声点，别叫爸和妈听见！"

我说："别叫我哥，我不是你哥，我姓杨。快脱！"

赵博乖乖脱了裤衩。我看见他的鸡鸡变黑，有了发育的迹象。我警告他，我说："赵博，你可以住下，但这是我家，往后你得听我的！——还有，你要发誓不会告诉任何人咱俩晚上住这里，听见了吗？"

赵博爬起来，用两只干柴棍一样的胳膊搂住肩头，怯怯地说他听见了。

我将被子扔回去，我说，现在我得搜你的身，看带了什么好玩意儿。我从他的裤兜里掏出了一沓游戏纸牌，还有一个弹弓和几粒石子，最后我在他的上衣口袋里找到了我爹给的十块钱。

我说："赵博，这钱是我的！"

赵博说："哥，是爸给我的！"

我说："放屁，我爸给你的那也是我们家的钱，现在物归原主！"

赵博可怜兮兮地垂下头，把被子摊开来睡了。

我说："一天一块，这十块钱够你住十个晚上的。我家的钱有猪肉味道，不信你闻闻。"

真没想到十元钱让赵博在我的床上睡了两年。那些个夜晚，我们的床像泊在湖面上的小舢板，夜深人静，窸窸窣窣的声音惊起湖面的波澜时，床就一漾一漾的，搅得人心神不宁。赵博睡得死，不知隔墙后面大人的事，我故意趴在他耳边喊地震了、地震了，然后拽着他溜到外面去。夏天一点儿也不冷，躲在麦秸垛里，玩闹上一晚上，多么疯狂！

这是我们的秘密，赵博为此恪守诺言。

我是个在学习上毫无天分的人，一到课堂就犯困，两只眼皮间像扯着皮筋。一天，班主任点名，他喊"赵博"，赵博站起来答"到"，声音很脆。接着又点"杨伟"。那时我还趴在桌子上迷糊，以为是我爸唤我去倒乌七八糟的猪屎尿，就没有理，结果班主任又点了一次我的名字，才如梦方醒。我看见全班同学正齐刷刷望着我，就拖着怪腔懒懒地回答："到——"

班主任看见我就把脸一黑，说："蔫不拉几的，果然是杨痿！"

班主任说完这话把自个儿逗乐了。同学们跟着傻笑，他们多半不知道这话的深层意思，老师笑了，他们觉得就应该笑。我因为多次留级，见过世面，胆子也大，就站起来说："老师，你什么意思?"班主任知道是他失误，连忙说："你们两兄弟，还真是不一样，你这个做哥哥的要向弟弟学习，自习课上不准睡觉!"

后来，赵博就被派来和我坐同桌。

我们俩白天趴在同一张桌子上听课，晚上躺在同一张床上睡觉，环境完全一样，但学习成绩却一个天上，一个地下，当然也成了老师口里的正反两种典型。他们说我懒惰、不开窍、注意力不集中、迟到早退爱旷课，一无是处，根本不是块学习的料。

连我也这样认为。我想这该死的初三快点结束吧，然后就接替杨长寿的事业去养猪。站在肉铺里卖猪肉我嫌丢人现眼，但到了老家农村，谁会知道我的底细?可偏偏一个女孩子的出现让我改变了想法。

以后我去学校唯一的动力就是为看一眼她。

女孩叫王佳，是从市上转下来的插班生，黑发齐耳，眸子明亮，说一口普通话。因为个子颀长，就被安排到了后面，刚好与我坐在同一排。那时候，教室中间的二三小组是黄金位置，为了体现公平，每两周轮换一次。我计算了一下，八周一个轮回，有六周时间我和王佳只隔着一条走道，但也有两周，我们俩一个南墙、一个北墙，隔着全教室最遥远的距离。王佳学习很刻苦，但成绩不是很好，因为说的是普通话，人又长得漂亮，所以在班里很出众，各种文艺表演她都是我们班的招牌。能与她处半个同桌，我们班的男生都很羡慕我。慢慢地，我对她就有了种特殊的感觉。具体表现是一天不见就牵肠挂肚的，到任何一个地方我都会留意有没有她的身影，我喜欢坐在她旁边，感受她的存在，嗅她淡淡如兰的气息，那种滋味让我痴迷，让我心花怒放。但毕竟我是个差生，王佳总是越过我和赵博说话，讨论一些习题的解答方法。我插不上嘴，心里生气，却假装什么事也没有。我想，王佳一定是喜欢上了赵博这小子。

我想试探赵博，有一天我对他说："王佳喜欢上你了，叫我告诉你。"

赵博的脸一下子涨得通红，支支吾吾地说："不可能。"

我说真的，是她叫我告诉你的。从那以后，我暗中观察赵博，发现他一见王佳就脸红，故意躲着她。两个人别扭上了，我从中得到了很大的满足。

那段时间，我身上也发生着变化。杨长寿说：“伟伟这是怎么了，天天洗头发？以前洗脸都要我牵着脖子。”赵博妈说：“孩子懂事了，知羞臊了。”我知道我喜欢上了王佳，因为能看到她，我觉得每一天都值得期待。夜里我盼着天亮，天亮了我等着上学，一进教室我就寻找王佳，只要看一眼，心里就甜津津的。后来我明白，那种幸福的感觉叫作初恋。为了引起她的注意，我曾偷了我爹埋在褥子底下的玩意儿，带到教室里，吹足气，当气球玩。男同学们一哄而起，争着拍来赶去，我还大声给他们讲解这东西的用处，都是道听途说、一知半解，男生们兴奋得直乱叫，女生们却羞怯地把头低下去。我瞟一眼王佳，她在写字，根本不把我当回事。

那是一九九〇年代末，西北地区的商贸还不活跃，我们黑石县城每年都有物资交流大会，天南地北的小摊贩二道毛拉着自认为最挣钱的东西来赶场，各种商品摆得满街都是，我们上学像一个个小泥鳅似的在人堆中钻来钻去。每到这时，我爹就会从案板上那只沾满油垢的钱匣子里挑出十块钱，给我和赵博每人五块，由我们自由支配。赵博总会买些新鲜的玩意儿，比如彩色橡皮、带鞘的小刀、五花八门的图书，而我多半会拿钱去看马戏表演，或者买杯汽水喝掉。这一次，我打算为我置办一件新衣裳。

我对赵博说杨长寿给他的五块钱得借给我。赵博虽然为难，但还是把钱交了出来。我有点感动，两年前他被我抢走十块钱的时候就是这种怯懦的表情。我说：“今天这五块钱算我借你的，你以后的‘床费’统统免了。”赵博很高兴。可这样凑下来，也只有十几块钱，那时一件夹克衫起码得五十元。

我想到了杨长寿那个脏兮兮的钱匣子。

我说：“赵博，去把你爹的钱匣子弄开，拿五十块钱出来。”

赵博怯生生地说：“哥，我不敢。”

我假装生气地说：“你要不去今晚就睡到肉案上吧，看我怎么收拾你!”

赵博可怜巴巴地说：“哥，我真的不敢去，爹会打死我的!”

我说：“杨长寿不会打你，他只会打我。”

我和赵博商量好后，等着作案的时机。一天，赵博妈回老家给猪喂料，杨长寿正忙着剁猪排骨。他口衔香烟、双目微闭，一截烟灰掉下来，被他一顿乱刀，连同猪肉猪骨和在了一起。我很少叫他爸，但这次必须激起他作为人父的柔情，我说："爸，你进来，我有话对你说。"

杨长寿意外地望着我说："怎么了，伟伟？有话你就说。"

我说："你进来，我有事要问你。"

杨长寿两眼一抹黑，跟我走进里屋。他边走边把两只油腻腻的大手往腰间的围裙上擦。我关上门说："爸，你告诉我，我妈到底去了哪里？"

杨长寿不知道我要跟他提说这事，摸一摸鼻子。我知道只要说到关于我娘的话题他就会鼻腔发酸，语塞无措。"这——以后慢慢你会知道，外面有生意。"杨长寿搪塞一句，掀门欲逃。我抢到门后，堵住他的去路说："我现在长大了，有知道的权利，你今天不说，我就不让你离开。"杨长寿没办法，说："你妈是个好女人，都怪我。"说着深吁了一口气："都怪我那时没有好好待她，经常喝酒。那年她走时你才满一岁。"

我看见杨长寿欲哭无泪的样子就好笑。我要的就是这个效果。他不知道我妈的下落，他深爱着我妈。关于当年我妈离家出走的事，我们所知道的就只有这些。

我预计外面赵博已经得手，才把他放出去。

果然，赵博已经顺利地偷了五十块钱。杨长寿的钱匣子白天挂着锁，到了晚上赵博娘把一天的票子清点一遍，然后把剩下的毛毛分分整理好，上锁，以备第二天给人找零。里面到底有多少钱，其实他也不知道。

赵博将钱扔给我，好似烫手，但还没来得及花，就被隔壁商店的万元户揭发了。杨长寿不说话，赵博妈像遭狗咬了一样扯住赵博，用我家的笤帚疙瘩一顿猛打，逼问他偷走的钱哪去了。

我躲在里屋不敢出来，集市上的人都睁着好奇的眼睛往铺子里瞧，本是和气成财的生意场发生了巨大的家庭纷争，谁敢进来买东西呀？赵博妈又喊又叫，唯恐全市场的人不知赵博偷了钱，惹来了左右邻居和戴大盖帽的工商所干部，结果一看是老妈教训儿子，都站在一旁观望，也有人发出一两声可有可无的劝慰。

赵博像一截瘦木桩，死戳在铺子门口不说话，一味地哭。赵博妈把笤帚把儿都打开了花，最后还是我爹杨长寿抓住她的手说："行了，小孩子嘛，吓唬吓唬就行了，搞得鸡飞狗跳的，不嫌丢人？”

那女人一听杨长寿的话，哭得跟当年死了男人一样，“我生下的好儿，跟他死去的爸一样，八棍子抽不出一个响屁——我的命咋就这么苦！”

从那天起，我把赵博当成了兄弟。

这样一闹，我不但被人看了个清清楚楚，而且连铺子也被人观了个里里外外，我家的位置就暴露了。这是我当时的想法，当时的想法很幼稚。后来我用五十元巨款买了件西装上衣，穿在身上的那种自豪感就甭提了。遇见人我就把胳膊挥起来，故意给他们看袖口处的商标。我记得我爹心情好时给我说过，他们年轻时戴了手表会专拣人多的地方看时间，亮出金灿灿的腕子见人就问：“嗨，老兄，几点了？看我这记性，又忘了给表上发条。”我的心情就是这样，少年时的我是校园里最有模有样的人物，哪像个学生，用清水洗完头发，打上摩丝，就跟牛舔了似的乌黑油亮。可是，下半身我只有一条土裁缝缝制的蓝布裤，腘窝里皱了一层一层的褶，脚下是一双被鞋匠缝补过好多回的烂球鞋，可即便如此，我亦因一件衣服增强了向王佳表白的勇气。

我的初恋是这样开始的。

快到冬天了，当时我们的教室是砖木结构的三间大瓦房，取暖是最原始的办法——敷土炉子。这活儿不是谁成绩好谁就能胜任的，反倒是我这种不学无术之徒最为擅长。班主任知人善任，向我下了任务，我兴奋得连觉都睡不着。那天中午，我洗了两遍头发，在我家肉铺里找出一块废旧铁皮，然后到我爸的老友张叔的铁匠铺里借了一把大剪刀。我把铁皮剪成想要的形状，赵博问我这是干什么，我根本不理他，赵博又凑上来要给我帮忙，我叫他滚到一边去。到了学校的活动课上，同学们都出去玩了，我带了几个小兄弟，用砖块和稀泥在教室后边砌了个四方中空的土炉子。我的创造力得到了初步展示，我用铁皮在炉壁上造了一只简易烤箱，预想着以后上课，就先把赵博娘蒸的白馍塞进去，等到下课就能吃到焦黄冒气的热馒头。

我的伟大创造得到了班主任的公开表扬，他的话让我的狗尾巴翘到了天上。我知道王佳一定会对我刮目相看。这就是创造，平常之间制造不平凡。几天以来，我一直为自己的发明兴奋不已，可渐渐心就冷了，我发现王佳还是去找赵博说题，对我视而不见，总是一副客客气气的样子。当他俩接上头的时候，我隔在中间，他们把我当成了空气，我只能努力将身体后仰，为他们退出热情交往的半张桌子。我的心怦怦跳跃，王佳发育良好的胸脯仿佛两座山丘。

他们的开心建立在我的痛苦之上，我不答应。那天晚自习，我故伎重演，对王佳说操场后面小树林里有人找她。为了骗她赴约，我还说："真的，王佳，骗你不是人！"

王佳一听"操场后面""小树林"这两个词，就把对赵博的热情凝在了脸上。这地方地势低洼，相当隐秘，因为地形不足以规划，建校以来就一直荒着，野生出密密的洋槐，长满了掩人脚面的野草，草一岁一枯，树长成材料就遭人砍伐，时至今日也只是个不成气候的小树林。但在我们黑石中学，这里却是个不光彩的地方，逃学翘课、闹事约架、谈情说爱，少年们的一切恩怨情仇常在此上演，有次还打死过一个学生。

起初王佳不想去，但经过我花言巧语，就改变了想法。她要叫赵博陪，可这小子胆小怕事，支吾了半天不敢去。我看见王佳明亮的大眼睛里闪过一丝失望。她的失望就是我的希望。我对王佳说，看在这条走道的份上，大爷愿意给你当保镖。我记得那天晚上，路灯昏黄、星星隐藏，一声铃响，安静的校园炸开了锅。我们一前一后，穿过土操场走了很久，走得我身体发麻，走得四周空气冰凉，才终于来到那个令人终生难忘的小树林。

教室的窗户像一个个亮灿灿的格子，映得小树林一片光明。几个少年鬼影一般闪进树丛里。

我说："王佳，我喜欢你！"

王佳说："啊？"

我说："我喜欢你！"

王佳剥着指甲，站住，低头不语。风吹乱了她的刘海，露出好看的额头，她早该知道那个约她的人就是我。我们俩保持一米的距离，中间似有一个无形的夹道。我说出这句话，仿佛石子抛入深井，等待她发出心底的泉音。鼻子辣辣的，眼睛里迷迷蒙蒙，添上来几分潮湿意。多年以后，我经常会想起这次失败的表白，或许每个恋爱的故事都美得叫人沉醉，即使当年大咧咧的我，只在王佳面前说了一句我喜欢你的话，就能把自己感动出眼泪。

没有花前，没有月下，只有青涩，只有轻狂。

王佳眼里闪动着一些复杂的光，“我——你——”未等她说完，树丛中就追出七八个人来，我看见是那几个少年，也有校外的闲杂分子。前面的人拼命奔逃，后面的人疯狂追赶，动作矫健、身手敏捷，他们在这里打架，寻衅滋事，都不是益鸟。可我在这里向喜欢的姑娘表白，就是好鸟吗？

小树林没有半点风景，白天树枯草黄，散落着纸片和烟蒂，不久前一场冰风冷雨，旮旯里的泥土散发着尿臊味，或许真是因为有人经常在墙根下撒尿才混杂出如此难闻的气味。在这个公共厕所一样自由肮脏的地方，青色的水泥墙上布满脚印、鼻涕和不知是什么的遗迹，最多的是少年们对人类生育这个伟大话题的涂鸦，男人和女人的那点事，是他们对生活全部的理解与向往吗？有什么东西从少年奔跑的方向飞过来，闪了一道光。王佳尖叫一声，捂住了好看的额头，跌坐在地，浓稠的液体从她的指缝间渗出来，把脸都染红了。

我在向我的初恋女孩表白，我骗王佳说那个烤箱是为她做的，是她给了我灵感，一看见她，身体内就流过幸福得令人昏厥的电流。

王佳不说话，血在流，我不知道她有没有听见我说话。

我家就是这样，杀猪匠和管账婆在教育后代的问题上分工明确，他们各说各的话、各打各的娃，从无例外。这件事发生以后，王佳的姑姑寻到我家的肉铺子里兴师问罪。

赵博妈抢在杨长寿出手之前先用笤帚疙瘩把赵博打进了里屋，关门上锁。理由是这小子快把她气死了，整天惹是生非，不是个好种子，放出来不知又该闯什么祸。

我觉得那女人是在骂我，可大祸将至，我忍了。

王佳姑姑穿一件黑呢子大衣，束出一段细腰，瘦脸蜡黄，气质忧郁，一看就知道是个坐在机关大院缺少阳光辐射的女干部。生女像姑姑，说得一点没错，王佳就有她姑姑的好身材。王佳姑姑走进来，我爸还以为是早市上割肉的顾客，赔了三分笑。王佳姑姑说：“你是杨伟的家长？”

杀猪匠一听，知道事情不对头，说：“怎么了？”

“怎么了？我还要来问你呢。你儿子呢？”

“请问你是？”

“我是王佳的家长。”

杨长寿虽然是个杀猪的粗人，但却热衷生意门道，逢人先献三分笑。这次他赶紧放下刀子，把脸一冷，在围裙上擦了两把手，悲声悲气地说：“这个小狗日的，老子花钱叫他去念书，不好好学习，整天失事闯祸，没想到发生这样的事，真是对不起。唉！”

“对不起？对不起能抵得上我家姑娘的一只眼睛吗？”

“有这么严重？”杨长寿惊诧地问。

“不严重我来找你？”

“小狗日的，看我不敲断他的腿！”

为了让王佳姑姑息怒，杨长寿一脚踢开隔板门，把我拖出来，当她面甩了我一巴掌。

这一巴掌掴在我脸上，我感到十分痛快。打，再给我一下，搞个左右对称。可是很遗憾，我爸打我从来都只有一下。我的脑子像被水泡了，竟然不知道跑，像赵博一样死戳着，全然忘记了是在肉铺外面众目睽睽之下。唉！如果可以，我情愿把我的这张脸撕下来挂在操场后面的石墙上，让那个名叫崔涛的杂种当靶子，用带着尖刃的玻璃扎，扎成一串烂抹布。

你们悲愤难过，难道我的心情就好受吗？

王佳姑姑说：“养不教，父之过！在学校里不好好念书，却要祸害别人家的孩子，说句在理的话，要是你儿子不把王佳叫出去，这事能发生吗？真是不知羞愧！你爸杀猪卖肉供你念书，毛没长齐就搞对象，你说我可怎么给她爸妈交代啊！”

王佳姑姑哭了起来，语无伦次。

我爸点燃一支香烟，默默抽上。

“你们、你们这些个钻钱眼的个体户，是咋教育孩子的？我家王佳是上大学的材料，一辈子都叫你们毁了！毁了！你们知道吗？”

这时候，赵博妈火了。

“你年纪轻轻是怎么说话的？我们个体户怎么了？我们杀猪卖肉怎么了？有道是一个巴掌拍不响，我儿子叫，也该你姑娘跟着去，她不去，不就什么事没有吗？你姑娘和我儿子谈对象，你觉得你姑娘亏，我还觉得我儿子蠢哩，指不定还做了什么非分事。”

“你你你……”

王佳姑姑气得发抖。赵博妈是什么人？跟她斗嘴，十个姑姑都不行。

“再说了，打瞎你家姑娘的又不是我家杨伟，有种你去找县长市长评理，叫公安局把崔涛毙了。我看呀，你也没这个本事，就会捏我们这些软柿子。来来来，今天你也不能白跑一趟，封门砸锅随你便，我和我家老杨绝对不拦着——老天呀！你也不睁眼瞧瞧，看看当官的怎么欺负人……”

赵博娘放声哭号，像受了巨大的委屈。王佳姑姑说：“泼妇，破鞋——好人不跟狗讲道理！”

“你妈才是破鞋，你爸才是赖狗，你骂谁？”

“听不懂人话啊？我骂的就是你！”

“你再骂一遍？”

“赖狗！破鞋！骂你怎么了？骂你怎么了？”

赵博娘逼上去，抓王佳姑姑的头发。长年累月风吹日晒，她的脸仿佛酱紫色的鼓皮，她的嘴巴好似黑魆魆的洞口，她的手犹如两只钢筋铁耙，在一致对外上，这女人丝毫不含糊。她们纠缠在一起，像两个散发的厉鬼，看得我心惊肉跳。

“你们还要不要脸？”杨长寿把斧头剁在木墩上，嗡嗡颤动。

那天，赵博娘揪下王佳姑姑一撮头发，但也被对方撕烂了半只袖管，没有占到多少便宜。赵博从里屋跑出来，吊在两个搏斗的女人中间，拖着哭腔对我说：“哥哥哥，人家打我妈哩，你快来帮忙呀！”

我说：“是你妈又不是我妈。姑姑，加油！”说完我就赶紧往外钻。这一跑，才发现自己满眼泪花，熟悉的世界正浸透在汪汪泪影里。

“看你妈哩，都给老子闪开！”我对看热闹的人说。

事还没完。我逃得了一时，却逃不出一世，杨长寿应付了今日，睡过一夜，又是明天。毕竟这不是一件小事。第二天，他用粽叶包了两只猪耳，在万元户的商店里买了一袋牛奶粉，去探望王佳的病情。领教过赵博妈九阴白骨爪厉害的姑姑肌肉变形、满脸愤怒，一把将杀猪匠的礼物扔到了门外的大院里，两只猪耳在窨井盖上活蹦乱跳。王佳姑姑说："滚！谁稀罕你那点破玩意儿？丢什么人，我家也是你进来的？早干啥去了？咱们法庭上见！"

我爸赶紧道歉，对不起，对不起，谁也想不到会这样。我爸差点就给人家跪下了。他可真有出息啊！那个崔涛，我不得不说，人家老子是个什么领导，本人是成名已久的坏渣，他掷出的玻璃飞刀是冲着几个少年的脑勺去的，没想到手艺臭得像狗屎跌进了下水道，眵昏的眼窍仿佛走马灯，所以才误伤了我的心上人。王佳姑姑迁怒于我，我有什么办法？这是一场意外，意外是谁也控制不了的呀！

得不到对方谅解，杨长寿灰溜溜地回来了。抽烟，一抽就是满缸子烟蒂。我呢，照样把头发洗得干干净净，把衣服穿得亮亮新新地去上学。我再也不打瞌睡了，眼睛睁得大大的，等着王佳回来。

我喜欢这样的状态，平平静静的，谁也别来打扰我。

我们这里的冬天，以第一场雪的降临为标志，尽管之前树叶已经掉光，天气已经很冷，家家户户烟囱冒烟，但没有点白色的冰与雪，冬天就没有冷酷的灵与魂，就像春天没有绿色、秋天缺少金黄。雪会将秋天枯萎凋零的林梢描出细密的线条，会将污浊干燥的空气净化出凛冽的寒风，会在土飞尘扬的山塬大地覆上一层暄实的棉被，露出洁白之下不肯消寂的斑斑点点和褶褶条条。但之前的日子是难熬的，正如年少时的我，站在星期天的黄昏里，日薄西山，无限惶恐——我是个差生，厌恶那个如同牢狱一般的地方。

那段日子里，想平静都难。在黑石中学，晚自习发生了学生遭遇人身伤害的恶性事件也不是一次两次了。王佳姑姑在我家铺子里没有讨到半点便宜，就来到了学校，校长除了赔情道歉也没有多余的办法。现如今，那几个坏小子已经被公安局拘押起来，他们把事发经过讲得清清楚楚，照说也就是先批评教育、后交钱放人的结果，其中原因有二：一来他们还未成年，不负法律责任；二来这纯属意外事故，不构成刑事犯罪。还有许多不上台面的原因，这件事围绕"钱"这个关键尽量在小圈子里解决。

我见到了王佳的两对父母，他们和王佳姑姑共计五人到我家铺子里来说事。鉴于上次赵博妈的英勇表现和我爸杨长寿手操刀斧的危险职业，来人都有意克制自己的情绪，尽力磋商解决问题的办法。我家肉铺狭小，忽然挤进来这么多人，连个搁屁股的地方都没有。我爹又惊又乱，连忙招呼他们进里屋歇脚。这时候我才搞清楚王佳的身世，那一对粗衣布裤老实巴交的农民是她的亲生父母，他们一连生了三个女孩，为要一个顶门立户的儿子就将三女儿送了人。这事很常见，三女儿送给市里的一户人，改名王佳。本来一切安好，王佳在第一次中专考试的时候，却连预选都没有进入。为了争取二次机会，他的养父母动用了所有社会关系，为她改了学籍，然后转学到县上，插进我们班，这样就可以参加今年的考试了。王佳寄宿在姑姑家里，不想发生了意外。这事因我而起，责任不可推卸。

我想，往日我爹杨长寿杀猪是何等英雄，白刀子进红刀子出，猪血四溅，猪嚎震天，他连眼睛都不眨一下。在我的记忆里，他口噙利刃，手勒索套，等着猪血放干、猪尸瘫软，才将那屎尿俱下的死猪过水拔毛、开膛破腹、翻出一摊血红之物。我呢，最喜欢将塑料袋一样的猪尿脬吹成大大的气球。我爹就笑哈哈地说："儿子，那东西是装尿的，臊气着呢。"现如今我爹对这几个上门来的人物愁情苦脸，丝毫没有杀猪时主宰生死的气概与豪情，竟然主动提出要支付三千块钱，作为对王佳父母的补偿。再多他也没有了。

那时候的三千块钱已不是个小数目，杨长寿需要宰几十头猪才能挣这么多钱。然而，王佳的两对父母，尤其是农村来的两位老夫妻，四目相顾，对我爸的提议不置可否。农村女人忽然流着泪说她女儿以后可怎么办，眼睛坏了，嫁人都寻不到好一些的人家，这点钱怎么能行呢？王佳的养父母也发话了，说不是钱的问题，以后还要考虑给王佳二次治疗，他们也知道这事不能全怪我，希望能拿到五千块。还有王佳的姑姑也据理力争，她的话有些隐讳但道理明白。那个叫作崔涛的咱惹不起，这赔偿呢还得从杀猪匠的肉铺子里往出拿一部分，如果崔家人上气动火，那么你这肉铺子就得关门歇业，你这杀猪行当就生意到头了。好事歹事，反正叫你摊上了，不如二一添作五，一人一部分。以后他们要去西京给王佳治眼睛，这点钱估计也还不够。

这样的谈判进行了几次，赔偿的数额也在不断增加，后来以四千六百元了事。我记得很清楚，为了这些钱杨长寿把赵博妈压在床上狠揍了一顿，可管账婆死抱住钱匣子就是不松手。杨长寿说："你这个心叫狗吃了的女人，把钱给我！"

赵博妈一边哭一边说："我不，你打死我算了！"

杨长寿拿起赵博妈经常教训儿子的笤帚疙瘩往女人肥肿的臀部上猛抽几下，仿佛打在了棉花上。杨长寿说："怪咱把小狗日的没教育好，几千块钱算个尿！兜拢够给人家，省得一伙人来店里搅扰生意。"

赵博妈心疼她的钱，说："我跟你搭伙，就是你说将来能在县上置买个地方，咱也像城里人一样住楼房，可你为了你的娃，就不管我们母子了？想把买房的钱拿走？没门！"

"狗日的，天都塌了，你还想着美事！老子杀猪剁肉，还由不了我做主吗？"

"你杀猪剁肉功劳大，难道我就整天坐闲板凳？我看伟伟就是跟了他骚情的妈，才要破了我们的囫囵财。有我在，要钱没有，要命拿走！"

我爸一听赵博妈在骂我妈，一下子又是几笤帚，"你嘴巴干净一点，我打死你这个贱女人！伟伟就是杀了人也是我和郭红的儿子。你有多好？克死了男人，拖着油瓶到我家，还想拿了我杨长寿的事？"

"你打你打，儿子是你的，钱是你的，铺子是你的，什么都是你的。饭是第一碗香，蜜是头一口甜，我就是把心操烂了也比不上你前一个骚娘们——我是丧门星，怎么就克不死你？"

"再骂，看我不撕烂你的嘴！"

"骚货骚货，你和郭红都不是好东西！"

我爸抓起女人的头发，赵博妈像只羽毛凌乱的罩窝鸡，露出身下那只流着猪油的钱匣子。她虽然被我爸从后面牵制住，但双手灵快，趁着杀猪匠还未得手之际，弹开匣子，将一把钞票甩在杨长寿的脸上。女人的嘴角不知什么时候磕破了皮，洇染了一嘴鲜红的牙齿，样子十分骇人，她脸上带着诡异的疯笑，说："我算是瞎了眼了，跟了你这么个杀猪的！拿走你的钱吧，我和博博走！"说完就往店外走。这时我爸一把拉住她，"你给我回来！你往哪去?”他的蛮劲在对付赵博妈时总不如对付生猪时收放自如，本来他的心已经软了，动作里带着一丝温柔，可只轻轻一下，女人就被他重新撂倒在床上。

女人埋头大哭，声音呜咽……

之后，我几天都没见过赵博妈，我知道她去了老家农村。对于她来说，这个为之辛苦付出的家怎么能说撇下就撇下呢？为了能和城里人一样生活，为了我爸的承诺，为了赵博考上中专，为了与我和睦共处，她是不会走的。女人呀，有了孩子就被牵连住了，即使神仙，也留恋世间平凡苦短的日子，何况是一个拖着十五岁儿子的赵博妈。

杨长寿和王家人签了谅解协议后就像失了魂，眼睛红肿、头发凌乱、胡子也不剃、满脸一寸长的黑毛，愈发像铺子里未经火燎的猪首。对我就没有一句话了，我知道他心里的怨愤临时压制着，总有一天要释放。

我等着这一天，先等来了一场雪。我以为雪落大地，万物俱静，王佳就会回来，隔着走道坐到我身边。但我错了。

大雪将我埋没，走在咯吱咯吱的雪地里，世界苍茫，内心悲凉。不知什么时候，我那莽夫老爹说过，这世界上最干净的是下雪，最肮脏的也是下雪，最热闹的是下雪，最孤独的也是下雪，最叫人期盼的是下雪，最令人失望的也是下雪；冬天里一片冰心玉壶遮住了多少丑与恶、对与错，不为装扮大地，只为滋润土壤，这是雪的宿命；终有一天，气候回暖，雪消冰融，在绿叶新生之前，愈发是一片黑水黄泥，因为这世界本身未曾改变。

这光景里，已经到春节过后的第二学期，每日都架煤球的土炉子已经被人糟蹋得摇摇可危。那个受爱情启发的杰作早就不知被谁拿掉了，炉壁上留下一个缺口，就像思春的少年失去了恋人，心里总像是缺了一豁子什么东西。要在往日，我会毫不犹豫地把这个滋事的人寻出来，给他两拳两脚，也不看看，瞎了你的狗眼睛！

但这次，我的内心是如此平静，连我都感到陌生。我算什么？亲妈跟人跑了，亲爸是个杀猪匠，过完这学期就接手不光彩的家传事业，有什么资本跟人争高论低！班主任对我这种学生简直厌烦透顶，成绩差、爱惹事，又无家庭背景，还因为我，损失了一名重点培养的尖子生。班主任对我基本持放任态度，你来可以，不来也行，只要不扰乱课堂秩序，睡觉都不理。可我偏偏睡不着了。还有那些同学，包括赵博，鬼知道他们对我的看法，或许早在鼻子里哼我了。天哪，我怎么变成了一个如此脆弱敏感的人？

新学期里，我们的学习生活没有一项新内容，还是那间教室、那座土炉、那些人，还是那个熟悉的水洒在砖地上激起微微尘土的腥潮味道。老师在黑板上写题演算，同学们在桌子后像滋了养分的菌类，脖子抻得一个比一个长。再有三四个月就考试了，王佳会不会来？这个问题该去问谁？杨长寿？赵博娘？班主任？王佳姑姑？唉，谁愿再提说不幸的事？我只能问自己。这样问了许多遍，我就开始在人群里漫无目的地寻找。县城不大，说不定可以撞上她一眼，那时一定要对她说句抱歉的话。

那是个星期六，或许是天意安排，我家肉铺子门口稀雪污汤、黑水横流，人走上去像踩在屎上。洁白的冰雪在消融成一摊污水的时候，是这个世界最不堪的时候，水泥地面上混合着金黄的橘皮、污浊的炭灰和各色各样的垃圾，还有摊贩的叫卖、熙攘的人流，千面百孔，许多种声音汇聚在一起，就是一个乌糟糟的世界。我站在我家的肉案后面，将我爹新卤的熟肉摆上柜台，手在动，眼睛却像贼一样四处瞟望，希望有所发现。现在，我能站在这里给杨长寿帮忙是个了不起的进步，自从我爹赔了钱，我就愿意厚着脸站在这里做一些应急的活，这也是这段时间杨长寿与我和平共处的原因之一。那天我站在肉铺子里，看大千世界人来人往，出现在我眼里的人流，周身灰黑、表情阴冷，没有一丝彩色和温情。有人过来买肉，我恍恍惚惚地应付着，心情说不上坏，也说不上好，是那种没有感觉的平静，无所畏惧，恐怕这世界上没有任何事情再能激起我的兴趣了。我的目光在远处巡睃，却忽视了眼前出现的人。她穿着红色衣裳，印象是个女人，散发着薄荷一般清苦的香气，挑了块五花肉向我询价，声音很熟。我感到心弦“铮”的一声断裂，仿佛迎头被人灌下一盆冷水，不由打了个激灵，真实的场景一下子逼到了眼前。

是她！

我抬眼去看，她戴着黑色棉帽，两鬓垂下雪白的毛球，一只口罩遮住了大半张脸。我迫不及待地去看口罩上方的部位，只见左眼眉骨下有道深深的疤痕，新长出粉色的肉芽，伤口延伸下去，是那只令我朝思暮想的破碎的眼。

那眼是游着萤火的夜，是盛满天空的泉，是我梦里的月亮诗中的光电，此刻却压成一道浮肿的肉缝，挤出一点灰漠漠的云。颀秀的身材与好看的额头让我立刻认出了她。我望着她，不知道说什么好，王佳却掂了掂肉块，放下了。她一定觉察到了我对她容貌缺憾的兴趣，急忙勾下了头，躲避世俗目光的打量。她不敢看我，即使用另外一只好眼她也完全可以看见我的呀，然而，她没有。

她一定把我当成了早市上的生意人，所以才选择了仓皇逃走。

那一刻，心中的声音明白无误地告诉我，快呀，那就是王佳！但我的脚没有动。我不知道在我家的肉铺外该对心上人说些什么，她会不会还认得我、骂我、捶我？我身体发虚，心跳加速，脑子里游过团团絮絮的迷雾，呆立成一桩肉偶。在真实的市井里，我是卑琐的。马上，我又为自己的行为懊恼，好似预见了岁月蹉跎、流年花开，今天不跟她打声招呼，或许这辈子都没机会了。我抓起王佳摸过的肉块，用油纸包住，绕过案子跑出去，把一盆猪血掀翻在地。

肉块在我手里散发出薄荷般清苦的香气。满目都是灰黑的人影，我在心里喊：王佳！当我决定不顾一切奔寻过去时，却没能再看见那个彩色的影子，她已经消失得干干净净。我边跑边想，与她寒暄，要告诉她班里最近发生的许多事，比如英语老师得了肺癌死了，学校的校警换到了三名，还有赵博这小子物理竞赛得了二等奖，等等；还有我要向她道歉，不管她是什么态度，总归只有吐出这句话，我的良心才能安宁；我要让她感觉到我的变化，再也不是一副大甩甩的样子，虽然不爱学习，但我有我的打算。几乎所有想说的话一下子涌上喉头，急得我眼泪都快要出来了，可就是找不到她。

不知过了多久，我才失望地停下脚，手里是那块准备当作见面之物的肉块。世界很小，县城很大，刚才的那个人真是王佳吗？她为什么忽然出现，又为什么凭空消失？是在故意要弄我吗？与她见面，会是怎样的情景？她会蹙紧眉头，还是面带微笑？是惊恐躲避，还是热情相迎？无论哪种结果，我都要告诉她对不起，这个世界没有什么能叫人整天愁眉苦脸地去面对。

黄昏，我魂不守舍地走到学校。周日晚自习，在学校的作息安排里是一周的开始，学生们应该自觉为第二天的课程做准备。班主任是个年轻的数学老师，拿着三角尺到教室里辅导。我一句都听不进去，满脑子都被早晨那只红色的身影占据着。或许是沉默得太久了，同学们都忘了我的存在，真的，没有人愿意倾听我的内心，他们都在忙着备考。对全班来说，我是一个逆流，是个另类，是个不学无术之徒，不似我的兄弟赵博讨人喜欢。孤独难熬的自习课，班主任讲边啊角啊的关系，边角边，角边角，边边边，角角角……我听不懂，也不愿听，就拿出作业本在背面写日记，其实我对语文还是有兴趣的。

仿佛一个信步游走的人来到恋人的窗前，我的笔不由自主地写到了王佳。写到王佳，我的手开始发抖，耳根热热的。我太思念她了，简直是种折磨！只有写出来才能释放烦恼，给我滚烫的胸膛一丝凉气，让心灵的潮水泄出一个缺口。恍恍惚惚中，我感到有人在用胳膊肘捣我。是同桌兄弟赵博，我反应过来，看见班主任已经站在了我跟前。

我双手捂住纸片，像一个人赃俱获的小偷。

班主任厉声说："拿来！"

同学们都在看我，连赵博眼里都流露出勿做抵抗、乖乖投降的光芒。

血液涌上脑子，"嗡"的一声，颅腔麻木，四肢瘫软。天哪！我都写了些什么呀！我心里紧张，就和班主任杠上了。班主任本身对我有怨气，这个情景，觉得定有不可告人的秘密，更加不肯善罢甘休了。他施展身手，将我拎离板凳，幸亏我个头高，能跟他争个一二回合。班主任心满意足地拿到了被我撕掉一半的本子，边走边看，露出了迷人的微笑。等他走上讲台，已经大声朗读起来了。

我感到被人扒光衣服，暴露在了众目睽睽之下。

亲爱的王佳，我是否可以这样称呼你/如果你反对，我将收回对你自作主张的称谓/今天早晨看见你了，却没有勇气见你，这都是天意/对你遭遇的不幸，我感到万分难过，如果可以代替，我愿承担发生在你身上所有的痛苦/对不起，I'M SORRY，尽管我知道这样的道歉于事无补/我想说的是，爱上你是我的错吗/如果是错，我愿一错再错/如果是毒，我愿毒上加毒/谁给了我解药/那天晚上的小树林，是我一生的感动/你的……血……血……血……

怪异的音调停在最后的字上，反复几次，逗得全班哄堂大笑。我和赵博低垂着头，那一刻我想，这家伙为什么不笑，非要和我一起承受？他可是个好学生呀！第一次我觉得他和别人不一样，是我的亲人，与我是在同一个屋檐下成长的人。我的脸像被人扇了几鞋底，恨不得把脑袋伸进火炉里烧，但过度的难堪反倒增加了无畏的勇气，于是，我狠狠地盯住班主任看。

我的目光可能充满挑衅。

“瞅啥瞅？不知道好好学习，整天净想些乱七八糟的事！你自己不学习，还带害了其他人。这么大点，爱来爱去的，你懂得什么是爱？我看等你把学考上了再爱吧，还来得及。”

我啐了一口，不说话，尽管满腹委屈，但我不说话，用眼睛咬住他就是无声的抗议。

“看看你的态度！什么时候端正过？整天油头粉面的，有洗头发的工夫，还不如去背几个英语单词。闻闻你身上的馊味儿，还谈恋爱……赵博，搬到王佳的位子上去，别让一只老鼠脏了一锅汤！”

赵博欠了欠屁股，扭动几下，仿佛生着根。我的心情坏透了，这是对我赤裸裸的侮辱吗？然而那一刻，我却异常平静地说：“那位子给王佳留着吧，她还会回来——”

我泪如泉涌，在同学们惊异的目光中奔出教室，留给初三第十二班一道背影，也留给赵博多年之后依然清晰的记忆。

我相信雪的宿命，这大概是杀猪匠教给我的。他当过三年兵，是个炊事员，退伍后开了间猪肉铺子。我认为我的宿命就是在我十五岁的时候离开教室，子承父业，接手我家的生意。至于老师口中的考上中专、到大城市生活、建设四个现代化，压根就与我无缘。可惜我又错了。

或许在我跑出教室的那一刻，命运已经悄然发生了改变。

我踏着乌青的薄冰走在街道上，提前告别如坐针毡的校园，感到天宽地阔，神清气爽，犹如一只逃离笼子的羁鸟面对一个广阔无依的荒原。

最简单的问题摆在面前：我，要去哪？

我给出的回答是：我，不知道！

记得那天晚上我干了两件事。一是偷偷潜回铺子，将那件风光体面的西装上衣翻出来，剪成碎片，扔进了垃圾坑。还不够吗？这件衣服只有在学校敢穿，在杨长寿面前我总说是换穿了别人的，幸好他也不多问。这样费尽心思，它给我带来了什么好运？今夜我要与往事诀别。二是我第一次钻进县城那家亮着灯泡的大众浴室，打上香皂把自己好好地洗了一遍，直到店主老太太忍不住敲了几遍门，才湿漉漉地出来。我在麦场的草垛底下睡了一晚，看天上的星星，想我永远也想不清的第二天。想了一夜，在迷迷糊糊中睡去，又在雪粉敷脸的冰凉中醒来，家是回不去了，于是我决定离开这个伤心之地，去闯荡传说中外面精彩的世界。

我已经十五岁了。

在我还没动身之时，我兄弟赵博找到了我。这地方他太熟悉了，半夜，有时候我俩会从竹船一样晃动的床上跳下，到这个绵软的草垛缝里睡一晚上，听蝉叫蛙鸣，乐趣盎然。他找到我，我一点也不吃惊。我感觉我的兄弟像个大人，能和我交流了。

我说我要去找我妈。我又骗他说，我知道我妈的地址。赵博默默听着，潮湿了眼睛，说我的亲爸亲妈还活着，还能找到，而他的爸爸五年前就死了。

我说你学习好，考上中专，将来和我不一样。我不爱学习，要出去闯，这个家太小了。

赵博说，哥，我送你。

我说，不用送，我自己走。

那天我们聊了很多，聊得很愉快，感谢他为我保守秘密。在我走的时候，他拿来了杨长寿那只油腻腻的钱匣子。我清楚地记得，里边共有一百二十四元三角二分钱。

我沿着县城通往外界的柏油路，一直往东走，执意离开令我尊严扫地的家。年少时的我很在意这些。我恨所有人，除了赵博。夜死一般的寂静，我逃亡在巨大的黑洞里，两边是只有北方才有的连绵的大山，不时有疯狂的司机开车从身旁擦过。天上有几滴闪光的东西，那不是萤火虫。我停在古都时是几天以后的早晨，天亮了，有楼有车有匆匆行走的人，我需要几个软软的馒头和一碗滑滑的粥。逗留了些许天，赵博偷来的钱让我暂时饿不着肚子，但新的恐慌又来了，钱花完怎么办？以后该怎么办？我在街头流浪，寻找安身立命的场所，我对所有人宣称寻找一个叫作郭红的女人。没有人信，也没有人接纳我，这时我就想，小城有柔软的麦垛栖身，而城市里的马路太硬。我几乎后悔了。一天，我在沈家胡同的电线杆上看见一张寻人启事，上面写的正是我。

我决定回去，千好万好，不如家好，十五天时间胜过我认识这个世界十五年。

我的出现，让杨长寿压制了许久的火山终于爆发了，往日打我是“一锤定音”，这次教训我则是“双峰贯耳”，打完以后他哭了，因为他以为我死了——赵博娘在垃圾坑里找到了那件被人剪得破碎的衣服，公安局都立了案，班主任还写了检讨书，小小县城流传着我的闲话，我一下子就出名了。挨了揍，我在内心嘟囔，赵博啊赵博，我的兄弟，你嘴上真的就有个瓶塞吗？但我依然是高兴的。我能叫他们生气，能叫他们伤心，还能叫他们为我付出代价。

在寻人启事寻回我的第六天，郭红回来了。一张纸，寻回了儿子，还寻回了前妻，杨长寿的心情五分欢喜五分愁。我妈的桑塔纳汽车直接开到了肉铺前，停在了我爹的肉案边。我妈下车摘掉墨镜看见我爹白了头，顿时就泪流不止。她不是心疼我爹老去，而是感叹流年无情，她不知道杨长寿的头发是在我走后的十五天里才白的。

我妈怯生生地说：“长寿，是我。”

我爹一惊，漂亮女人原来是我娘。我爹说：“郭红，你回来啦？这么多年你到底去了哪?”

我妈说：“没去哪，就一直在古都。”

我爹说：“你还是那么爱打扮，我都认不出你了!”

我妈说：“谢谢!”

万元户提着一瓶酒过来，“啊呀，我以为是哪家的贵太太，原来是咱们的老邻居郭红，你会开车了?”

我妈客气地说：“哪里哪里!”

我的出现让我妈一怔，她一定没想到我回到了铺子里。我妈像欣赏到一株苗子壮成了树，看我的眼神严肃又深情。

“伟伟?”

漂亮女人把我也吓了一跳。我说：“你是——你是我妈?”

“我是妈，伟伟!”

我妈将我紧紧搂住，那感觉仿佛溪水注入湖泊，太阳照耀大地。我妈哭了，我没哭。

他们夫妻相见，我们母子相认，这场面真叫人动容又动情。万元户说：“哎呀，真是可喜可贺！这酒是我送你们的。”

赵博妈从里屋冲出来，愤愤地骂道：“姓万的，贺你妈个头!”

…………

我妈郭红这个别人眼中野心很大的女人在离家十几年后回来，绝对不是来跟杨长寿破镜重圆的。这点赵博妈完全可以放心，没人会跟她抢男人。她在我一岁生日那天，因为烦恼我爸酒醉与她纠缠，两人就争吵起来，杨长寿一喝酒就拿不住自己，甩手打了郭红一巴掌，结果我妈夜里就走了，第二天我爹酒醒再也找不到人。我妈高中毕业，当年也算是个文化人，来到古都打拼，属于“双轨”体制下最早富了的那批人，等到她再回来时已是一家大型广告公司的董事。在古都，她无意看到我爹发出的寻人启事，以为儿子走丢了，所以才回来探望，见到我，当然喜出望外。

我和我妈走时是在两天之后。我坐上她的小轿车离开小城，离开这个腌臜无望的地方，把肉铺里那张简陋的木板床丢给了赵博一个人。我发誓再也不回来了。

衣锦还乡的郭女士对赵博说：“来，叫阿姨!”

赵博有骨气，就是不叫。我妈笑嘻嘻地卷了一千元钱硬塞进了他的口袋里。

西北小城和黑石中学在我离开之初是具体的、确凿的，只要一伸手就能摸到，一抬头就能碰到，像一只盒子。黎明时分，路灯亮了，躺在杨长寿的肉铺里，上学的人潮纷至沓来的脚步和清脆悦耳的自行车铃混杂出一片车辚辚马萧萧的壮美音乐。黑夜散去、昏光隐褪，白雾洇染了整个早晨。六点半，广播里响起激昂嘹亮的歌声，宣告小城新的一天正式到来。我从床上跳下来，冲到门外，赵博已经到学校了，白光光的街道上蠕动着几个清洁工人的身影，扫帚挥落，发出懒懒的一声一响。

走在街道上，树和空气也是具体的。

离开之后，这种具体就落进了记忆里。三年五载，往事尘封，那个叫王佳的女子也在我心中淡去了。时间是强大的机器，没有一种情感能与它抗衡。我在古都读了高中，三年之后，又以预科身份进了大学，大学的环境是轻松自由的，我俨然已经脱胎换骨了。那个西北小城与我还有什么纠葛可言？还有什么值得留恋的地方？我常想，我现在是杨少伟，连我的名字我妈都改了。

真正劝我回去的还是我妈郭红，她说你爸想你了，回去看看吧，出来时你才十五，今年都二十啦。回去让他们都看看，我郭红的儿子成了大学生！

我心动了，之前从没想过回去，五年，足够叫人产生怀念。

女朋友娜美也做我的思想工作，她和我在同一个预科班，现在又都在中文专业学习，相同的兴趣让我俩缩短了友情间的距离，这点我妈也知道。娜美生在南国水乡，皮肤白嫩，她兴奋地问我西北小城的样子，我说到了你就知道了。

大二暑假，我们一起坐了四五个小时的火车，于夕阳正红时回到久违的小城。小城的楼房披挂着宁谧安详的霞光，顿然有种荒芜如故的感觉。街道还是老样子，车少人稀，有几处显眼的新楼霸占了街口主要的位置，也有几处砸坏了的旧迹围着绿色的隔离网墙，机器隆隆作响，车辆出入繁忙，灰飞尘扬，在日暮黄昏里掀起一团红色的烟雾。我对娜美说这就是西北小城的样子。

娜美要给我爸买见面的礼物。我们走进一家小超市，买了一条香烟和一瓶白干，还给赵博妈买了一套高级化妆品，至于我兄弟赵博，这几年和他一直没联系过，买点什么，我也不知道。他现在长成什么样子了？可能中专毕业走上了三尺讲台，也许已经结婚了。最后我想，还是给他一个兄弟般的拥抱吧。

店主十分热情，用本地话问我们从哪里来，看起来不像县上人。她是通过娜美了解我的，本来我准备用方言与她交流，可一动喉咙，就习惯地说成了普通话，改也改不了。店主人说，看你对象水扑扑的，不是土里长的，一定是水里生的。娜美一脸羞赧，偷偷掐我的手。我说我是回来看望我爸的，我爸叫杨长寿，在市场里杀猪剁肉。

店主愕然。

小城的格局印在我的心里，熟悉又陌生。娜美背着双肩小包，穿着靛蓝牛仔裤和雪白的平底鞋，正是大城市最流行的装扮。我们先去肉铺子里找我爸。令我吃惊的是这地方比以前更破败了。生活其间，满眼事物皆能熟视无睹，现在以客观的心境去看，它确实残旧不堪。我家铺子在面街的一排平房里，除了招牌换成了新潮的白地红字，再没有任何显眼的变化。万元户的门口泼洒着带泡沫的污水，有股香胰子的味儿，一个做饭用的小火炉接着短小的烟管靠在门前，火膛上坐着铁皮锅子，旁边堆着一个小煤堆，墙面上有烟熏火燎的痕迹。“杨师傅肉铺”门上挂着大鼻锁，在这地方我曾度过了快乐的童年和青涩的少年，倒流的时光让我意识到，现在我又回来了。

变化的一直在变化，不变的永远都不变。铺子里没人，细心的娜美发现了我情绪的变化，问我叔叔和阿姨是不是下班回家了。我说他们没有上下班时间，这里就是家。我去万元户的店里打听情况，这位二十年的老邻居万叔叔也老了，黑脸瘦头、眼珠打转，兀立着一撮玉米璎珞般枯黄的头发。我用家乡话与他交谈，一番客气之后他告诉我，赵博妈和我爸买了楼房，集市一散就回家去，人早就不在肉铺里住了。万叔叔还告诉我，集贸市场马上要拆，规划已经做好了，政府要在这里建一座大型商场，到时候这生意也不知是好是坏。我无心听他对将来的打算，回到这里，见不到想见的人，心里有种说不出的滋味。

我问赵博去哪了，万叔叔摇摇头，叹了一口气。

按照万叔叔提供的地址前去寻找我爸，路上，我的心情跌入了谷底。娜美也跟着我陷入沉默，或许她的内心正有个很大的疑惑。好久，她才说：“杨少伟，你以前真的住在那间小铺子里吗？”

我说：“是的。”

她“噢”了一声。

我心里不知怎么就酸酸的，好多话泛上喉咙。初中时，老师布置了一篇命题作文，要求我们写自己的小天地。那时候的我大咧咧的，好似什么都不在意，可对这个题目简直伤透了脑筋。我的作文是全班最后一个交的。

娜美知道我要说什么，静静听着。我说，我唯一感兴趣的就是作文课，却不知道怎么写这个题目，我和赵博住的地方就那样，在我爸的肉铺里，只有一张狭窄的木板床，哪有属于自己的小天地？后来我写了，编造了一间美妙绝伦的屋子，几乎全部来自想象。我说我的小天地有一个很大的窗子，玻璃明净，坐在桌子前看书光线充足，窗外有一架葡萄藤，夏天透下斑斑驳驳的阴凉，满眼翠绿，蛐蛐鸣叫，当然我的小天地还有一张柔软的床，躺在上面舒服极了。其实这种感觉来自另外一个地方，那是我和赵博偷偷跑到草垛里睡觉，看天上的星星，好似就住在这样的小屋里。

娜美问我赵博写了什么。

我告诉她，赵博和我写的一样，因为那是我俩共同的想象。后来赵博的作文被语文老师拿到班上念，几个同学说我是抄的。我承认抄袭了赵博的作业，因为我怕别人知道我家的情况。

路上，我和娜美说了很多从未说过的话。单纯的姑娘对我以前的事充满好奇，尤其对赵博，我知道她和我一样对即将到来的见面满怀期待。

敲开门，已是掌灯时分。这是个普通的小院子，在街巷深处，以前是县林业局家属院，现在都转手卖给了私人。开门的是赵博妈，她因我的不宣自来而显出满脸惊恐，而且还带着个俊俏的姑娘。来得唐突，令她措手不及。我爸头发全白了，比以前胖，身形不再魁梧，那个举起我用胡茬乱扎的岁月已经过去了。他红着眼说我长高了，就招呼我和娜美坐，然后是泡茶添水，拿出糖果篮。

这是一个很平常的家，陌生但不出意料，十四英寸的黑白电视，荧屏小得像个火柴盒，跳动着人影，雾里观花。与我爸的见面，我几乎没有想象过场景，介绍过娜美，彼此问了一些该问的问题，就不知道该怎样进行下去了。娜美亲切地叫了一声叔叔。我问："赵博呢？"

娜美调皮地瞥了我一眼，嫌我抢她的话。

"别提他了。"我爸说。

“怎么了？”

“没怎么。”我爸停顿了片刻，像在思考叙述的开头。

赵博妈端着洗好的水果从外面进来，灯光下，她的脸呈现出酱紫色，是西北人特有的高原红。赵博妈一进来就接上了我爸的话茬说：“唉，我怎么这般命苦，赵博简直就是头犟牛拽不进犁沟！你瞧瞧咱伟伟，出息得啥样子。他呢，整天无所事事瞎胡混，我说市场的房子要拆了，咱还能把经营往大里搞，叫他跟着你爸学学手，也是一条生计呀！可他偏不，杠子都撬不开嘴，二十岁的人了，脑子里不知装的是什么，唉！”

我万分震惊，从他们的话里得知，赵博在我走后没有考上中专，高中没上完就辍学了，一直在社会上闲逛。儿大不由娘，这下连他的亲妈都管教不下了。

“来，吃水果。”赵博妈递给我一个苹果，“你回来了给他好好说说，毕竟是一个锅里吃过几年饭的兄弟。”

我接过苹果搁在茶几上，说：“我们还在一张床上睡过三年呢。”

“那时候地方小，让你们俩孩子受委屈了。”我爸说。

提起往事，我不知道说什么。眼前的房子依然是狭小的，不超过五十平方米，住着一家三口人，我突然产生了去赵博的房间看看的想法。掀开帘子，眼前是一间整洁的书屋，窗前摆着写字桌，月光透进来铺在桌面上，窗外的枝枝蔓蔓虽然尚不茂盛，但我一眼认出那是一架葡萄的爬藤。

这几天我一直在想，赵博为什么没考上中专？这个问题成了我心中的谜团。

娜美提议去黑石中学走走。我跟那地方苦大仇深，没有半点兴趣。但娜美对什么都好奇，执拗不过，就带着她去了。黑石中学利用暑假时间搞建设，我们曾经坐过的砖木结构的教室全拆了，一片热火朝天的建设场面。土操场还在，但后边的小树林被夷为平地，建起了供学生们休憩的三角庭院，几棵旱柳风姿绰约。在操场上，我一眼就认出了初中同学罗小兵，他黑水流汗地踢足球。这家伙就是当年和我一起钻猪圈的小伙伴，现在穿上球衣球裤，头戴发箍，也是一番人模人样。我突然觉得，过去的时光已经像一匹脱缰的白马跑到了天涯。

他要请我喝酒。这年头，同学相聚朋友见面哪有离开酒的！罗小兵说，他要为我和娜美接风，下次就该喝我们的喜酒了。于是我们就到学校门口的小摊上坐下，要了一箱子啤酒和几碟麻辣串菜。罗小兵说别看这地方不上档次，今天聚会的主题就叫作回归。

我说瞎吹，坐在学校门口就回归了，那当年钻猪圈挨揍的日子还能再回来吗？

这家伙满脸不屑的表情，说当着女朋友的面还好意思提这事，丢人！他用了“丢人”这个词，让我感到异常惊讶，我们的童年虽然有不堪回首的往事，但怎么能和“丢人”联系上呢？罗小兵在极力掩饰，从他身上我看到了我们成长的影子。接下来，喝酒，干杯。多少年不见，喝酒叙旧成了表达情感的最好方式。北方夏天的中午，阳光炙烤着大地，校门口有两排法国梧桐，肥大的叶片上落满黄尘，遮阳伞下是几何图案的阴凉，风吹过来，凉丝丝的。杯子里盛满琥珀色的浆液，悬着仿佛鱼嘴里吐出的细小的泡沫，一杯一杯，我感到一阵眩晕，不一会儿，我们的聊天就陷入对往事无穷无尽的回忆当中。

罗小兵有些醉了，乜斜着眼说：“杨伟，你是个诗人，还记得那句话吗？”

我讨厌别人这样叫我，说：“我现在叫杨少伟，杨伟是个连初中都毕不了业的混蛋。”

罗小兵哈哈笑道：“杨少伟实在多了，当年的杨伟可不是这个样子，我说你是诗人是有原因的。”

“什么原因？”

“你忘啦？如果是错，我愿一错再错。如果是毒，我愿毒上加毒。谁给了我解药？嗯，不错的句子。”

我突然就想到了王佳，仿佛一条跃出水面的鱼，一下子从记忆里跳出来，砸出一朵清冽洁白的水花。我说：“她怎么样了，考上学了吗？”

“考上学就好了，可惜，唉！不过要是运气好，你坐在这里就能见到她。”

我晕晕乎乎，有种不祥的预感，眼前这个半醉半醒的家伙要对我透露点什么。我以祈求的口气问他，在我走后王佳到底有没有回来？关于她的下落，又重新牵住了我的心。

“回来了，但是——”

罗小兵诡异地笑了。事过多少年，谁会为别人的不幸而侵占自己的快乐？

“但是什么？”

“没什么——还是去问你兄弟赵博吧！”

我郑重地看着眼前的罗小兵，几乎不敢相信，这家伙两腮肥肉、眼球凸出、鼻梁上多出一副眼镜，与小时候相比，样貌变化很大，但内在的神韵是丢不掉的。我甚至怀疑眼前的家伙是不是他。

“你小子，当年对人家还有过意思。来，干杯！咱们不说这个。”

“你把话说清楚！”我抓住他换盏的手。

“如果是错，我愿一错再错。如果是毒，我愿毒上加毒——这话可是你说的，现在问我，嘿嘿，你们之间的事我怎么说得清楚？”他以一种滑稽又神秘的口吻轻吟，欲言又止。

我感到浑身的力气被抽空了，脑袋像捣了一棍子的马蜂窝，满是嗡嗡嘤嘤的旋舞的蜜蜂。

罗小兵说：“你就装吧，才喝了三瓶啤酒就醉了？”

我说：“没醉，我回归了。”

午后的阳光里，听得一声毫无休止的蝉噪响彻耳边。

那年春天，我被郭红带去西京，从此和赵博断了联系。那时没有手机，通讯也不发达，我所不知道的是赵博对王佳的感情也如一颗淡蓝的火苗暗暗燃烧。他呀，是个闷嘴葫芦，嘴上不说，但心里一直掖着。那段时间王佳一次一次去西京做治疗，即便后来身体上的创口愈合了，但心灵上的阴影就能祛除干净吗？左眼视力基本丧失和一道永久性的疤痕让王佳变得寡言少语，又羞于见人，姑姑只好给她请了老师在家里复习备考。

一个十四五岁的女孩子，遇到这种意外，要么自暴自弃整日以泪洗面，要么在悲伤之后的一个早晨痛定思痛，对着镜子心灰意冷，然后以一种更加决绝的态度投身到所热衷的学业当中，甚至到变态的地步，不死不休。王佳就是后者。

然而，不是所有的付出都会有回报，她又一次中考落榜了。这样的结果所有人都能猜到，因为到了后来王佳就像一只困兽，表面看似坚强，实则内心草木皆兵，孤独地抵御着并不存在的敌人。她坠入梦魇，需要用自我摧残来实现自我拯救。

中考渐近，在王佳看来这不亚于一场决定生死的战役。王佳姑姑看到侄女发狠的劲头都有点怕了。晚上十二点还不睡觉，一遍一遍做题演算、背英语单词，姑姑叫她早点休息她不听，还向姑姑发脾气，说姑姑是怕她耗电。有一次，姑姑三点起床，看见王佳卧室里的灯还亮着，姑姑就悄悄把电源闸刀关了，想这下该睡觉了吧？可王佳却像走火入魔似的，找了根蜡烛，非要把当天的任务完成不可。这种延长时间的学习方式效果并不好，往往是耗尽时间，却不一定能做出一道题来。

王佳一日日消瘦下去，早晨扫地时姑姑总能在地上团出一把侄女脱落的头发。姑姑看在眼里，急在心里，她知道侄女受过的伤害，亲不见怪，倒是这层关系令姑姑十分为难，不敢说一句重话。姑姑就想找个同学来开导开导她，毕竟同龄人之间容易沟通。

赵博的成绩在班里数一数二，或许姑姑晓得他和王佳的关系，就想着法子把赵博邀请到家里来。赵博生性腼腆，见到王佳面皮潮红内心撞鹿，对她学习上的帮助有多少我不知道，但我敢肯定，以后他所有的变故都是在这段时间里种下因由的。

王佳中考失利，而赵博却以全县第三名的好成绩考到市里的一所中专。后来，他选择了放弃，他对杨长寿说要读高中上大学，而真正的原因是赵博不想离开王佳，因为王佳没考上中专，只能选择留在黑石中学读高中。闷嘴葫芦有没有在这个时候向王佳表达爱慕之情，我想即使有也一定不会像我当年那般巧言令色，他更喜欢用自己的真诚与善良打动对方。

王佳接纳了我的兄弟。他在一个恰当的时间出现，分担了另一个人的不幸与痛苦。王佳的崩溃是迟早的事，她学会了夜不归宿，开始是偶尔一次，姑姑为此骂过她，说女娃子要学会自重自爱，莫要轻贱自己，被人瞧不起。没想到王佳脾气更坏，与姑姑争吵，还说谁又把她看重过，只不过是个没人要的三丫头！

姑姑给了她一巴掌，很响亮的一巴掌。

手掌落下，王佳头发凌乱，嘴角挂了一丝血。

巴掌有时候能把人打回来，有时候会把人越打越远。王佳长这么大，谁动过她一根指头？她与姑姑的关系在这一巴掌之后决裂了，王佳开始一步步滑向自己人生的对立面。

王佳的失心疯病是在高三最后一次月考后发作的。高中课程难度加大，王佳在初中凭着死记硬背还能出点成绩，越往后这套办法就越不灵。三年里，王佳的成绩都是赵博想方设法“接济”的，掺了不少水分，起码让她保持了一点面对未来的信心和希望。人们背后说他俩是黑石中学的一对野鸳鸯。高考之前，县上要整顿社会治安秩序，为即将到来的大考创造良好环境。突击检查的警察在县城的小旅馆里逮到了王佳和赵博。一对男女在旅馆夜宿，黄泥巴掉进裤裆里——不是屎也是屎了。年轻的警察喝令他们把衣服穿好。赵博坐在地上，身体剧烈地抖动着，王佳一头乱发遮住脸颊。年轻的警察一把拍亮顶灯，叫他们把身份证拿出来。

年老的警察翻开书包，发现全是课本和密密麻麻的试题，上面的班级和姓名清清楚楚。年老的警察说像是学生。年轻的警察说，学生妹出来做的多了，然后质问王佳做一次收多少钱。

王佳大哭起来，说她不是小姐。

年轻警察这才看清了王佳的长相，说不是小姐就是鸡，从来没见过这么丑的！

我不是小姐——不是——

王佳的哭喊声把整幢楼的人都惊醒了。老警察关上门，用了一个陌生的名字称呼王佳，并安慰她说没事了，天亮了就快回家吧，不回去家里人得多担心，回家就好了。

王佳说她一生下来就没有家了，活着还有什么意思？

第二天就是月考。最后一次考试难度相对较低，所以考出来的成绩普遍都高一些，有鼓舞士气、提振信心的作用。就是这次，我兄弟赵博决心干一件令王佳刮目相看的事情。他要不是这次昏了脑，后来考个专科学校一点不成问题。

那是一次失败的行窃，失手后，赵博就来明的。他苦苦哀求教务主任给他印刷好的试卷，他要用试卷去救一个人。赵博把话说到这份上，自然是声泪俱下，令人动容。教务主任的态度是坚决的，对他讲了一通大道理。

赵博不顾一切，问他给还是不给？

主任指着门叫他滚，没见过这样糟糕的学生，简直是在对牛弹琴。

赵博震惊全校的一脚就是在这个时候踢出去的，踢在主任裆部，然后抓起试卷夺门就跑。主任捂着小肚翻白眼，蹲在地上足足有半个小时，差点就咽了小气。这震惊全校的一脚也让赵博付出了惨痛的代价，因为殴打老师，被学校除名了。一个连老师都敢打的人，即便考上大学，也是个有才无德的社会败类。

人说鸳鸯要成对，一只离开了另一只就活不了。差不多是 7 月 3 日的最后一堂课，高老师讲解试卷，点王佳上讲台做题。叫到她名字的那一瞬，王佳窄瘦的肩膀抖了一下。王佳很艰难地走上去，站在黑板前，写了“解”，点了冒号，然后就一直把粉笔戳在黑板上。高老师问她会不会，她不说话。高老师说会就是会，不会就是不会，快点，别浪费时间！王佳像吓了一跳似的说，她会。可是足足有五分钟，还是没解出一个步骤，连简单的公式也写错了。高老师不耐烦了，说下去吧，但王佳就是不下去，嘴里还说她会做、会做。高老师拽住王佳的袖子把她往下扯，作为一个老师，不能因为课堂上的一点小意外而影响了整个教学计划。高老师说，给一天时间你也做不出来，第一步就把公式写错了。这算批评吗？不算。可是王佳坐在座位上哭，啜泣声越来越大。高老师说，要哭出去哭！王佳不哭了，过了一会儿她突然站起来大笑，老师，我会了，我会了，我要上大学……

几个男生摁都摁不住。

有些事还是不知道的好，知道了要徒增牵挂，而我们又无力挽回。好了伤疤忘了疼，忘了就忘了，难道永远疼下去才觉得不亏欠当初受过的伤害吗？我常想，如果十五岁那年我不去约会王佳，结果会怎样？但愿那是一个童话，而我们永远留在美好的故事里面。

生活不容许假设。我决定带娜美离开。我想，既然赵博恨我、不想见我，那就让兄弟的拥抱先欠着吧，相信一切都会输给时间，时间是最好的解药。

太阳一跳一跳升起来，北方夏季的早晨，地面上潮出丝丝凉意。我去和爸爸告别，推开门的瞬间，红日喷薄而出，仿佛是我和赵博小时候玩过的透镜游戏，金色的光芒聚在卧房窗前翠绿的葡萄叶子上，形成一个很白很白的斑。我仰起头，看见朝东的方向有幢玻璃墙幕的大厦挡住了整个太阳，只从楼尖上斜刺下来一抹雪亮的光。

赵博妈见我就说："伟伟呀，快给你兄弟说说，别再折腾书店了！去哪不好，非得赖在学校门口？市场的铺子马上要拆，跟着你爸先学学手艺。现在找工作不容易，大学生都失业了，将来扩了店面，大小也是个老板。不要看不上这生意，能赚钱就行。"

我听出了赵博妈的弦外之音。

我确实该走了，只是那一声道歉该什么时候说呢？

（原载于《飞天》2017 年第五期）

紫荆花开

一

韩爱香抱着苗孩回到花儿坪时天刚亮透，怕被人看见，一路走得遮遮掩掩。到了牌坊岭下村子的大路上，斜刺里跳下去的时候，一个人站在那里，想躲都躲不开了。

那天青雾缭绕，云气凝重。她以为是根朽木，看见是个人，心忽地吊上了嗓子眼。那人佝偻着身子，挑着小笼在大道上捡粪饼。韩爱香看清他是小学的冯校长，紧张的心情陡然减半，仿佛一只瓜瓢儿落回水缸，晃荡着就被稳稳托住了。

韩爱香想上去说几句话，老校长头一拧，反倒往山顶走。韩爱香立住，看着那截朽木沉入早晨雪青色的山雾中。

从小道上下来，露水打湿了裤管，鞋底带了泥，韩爱香走得步履艰涩。到了场院门口，见男人孙福狗立在房檐下的石级上扎雨衣领口的细绳，雨衣是用两片塑料纸拼成的，左边一个“二”，右边一个“胺”，拢住两扇油纸，就合成了二胺的字样。

孙福狗抬头，目光直直往这边逼过来：“咋敢回来的？路上没撞见个人？”

韩爱香抱着苗孩走了三十多里山路，此时又累又饿，被男人兜头责问，就连一句敷衍的话都不想说了。打了个寒噤，急急跨过门槛，清新的水汽就被隔在了外面。屋内氤氲着陈腐温热的空气，光线黑麻麻的，门口掉进来一坨亮光，映出凸凹不平的地面，就像男人那张患过水痘的麻脸。

雨靴坍倒在地面上，沾满泥浆，红色的补缀乍一看仿佛鞋子的五官，有鼻子有眼。韩爱香一只手伸进去试试被褥热乎着，才把怀里的苗孩放到炕上。清早娃儿睡得香，没醒没闹。韩爱香扭动着酸麻的胳臂，解除了一路走来的束缚。

韩爱香回来了，男人却要出门，她听见孙福狗从苫子下推出车子。车子后架上驮着两只大筐，里面盛满重物，一不小心就要烈马扬蹄。但毕竟是山里的庄稼人，孙福狗双手钳住车头，把车子支在了场院里的老杏树下。老树冒出尖尖的新叶，花蕊还未落尽，繁荣了一树绿色的小果实，绯红的嫩枝坠着晶亮的露珠，树身抖动，落了孙福狗一身水。

孙福狗进屋来，脚塞进靴筒里，一立地，两条短腿全掉了进去。摘墙上遮雨的草帽，人矮，橛子却钉得老高，一跳，拿下来了。韩爱香知道男人要去卖粮，那话就冒上了喉头，想了想说："孩他爹，乡上迟早要去，不如先把苗儿的户口给办了吧。"

苗孩户口的事叫人十分闹心，孙福狗一扯帽系勾住下巴说："苗娃吃米吃面又不吃户口！等把麦卖完了咱就跑，到山寨后面讨生活，乡上人想管都寻不到咱。"

"总不能躲一辈子吧？"

"不躲咋办？你走后福换家的挨了刀，那钱一分也没少出，整三千元，你划算划算，得是地里几年的玉米收成？你莫学了她，去叫乡上人把身下那活儿给豁烂了。"

男人说话野，韩爱香听得心里愤愤的，忍不住说："别把话说得那么难听，不就是舍不得钱吗？你不给还能从鸡屁眼里抠走了？眼下，你要卖粮就卖粮，要粜米就粜米，这家你当着，我有个啥意见说上！"

男人短小的身体堵住了日月天光，韩爱香觉得心烦意乱，等他出去了，那门就亮成了一面镶框的明镜。心一下子豁朗了，望着门口那道亮光，眼睛潮出了泪水。内心的阴郁长久积蓄，你说日子咋就过到了这份上？说句话都像往石头上磕。躺在炕上睡又睡不着，听得屋外孙福狗牵车出门，车轮摩擦着发出喳喳的声音。

"户口顶个屁用，花钱买得一张纸，男娃只要生得四两力气，就不怕将来把一张嘴饿下了……可不敢叫人看见你回来，福换家的躲进地窖都被人扒出来了！”

二

韩爱香觉得身体轻飘飘的，仿佛是片叶子从空中旋下来。听得屋外有动静，睁开眼，盯住屋顶漆黑的椽檩想，该是那只老黑猫蹿到树上逮住了野雀雀。老黑猫成了精，能看家护院，她突然想，一定是有人从场院里进来了，老黑猫才叫得呼呼响。苗孩在怀里吃奶，起身分开了，小家伙吧咂吧咂嘴巴。喂养过三个孩子，女人的身体就像熟透的庄稼，颗粒饱满，叶汁鲜嫩。

边走边提鞋，到屋外迎了一脸清新的水汽。看见来人是方建宏，韩爱香的心噌噌跳跃，像钟表的秒针。两个人见面，都有些意外。

“你咋来了?”

“我咋不能来?”方建宏脸上一阵潮红。

韩爱香抻抻衫子，就有点风情万种的意思，两只奶子顶着紧身的线衫愈加明显地挂在那里，奶水溢出，洇湿了胸前一片。方建宏盯住看，韩爱香不自在起来，说：“没事就回吧，庄里闲话多，可别再叫人嚼舌头了！”方建宏说：“你咋知没事？清风明月本无价，近水遥山皆有情。不叫我进屋，你就失礼节了。”韩爱香说：“别人能进，就你不行。来干啥？当着天光，有话就在亮处说。”

方建宏脸上的肌肉跳了一下，把话说得郑重其事：“韩老师，就一辈子跟定了他?”

“不一辈子还能两辈子？你就啥话都别说了吧。”

“不说就不说，好白菜都叫猪拱了！”

还是进了屋。方建宏第一次来，不由得多瞅几眼。房墙是用拌了麦壳的稀泥漫抹过的，时间久了，表面镀了一层黑黄的烟垢。门敞着，光扑在靛蓝色的木扇上，龟裂的漆皮一片一片往下掉。对墙摆着老式桌椅，桌角和扶手部分磨掉了黑色的釉皮，露出木质，发着亮光，看起来有些年头了。中堂是武圣夜读春秋的坐像，关平周仓一文一武立两旁，那口青龙偃月的宝刀也因为日子久远而隐去了光芒。只有乡上发的年历是新贴上去的，五谷丰登的画面上写着字：要想富先修路，少生孩子多种树。

方建宏一屁股坐在椅子上，酸唧唧地说："这叫同事之情、同志之谊，我就坐坐，身正还能把影子歪了？"

方建宏和韩爱香前几年一起在村子里当代课教师。那时韩爱香刚从安口窑嫁到花儿坪，学校缺员，就把她临时招了进去。韩爱香想自己不该是个扛锄头的命，该和花儿坪的女人活出个两样了。方建宏早来几年，但年龄比她小。方建宏头发乌黑，面容白净，肩宽胯长，白色衫子扎在腰际，很有山外头男人的做派。山里人，尤其是男女之间那时还不兴握手礼，方建宏和韩爱香握手，方建宏的手掌厚实有力，到底和庄户人不一样。心里就有那么一些慨叹，然而现实是各行各的事、各安各的命，谁又能把谁的生活干预了？

转折发生在冬日的一天清晨，卧了满山的雪。花儿坪的大山下埋藏着丰富的资源，从不缺少煤炭，学校也是靠烧火取暖的。宿舍里生铁炉子，韩爱香夜里中了煤烟，方建宏早晨发觉不对劲，踢了门进去。慌慌乱乱中，方建宏摁韩爱香胸脯上的两团肉，俯下身子向她嘴里吹气，才救了韩爱香的命。远处走来一个人，是肖老师。肖老师挑着两只空笼在雪地上踩出一串深深浅浅的脚印，他是来挑学校里分下来的煤块的。肖老师站在门口像只老鳖伸出脑袋探视，他的止步不前足以说明他对事情的判断发生了不可告人的阴暗联想。

天空蓝得忧郁而深沉，风很硬，阳光像新碾的麦秸草，扎得人脸疼。学校院里的雪被孩子们清扫干净，亮出一块干爽的地盘。孙福狗来闹事，提了一把镰刀站在空地上，刀刃泛着白光，比阳光还冷。孙福狗粗黑的脸像蛤蟆的脊皮，叫老校长把人放出来，他是打虎的武二郎，要挖心剖肝、削掉奸夫淫妇的脑袋瓜。老校长辈分大，村里人叫他六爷，包产到户前和孙福狗一起给饲养站吆羊。老校长抖着一束山羊胡须说："福狗，你咋就这么糊涂？六爷是看着你长大的，你的心太窄了！"孙福狗说："滚开，关你屁事？老子的镰刀可不长眼，小心劈了你！"老校长说："劈了要坐牢，不怕坐牢你就劈吧。"孙福狗说："当我不敢？"老校长说："你敢，你敢。人若不怕犯法，啥事能不敢做？你敢，你敢。"孙福狗说："那你废个啥话，滚一边去！”老校长讪笑：“你说你是武二郎，还是六爷放羊时给你讲的水浒，武二郎杀的是嫂子，你嫂子在哪？”孙福狗想想说：“那我就先杀了西门庆。”老校长说：“嫂子都没有，哪个才是西门庆？你糊涂啊，六爷给你还讲过保皇嫂，你是刘备刘玄德，建宏老师是你二弟关云长啊！”孙福狗消了气，老校长瞅准机会夺下刀。老校长说：“你也该想想，如果真像传言那样，建宏还能把你媳妇送到卫生室去？怕是两个人死一块了。煤烟又不认人，还专往爱香鼻眼里钻？”

孙福狗被六爷说得哑了口。老校长继续说：“你说多好的姑娘，嫁给你就不能好好地过日子？你这是自己给自己扣绿帽，自己把自己当王八！”

孙福狗说：“六爷，我一时糊涂，你就掴我两巴掌吧！”

老校长说：“掴你干啥？要掴也该建宏掴，今天的事就到此了结了吧。”

教室里探出几颗小脑袋，老校长远斥一声，孩子们老鼠一样溜进去。领了孙福狗到学校厢房，唤了方建宏和韩爱香出来。方建宏脸色惨白，大口大口呼着气。韩爱香进来狠狠甩了孙福狗一巴掌，打了男人一个措手不及。“这是我替六爷打你。”然后又是一巴掌，被孙福狗用手隔住了，韩爱香说，“这是我替方老师打的！我爹我娘真是瞎了眼，把我往火坑里推！”

自那以后，两人就有意避着，怕人乱说，可心里毕竟藏了事。好几次也有机会，与其把话说透不如把事先做明白了。一次，韩爱香在山上割猪草，方建宏抱住她，韩爱香张手就是一巴掌。糊涂啊！你说这不是给人往嘴里喂话吗？

今天在这里见面，方建宏和韩爱香多少有些触景生情。两个人的话少了，他们觉得有些事情不可避免地将要发生。心思腻歪起来，心跳得厉害。

韩爱香说：“哦，你看这家乱成了猪窝，方老师见笑了。”跪上炕收拾被褥，用笤帚扫床单上落下的土，潮湿的空气里就有了呛人的灰尘味。

方建宏鼓了鼓勇气说：“你真傻，顺带把自个儿都骂了。我们也是空背负了这名声。”

听那话往一个妖娆的方向去了，韩爱香空空的心里有些沉。是啊，这些年为名声活，倒活成了个啥样子？她笑了笑，云淡风轻地说：“你敢不敢？”

方建宏坐在凳子上没听太清，刚说了声“啊”，就听院子里传来嗡嗡的震动，像谁把马蜂窝捅了，惊乱了成千上万只蜜蜂。声音是冲着屋里人来的，他俩同时听出那是一辆汽车，停在屋外的大场院里。方建宏脸一红，惊说：“你男人回来了？”韩爱香说：“回来就回来，怕啥？”

方建宏跳起来往外走，到门口，被围上来的一伙人堵住了。

是乡干部。

那几年，乡上的计划生育工作难搞。想想也是，防火防涝，防贼防盗，要防女人怀孕办不到。男人女人睡一张炕，黑灯瞎火的，晚上不日弄那事才怪。先是乡上发避孕套，不要钱，一家两盒挨门发过去，八十九十的老婆婆老爷子以及村里的光棍寡妇都给发，结果那东西好比春药，男人就找女人尝新鲜，试试套个袋子到底是啥刺激，尝着试着不该怀孩也把孩怀上了。也有人突发奇想，用套套做血肠，据说做出来的血肠更香更嫩，比用猪大肠做还方便来料。乡上一看，没办法。有人分析，二胎率居高不下的主要原因是日落西山茶饭过后，男人除了爬上女人的肚子消遣时光之外也没啥事可干，那就每家发台电视机，晚上电视看热闹了谁还有那兴致？当然这是乱侃闲谝，有效的办法是干部盯住妇女的肚子，谁要敢私自大了，就有问题。村里人才不管，骂干部，早知道要投胎到人世搞计划生育断子绝孙的孽事，你爹就该把那二两白汤甩到墙上糊纸。多么难听的话都骂，把农村里最粗俗的语言都骂出来了。干部张嘴讲政策，收效甚微，后来就用上了硬办法。只要生了一孩的妇女，全部带去放环结扎，再丢回来，管你一晚上来几次，炕捣烂了都不碍事。有一次，三个干部到花儿坪带一个怀胎四个月的妇女做引产手术，一个开车，两个带人，二话不说就把女人往车上拽，不料男人跳出来，手里握着一把斧头。软的怕硬的，干部一看遇上不要命的了，丢了车就跑，这一跑就把“小人命”给闹出来了。后来，干部抓计划生育超生户，就有了相当的经验：搞人海战术，前插暗哨，后派援兵，正面作战，外围策应，瓮中捉鳖，便能十拿九稳！

如今十个干部揎拳捋袖，把老屋层层包围，要将韩爱香当作计划生育超生的典型来抓。

带队的是主管业务的乡长，姓钱。钱乡长迈脚进屋，见方建宏冲出来，先捣了一拳，喊：“跑啥？”方建宏说：“哎呦，生脸见面咋就打人？”

钱乡长说："跑啥跑，都站好了！"方建宏追着问："你打人？你干啥的？"有个嘴快的干部说："这是我们钱乡长，老实配合就没事！"

方建宏争辩道："乡长就能随便打人了？"

乡长说："打人算个屁，老子还能抓人！"

方建宏硬往外挤，两个干瘦小伙一左一右把他架住。"谁要跑一律先扣人，今儿个再叫你跑了我这个乡长还怎么当？"钱乡长一挥手就把方建宏带到了吉普车上。钱乡长是有相当工作经验的钱乡长，他走到韩爱香跟前换了一副和蔼的面孔说："孙家妹子，你看这事也不是我们这帮人要故意为难你，是国家的大政策、大法律不允许啊！如今讲生男生女都一样，咱这计划生育可是国家方针，百年大计，全省一盘棋，全县一条心，就是要放开一胎，控制二胎，杜绝三胎，你懂不懂？可话又说回来，第一胎，你一下子生出俩娃儿。好！一箭双雕，一炮双响，你男人有本事，咱给你算到政策里面，可这二胎三孩咋弄？流出来，堕出来，就是不能生出来！如今你生出来了，咱就按生出来说，交了罚款赶紧结扎，你再不结扎上头就把我结扎了。"

干部们笑。钱乡长真是搞计划生育的专家，三言两句就讲清了政策。

"今儿个就给你把政策讲在前头，莫要日后说我们干部作风粗暴不讲情面。第一，不要要死狗，吃蛮要横的人我们从来不怕。第二，不要跑，你就是跑了和尚还能跑了庙？就是躲到耗子洞里，我们也要把你掏出来。"

"实话说吧，老哥也是一个独女，你嫂子不照样得结扎？孙家妹子，你不为自己想也该为孩子的将来打算，黑孩黑户分不了地、上不了学、当不了兵，麻烦事还在后头，长大就是领了媳妇也领不了证啊，黑媳妇生球个黑娃，就黑到下一代了。说句难听的，就是……啊啊……就是万一哪天横遭个天灾人祸什么的，谁承认世上有你这号人？你说是不是，啊？"

韩爱香料到迟早会有这一天，她甚至盼这天早点到来。可你这官方人，不懂那民间事啊！谁不想自家娃儿长大活在太阳底下，堂堂正正做人？这话还用你说来着？

"孙家妹子，你哭啥？哭不顶事，我们抓女人结扎没有不哭的。你说句话，我们也是讲道理有原则的。"

苗娃被吵醒了，哭起来，韩爱香抱起儿子，贴在怀里"嗷嗷"拍打，那眼泪就簌簌地往下掉。

钱乡长不耐烦地说："哎呀，哭啥哭，大的哭小的也哭，哭哭哭，我们来不是听你哭的。"

韩爱香不哭了，不是不哭，是她认为没有哭的必要，日子是自己过的，这会儿哭给谁看？抬头盯住钱乡长，眼睛里透着一股执拗的劲儿，看得钱乡长心怯。依他的经验，这时候女人就该把一哭二闹三上吊的本事拿出来了。

韩爱香把想好的话在脑子里理了一遍说："自古民不和官斗，这钱我是一分不会少了你。是政策我懂，你们按政策办事，我们按政策交钱，多少年都是这么个道理。我哭，我是哭眼前的混沌日子。我一个女人家，能把男人的主意拿了？我要当这个家，就把钱直接送到乡政府，你们只管开票盖戳，省得七沟八岔地来跑路。可关键是，没钱。有钱咱也不磨嘴皮子，迟早都要挨一刀。"

"好，是个俊媳妇儿！"钱乡长伸出大拇指赞叹道，"我们等的就是你这句话。"

一个干部赶紧插嘴："就是，没钱就拿粮食抵，麦子该有吧？"

另一个干部接茬："麦子不够还有玉米，罐笼里那筒玉米我看就够了，再不够就把电视机也搬走。"

钱乡长环顾一圈，看见炕对角的斗柜上搁台电视机，命令刚才插嘴的干部去盘量家里的东西能不能值三千块钱。干部很快就回来了，说差不多。钱乡长冲着韩爱香说："听清了吗？点个头，钱的事就不用大妹你费心了——小麦六角二，玉米八毛五，行市你也清楚，该多少就多少，一分便宜也不占你的，谁占谁就是王八蛋！"

韩爱香取出钥匙搁在桌子上说："苫子下屯了麦子，小黄钥匙开锁，就按你们的意思办，我有一个苗孩在世上，还怕将来没有粮食吃？"

传话叫一辆守在村口的拖拉机开进场院里，粮食贩子拿了百公斤的大秤和麻布口袋，找了一根很粗的棍子，挂住秤杆，两个人抬起来称。十几个口袋，干部拿了纸笔现场过秤登记，做了一笔三方交易。拖拉机冒着烟跑了，钱乡长打了条子给韩爱香，笑嘻嘻地说："罚款不是目的，是惩罚你超生的手段，结扎堵住漏洞，免得再生一个出来。走，跟我们走吧。"

韩爱香不同意，结扎手术不比身外之物空中浮财，你说带人就带人啊！等孙福狗回来再说。

苗儿哭得断气，韩爱香把衣服掀起让孩子噙上奶头，小家伙像只蚰蜒使劲钻，抽得脚底都发麻。有干部不好意思，转了头。钱乡长斥责道："你这是缓兵之计，人人都像你，我就是开架飞机也来不及——刚才那人不是你男人？我看像只偷瓜的獾。"

女人哄孩，一副凛然的气势。钱乡长知道再纠缠下去也没啥效果。办这号事最怕有老人和小孩挡，谁都不能碰，碰了就说不清。今儿个就是把女人带走了，怀里的小崽子吃啥喝啥，难不成要找个女干部奶上？反过来一想，今儿个这事不算圆满也能交差，至少把罚款弄到手了。钱乡长说："算㞞了，把男的先带上，明天了就到黑河乡来换人，女扎不成就男扎，我还就不信了！"

韩爱香有些恍惚，隔世般的荒凉。听着屋外的动静渐渐小了，她想日子是不是不走了，这时还是黑麻麻的！她闻到空气里有花香的味道，春天了，澄亮的日光为啥就透不进屋里来？到屋外，天幕灰白，青气流动，对岸的大山紫气缭绕，那是一年里的紫荆花开了，好像是在一夜之间开的，开得如火如荼，荟蔚了山林。那只老黑猫爬到树上去了，场院遭人踩踏，乱糟糟的，辙印泥斑，鸡刨猪拱过似的。韩爱香想，方建宏是不是被带去了黑河乡？如果带去发现带错了就一定会把人放了吧？他是村小的教师，他们都是公家人，公家人还能把公家人为难了？

蓦地，就有种不祥的预感。那么多干部到底是咋挤上一辆汽车的？

三

花儿坪是陇山脚下的一个小村子，二三十户人。每年四月间，紫荆花开了，沿着黑河两岸的山梁绵延十几公里，开得如烟似雾。村子所在的山坳回暖早，山花繁盛，麦田之余的塄坎上、山洼里紫花花铺天盖地，点缀着一朵一朵鹅黄的白杨，还有庄户人家青黑的屋脊，树从土墙垣下冒出来，绕山而下的胶泥小路和沟里的溪水相伴而出，仿佛叶子的脉络，汇入远处浑黄的车马道和蜿蜒的黑河水。树下有牛的哞叫，也有孩子的声音。

这里的山上长满灌木，冬天发黑，到了春天会变紫，再是绿，再是黄。一年四季，色彩分明。

韩爱香中了煤烟，被孙福狗从小学里撵回来，抹了一路的泪。人们看见孙福狗用一条细树枝打老婆，都说韩爱香是破鞋，在学校里和方建宏乱搞被男人抓住了。细枝是从活柳树上拽下来的，打飞了末节，剩下的一段硬度和韧性刚刚好，抽韩爱香像抽一件挂在绳子上的衣服，在风中飘摇。抽几下，韩爱香就转过头来看，眼里闪着泪花，孙福狗的手往高一举，吓得身子一抖，胳膊就拐起来护住额头，细树枝抽下来，一下子抽疼了才转过身继续走。然后再抽，韩爱香就再转过来反抗，如此反复着，两个人一前一后往老屋走。

村里人站在胡同的地塄边上看热闹。

一个汉子赞："娘的，难怪福狗看得紧。快看那副腰，多细呀！"

一个汉子叹："教酸书的真是贼胆大，福狗的媳妇都搞，要不是六爷拦，能不放了他的血？"

一个汉子说："嘿嘿，死一回都值了，还没尝过女人是个啥味道哩。"

一个汉子斥："啥味道？还不就是母狗的腥臊！偷汉的女人在古代要骑木驴沉猪笼，社会真是进步了，就抽她两鞭子。"

一个女人上来拧自己男人的耳朵，男人歪斜着身子直喊疼。女人骂："妖精把你魂摄跑了，想跨，老娘就把猪圈里那头老母猪摁住叫你跨个够！看那副骚样儿，能生得下儿？"

孙福狗见村里人都在看他，就很有一股男人的豪情，表现自己的无辜，打女人就打得更加狠了。一脚踢在韩爱香的腰脊上，女人扑倒，滚了一身子土。孙福狗骂："夜里不回来宿，教书，我看是跑外面给俺戴绿帽！哭啥哭？还不赶紧回去养儿，脸都叫你丢尽了！"

不久，韩爱香的肚子果然大了，一胎生下两个女娃。那个时候，孙福狗的娘还在世上，清清亮亮的婴啼声里，韩爱香看见婆婆的笑容僵在了脸上。问是个啥孩，婆婆说，白铺了一张席，早知道还不如铲几掀干土。孙福狗的娘给大女起名改娃，小女起名转娃。韩爱香不按老人的意思，叫她们花儿和朵儿。

花儿和朵儿长到了两岁，一次生病发烧，烧得迷糊，抽风。孙福狗的娘老糊涂了，不给娃儿看医生，却用祖辈传下来的老办法禳灾。拿了切面刀在花儿身上抡，斩妖驱魔，又用整把筷子蘸水在头上左三圈右三圈地绕来绕去。“清水送神，恶水送鬼，送神又送鬼，半碗浆凉水。”办法是一整套的，又在孩子的脚上抡，“神请鬼请，头身都轻。是神是鬼都安静，十字路上另等人——立住，立住!”孙福狗的娘对鬼神的命令很管用，一把筷子真的就立在了碗中央。

韩爱香心焦得厉害，隐隐听到山那边孩子的叫声：“妈——妈——”她骑着男人的老加重车子沿着峁塬上的小路往回赶，翻过牌坊岭，在七拐八扭的山路上一路骑行。暮春时分，丁香花开得正旺，紫荆花尚有些羞赧，她穿着洗白的棉布衫，仿佛一枚乘风破浪的帆。呼唤声越来越近，真真切切，一声紧过一声，她感到车子在如烟似雾的花海上冲锋。推开房门，婆婆一刀将筷子打散一地，大喊：“送鬼请神——”

荒唐的仪式!

韩爱香怨了婆婆几句，抱起花儿和朵儿就往卫生室走，那个暮春四月成了记忆里永远的冬天。娃儿的病很快好了，是肺炎引发的高烧，一针退烧剂和几顿消炎药就让孩子活泼起来。可是，从那天起，她发现花儿和朵儿的行为变得怪异，走路跌跌撞撞，取东西离得很远就探出手去，有时候傻愣愣的，叫三遍五遍都不答应。

“妈，我咋看不见山上的紫花花了?”

“妈，我咋听不见树上的鸟啾啾了?”

一声声说得韩爱香心都碎了，最后一点希望像屋子一样轰然坍塌。她终于证实了自己的猜测，当时的那种悲凉与痛苦啊！自那以后，她和婆婆就没了话。孙福狗的娘后来吊在了一棵歪脖树上死了，留下话说：不给孙家生儿，她死了都要睁着眼。孙福狗就打老婆，打得更毒了，说她是白虎精、扫把星，把娘害了。

方建宏被带到了黑河乡。他天真地认为，到乡上去再回来总比在韩爱香家向大家伙解释自己不是孙福狗要明智。有句话怎么说来着？黄泥掉进裤裆不是屎也是屎。这事不能不为韩爱香着想。孙福狗那个歹物，知道了能不闹？到底是一介书生，看事看得简单，方建宏甚至还想到了乡上看钱乡长如何向他道歉。抓人抓错了，不是他们工作失误造成的吗？或者，等上一天韩爱香赶过来，像交换人质一样，一个走，一个留，重要的是那个留下来的人，谁走掉了还会有人计较吗？

方建宏在乡政府后院的一间宿舍里住了一天，一张床，被褥软和。听见外面有驴子啊啊地叫，心里想笑。这小衙门有驴？难道是把谁家的驴给牵来了？推门，门没锁。见一个老头给驴喂秸秆，驴脸掺了黑白两色，上深下浅，到了脖肚那里就一大片乳白。再看那老头腿有点瘸，歪歪趔趔的，带着干部帽，驴不吃草，就往驴脸上抽几秸秆，驴尥蹶子，却被一根缰绳拴死在食槽上。方建宏说："大伯，驴不吃草就算了，强喂不是叫驴也作难吗？"老头剜了一眼方建宏说："你咋出来了？快进去，饭我给你送过了。"方建宏靠过来说："你这老头真有意思，驴也是抓来的？"老头说："抓进来一年了。"

驴有名字，叫王大全。以前抓计划生育抓不到人就牵牲口顶账。王大全带着婆娘跑了，留了一头驴在棚子里。干部牵回来，想王大全一定会找上门来要。左等右等不见人，奶奶的，这畜生又不是死的，每天要人伺候着，死了病了，就折在手上了。找了老头看着，一看竟是一年多时间。有干部建议把驴杀掉改善伙食，或者卖掉分发福利，乡上的头头一考虑，这不是侵吞民财触犯法律的事吗？一发话，就把驴充了公。充公干啥呢？总不能每天当神供着吧？正好乡上需要从沟里驮水，好，那就叫驴驮水吧。日子一长，老头牵驴驮水也不能白干，造册发工资造在谁名下？造在老头名下？那可是实实在在一个人，谁看都觉不妥，怎么一个喂驴的瘸子就成了干部了呢？头头想，就造在王大全名下吧，云里雾里的，谁会和一头驴过不去？

方建宏看见王大全驴脸瘦长，想到孙福狗，都是那么个脸，甚至驴脸还好看一些，有水墨画的韵味。驴啊啊叫，老头骂，吃饱喝足想干人事了？方建宏突然打了个激灵，拿青蛙比蛤蟆，拿乌龟比王八，孙福狗怎么能像王大全呢？人骂人恶棍，就是这么个意思吧。

老头往王大全的身上抽了几秸秆，驴跳得更欢。他叫方建宏回去等，人肯定比驴强，说不定一夜之间也能当上干部。

方建宏等了四五日，不见韩爱香来，心里有点慌。老头给王大全喂了草就给他来送饭，一日三餐，伙食不错。早晨是熟鸡蛋、花卷和黄米稀饭，他吃了两口就扔了。拽开门往外走，老头拉住他，瘸腿一歪一扭，可怜荒荒的。老头说不能走，头头安排他看好王大全和孙福狗，要有个闪失，拿他是问。方建宏骂：他娘的，我咋就成孙福狗了呢？

下午方建宏被钱乡长请到了黄色的吉普车上，方建宏要求钱乡长道歉。乡长笑笑，道歉？按政策办。

方建宏解释："弄错了，我不是孙福狗，我叫方建宏。"

钱乡长命令司机开车。钱乡长说："你要不是孙福狗，我就不是钱昌仁了。"

方建宏这时候还觉得是在开玩笑。我说我不是孙福狗你们不信，我证明给你看！钱乡长说，证明个屁！你老婆韩爱香都回了话，叫赶紧把你送回来，地里麦秧起了身，种了玉米该点黄豆。方建宏说，那好那好，看你们搞错了吧？吓了我一跳。钱乡长嘿嘿笑着盯住他说，你媳妇韩爱香还回了话，说当今社会男女平等，为啥一定要给女人结扎？女扎扎一个，男扎扎一堆。

方建宏要开车门跳下去，钱乡长一把捂住了他。钱乡长说，上了这车还能叫你跑了，知道这车是啥车吗？计划生育拉结扎婆娘的专用车，四个轱辘比十个轱辘的载的人都多，信不信我再喊十二个干部一同押你进县城？

谁说我是孙福狗？我是方建宏！方建宏想，抓我结扎，世上还有这号事？等到下午，晚霞的余晖从县计划生育服务所的窗玻璃上透进来，有一点血的惨烈。他还是不信，怎么长了嘴就说不清了呢？花儿坪的人谁不知道他叫方建宏，教一年级到三年级语文的老师，家在县城西北角柳树村，也是高中毕业，也是个农户人家的娃娃。爹做木匠供他念书，这会有了出息全家人脸上都有光彩，三番五次催他结婚，给他说合了同村的女娃王丽丽，身体敦实，是块过日子的料。然而他却无法接受，想该有个青梅竹马的伙伴，春风得意，山花烂漫，看流云飞霞，说诗书情话，一起隐居山野，打马塞外，岂不是人世间的美事！心目中那个人远了，又近了，晃到眼前时才看清是医生的白褂，根本不是韩爱香那张雪白的咋晒也不黑的脸。

人的力量有时候为啥会那么弱小，弱小到说自己是谁都没人信？

眼里有泪，一骨碌淌进耳窝里，鼻子辣辣的，积了一腔浓稠的鼻涕。他看清那是个穿长褂的医生在对角蠕动。肉里有针头，手上有胶布，吊瓶软管里的液体滴答滴答流，像时间在走。他越想越觉不对劲，自己拴在床上，而那个名叫王大全的黑驴却拴在乡政府后院的食槽上。他想自己现在还不如驴，王大全还能趴到马背上生出个骡子，爹叫他与王丽丽结婚，假使同意了，还能生出个一男半女吗？没有愤怒，一点都没有，平静占据着他，脑子里撑开一片洁白的花。不知怎的，想韩爱香家那三间青砖罩面、木梁雕花的老屋子，门前有棵老杏树，日子久了，屋檐也塌拉成驴肚状的曲线。世上就没有好人了吗？想到了老校长，要说没有好人他不信，六爷就是一个。

方建宏现在才体会到死亡之前的绝望是多么孤独，孤独到没有一丝痛苦。他看那晚霞余晖褪去，红成了一疙瘩炭火，渐渐地，连炭火也要熄灭，只剩下灰烬。房里的灯亮起来，刺了他的眼，愤怒就上来了。奇耻大辱！他冲下病床，把输液的铁杆都拖倒了，咣啷一声，砸倒搁有洋瓷脸盆的铁架子，暖瓶也碎了。暖瓶的水流出来，像谁在地上撒了一泡尿，尿液集满凹地总要向一个方向出击，这里是水泥地，热水冒着白色蒸气，径直就朝白褂医生去了。

“你妈的，我是方建宏，不是孙福狗，老子还没结婚！”

方建宏身体里的力气像水在沸腾，拳头挥上去，砸在白褂医生的脑壳上。医生的眼镜也飞了，窝倒在桌子下，抱住头一声也不吭。继而是拳脚相加，打了几下力气顿时就没了。累，很累很累，身体全空了。他感到冷，仿佛一片皎洁的月光映在苍茫的旷野上，是因为害怕或者激动，牙齿在打战，嘚嘚地响，这是哪呢？这个陌生的地方，墙白床白灯光也白，洗个手的盆子、吐个痰的盂缸也是白的，是停尸房还是啥地方？他恍惚觉得这一定是梦，梦里花落知多少，梦里心事多明了……

有人闯进来，三五个人围住他揍了几拳。没有疼痛，拳头能把人打疼那不叫疼。几个人把他抬着扔到床上，他看见顶灯外围有一圈光晕在不断变化，一会儿扩大一会儿缩小，闪闪发亮，有蓝紧的颜色，像彩虹，却也不像。彩虹是半圈，要更美一些。听得那几个人在嗡嗡说话，一个说："山里人就是野，就要给点颜色尝尝！法盲，生了那么多还要生！"又一个说："又是他自愿的，打咱，早知是这么个浑货，刚才就给他少打点麻药，疼死他！"一个说："给男人结扎，难怪人家不同意，骗牛阉狗哪有个不跳的？"一个嘿嘿笑出声："还说自己是个处男，包皮那么长，做起那事不疼吗？生了三个娃了，方老师他要态度好你就把那包皮给环切了吧，帮人帮到底，送佛送上天！"

一群人笑，笑得方建宏头皮麻森森的。

四

方建宏在街上走，丢了魂。小腹胀闷，像有一股子尿没撒干净。摸摸根子还在，就想以前村里常来的刀子客，骑着车，车头上竖根木棍，棍端扎一捆红布绳，满庄窜，闭口不说是干啥的，只把铃铛摁得脆响。花儿坪的人知是摘猪娃的来了，摘了睾丸的猪娃长得飞快，年底就能挨刀子吃肉了。七十二行，行行出状元，都讲究个手艺，手艺差的摘不干净，摘成二胰子猪，倒叫养猪的要贴财。

越想越觉得自己没脸见人，哪有男人没结婚就结扎的，上哪去说这个理？心里恨着走，猛抬头，就到了菜市口，见熙熙攘攘围了一堆人，听声音是在争执什么。尖锐的女音说："告诉你这个老不要脸的，昨晌午我就把地盘号好了，就算眼瞎了总还有两个窟窿吧？"苍老的男音说："你这贱嘴，我卖了二十年菜，那四块砖头立在那就是我老王立在那。"女音说："看看红漆刷的疆界，是人都懂啥意思！"男音说："刷上红漆是你占的，那我摆上砖头就不算数啦？"女音说："你卖一辈子也就是个卖菜的，我儿干公家事，信不信叫工商所来把你的秤杆跺成两截？"人群里的声音稍稍消沉，接着，女音就高叫起来："你打呀，给你打，我给你打，你这驴日的老畜生……"

话音提醒了方建宏，就往县政府去。我就不信了，天底下没个说理的地儿！

县政府大门朝南开，水泥门柱上竖着白地黑字的木额，院内横着一幢二层箍窑楼，中间是花园，参差凌乱的树梢上飘窜出一面红色旗子，一群麻雀扑棱棱落到了园内的合欢树上。方建宏夹紧屁股走，腿像木偶的两根吊线。看门人拦住他，不让进，叫了信访办的人来处理。信访办的人了解完事情经过，在本子上记了几笔，就捂住嘴巴笑，摇电话又叫文教局的局长来领人。方建宏一听局长，心里发怵，局长得是个多大的官呀！很快，有人哈哧哈哧掀开帘子跑进来，原来是刘秃头。方建宏认得他，今年到县上开会，刘秃子坐在台上讲民办教师转正的事。刘秃子晃着一枚秃瓢，眼睛往下瞄，看女教师时馋惺惺的，吐露着两颗丑陋的大金牙。金牙是金属牙，银白颜色，根上套了铁线，箍在牙槽里，一讲话满嘴细白沫子，像螃蟹吐出的泡泡，隔几排人，唾沫星子都喷在他脸上了。据说刘秃子的大金牙是年轻时敲掉好牙装上去的。安金牙，戴手表，飞鸽车子街上跑，年轻时的刘秃子也是个人物啊！

刘秃子翕动嘴唇，问了事情的来龙去脉，两颗大金牙把门漏气。“你说你是方建宏，对吧？你是花儿坪的民办教师，对吧？既然是方建宏，你在这里闹啥闹？你都敢来闹，那天下的老百姓不就都乱套了吗？政府是你随便进来闹的吗？无组织无纪律！”

方建宏壮着胆问：“你咋向着他们说话？我就问他钱昌仁咋把我方建宏当成孙福狗的，他要把我当成杀人犯，是不是我这颗脑袋都搬家了？”

刘秃子说：“啊唷，你还就赖在这了？同情归同情，但计划生育是大事！在这闹影响有多恶劣你知道吗？简直是败坏我们教育界的名声！如今你就是窦娥也冤了，冤了再说冤了的话，咱回去给你求个补偿，你要一意孤行，上北京上天津就随便吧，这世上的事不怕闹，就怕不闹，闹得再大还不是在一个天底下扣着？要不政府给你在广播里报报，说你方建宏一个大男人被人给结扎绝育了？”

这样一说，门房的人再看方建宏，就觉得他像一个秋霜打蔫的棒丝瓜，先前梗着的脖颈软下来。怎么天大的委屈到了别人嘴里就这般轻松随意了？心里只有一句话：“我还就不信了！”虽这么想，到了现实利益跟前，多数人都选择做孬种。离开时刘局长叫他选择：要么回家种地，要么转正教书，花儿坪是不用去了，剩下的事咱想办法再处理。总之，只要不丢教育界和他刘某人的脸。此时的方建宏，嘴里只剩下一句话：“我还就不信了，我还就不信了！”说了许多遍，就连自己也不信了。开始恨那个女人，背叛，欺骗，想红颜祸水一类的话，要是韩爱香念一点点恩情，何至于他落到如此不堪的境地，叫人把他像牲口一样摁倒抹了一刀子！

方建宏不知道，他在黑河乡睡软床听驴叫的那阵子，韩爱香的日子也在煎熬中度过。

傍晚时分，太阳从山后面掉下去半只脸，孙福狗才从神峪集上赶回来。两只雨靴高低轮换，车子轻便有力，从车马道上下来，驶入村子的砂石路，空空的箩筐里秤盘哐啷哐啷响。他看见山路上两辙带有花纹的泥斑，知道出了事。他打算带着老婆孩子跑，叫乡上人狗扑蚊子回回空。孙福狗这样想着沿坡道推车子疾步跨上来，整个太阳掉到了山岭后面。他看见车辙一直通到了老杏树下，最后一点仅存的希望也消失了。到了屋门口，天黑下来，最先听到韩爱香哄孩的声音：“娘的心呀娘的肝，娘的肠子又弯弯。湾里有个月亮船，船上有个月亮湾。”

晚风送香，真有一弯弦月挂在天幕上。气不打一处来，坑坑洼洼的脸上，眼珠突得像兔子的卵，喊一句：“哎呀，明着叫人抢啦！”孙福狗跳起来，门和窗子都好好的，粮是咋装走的，你说？打老婆，打老婆是山里男人的权利，不打才怪，那话叫三天不打，上房揭瓦。

一个痛苦的夜晚，婴儿的啼哭极清极亮，响彻山岭，楔进夜色的宁谧中。孙福狗抓住女人的头发把她摔在炕上。嘴硬，嘴硬能硬得过巴掌？到了炕上男人总是占尽主动，那些闲言碎语偏偏又在火上浇了油。嚼舌头的人说，城里的骨头山里的狗啃，天上的凤凰落梧桐，哪能轮到他孙福狗；再想他娘死的那阵子，人说是被韩爱香这个妖精给逼死的。孙福狗愈发狂躁起来，打她，往死里打。韩爱香骂他啐他，我就是白虎星、扫把精、坏女人！

山里的狗不认生，尤其在夜里，稍有点风吹草动就忠实地担负起使命来。山里的男人女人正在被窝里热乎，停下那事支棱起耳朵，听是谁家又淘上气了，却听到了音调各异的狗叫被风送过来。床头打架床尾和，管人家的事？谁家没个牙齿咬到舌头的？咸吃萝卜淡操心！

等狗吠声消寂，韩爱香点了灯，灯影下有人。老屋里，她与娃相依为命。奶上孩放开来哭，哭声一抖一抖的，抖得火苗儿呼啦扯动，连着整个屋子都晃起来。哭了一时，韩爱香不哭了，她想日子咋就到了这份境地上，如此虚妄！春光照不进来，照不进来的春光就是她一辈子的苦命吗？第一次这样想，心里的潮水就卷了浪。想起娘说过，女人前半辈子活爹娘，后半辈子活男人。人家是活女人，她叫熬日子。男人想吃饭了要她，想那事了要她，不给就不行。熬日子，熬日子，是日子在熬她呀！惊涛骇浪决堤而出，释然的感觉叫她沉重的身子轻下来。她想，这日子就非得熬下去吗？

韩爱香恨起了山那边安口窑的爹和娘。想她小时候，十一二岁那阵子，扎两个小花辫，跑起来辫梢儿像两只蝴蝶在飞，一会儿胸前，一会儿背后。书念得好，人又聪明，教书先生说韩家要出女县长，爹笑得眼眯在一起，说三姑娘，好好好。娘说，县长不县长，就看老坟里头埋了啥，以后嫁个煤矿工人，铁杆的庄稼不怕霜。她说，她要进城念大学，一辈子不要守在小镇上。娘说，嘴硬，小心姑娘堆里把你剩下了。爹说，命里只有八斗米，走遍天下不满升。

娘一语成谶，她考了三年大学都落榜，时间一晃就到了二十五岁那年。娘劝她嫁人，她不愿意。七月流火，韩爱香跑进山野，疯了一样，有人看见她在落日的余晖中落寞奔走，又在月华如水的山野小路上失魂游荡，山场上麦子已经收割完毕，麦茬支棱在地里，梳子梳过似的，侥幸活下来的野草疯狂蹿长，撂了一地荒芜；庄稼被人们割回来，打碾干净铺在麦场里耙出浅浅的沟槽；太阳很毒，麦粒儿像铁锅里的豆子，咯嘣嘣跳，空气里漾着麦子的焦香。收获的季节她尝到的是彻底的失败。后来到了苦雨欺人的九月，娘给她说了那个叫何亮亮的煤矿工人。娘说，找个好男人就像择一株树，你就安安稳稳做树上的花雀雀，生儿育女就是你的本分。娘还说，男人是耙耙，女人是匣匣，你就守好钱匣匣，过你们的小日子吧。

订婚那天，酒席定在安口窑街上的饭馆里，何家来了两桌人，披红挂彩，鞭炮声声。何亮亮穿一身崭新西装，大红被面十字斜披，不停敬酒，作拱手礼，来去应酬着。好不容易送走亲朋，何亮亮一把搂住她，她闻见未婚夫嘴里喷出不洁的气味，这气味让她心里硌硬起来，身体紧绷绷的，仿佛两块石头的冲撞。用力推开未婚夫凑上来的嘴，何亮亮就老老实实坐到了对面的高杌子上。点燃一根香烟，把两条腿展得长长的。她看到他的两条腿麻秆一样细长，膝盖在裤管上顶出两只小疙瘩，两只无辜的眼睛灰漠漠的。何亮亮说，井底下黑咕隆咚的跟地狱一样，绞车吊下去，真想还能不能再见到第二天的太阳，整天把脑袋提在手里——以后的家由她当，说咋样就咋样。何亮亮掉下几颗眼泪，韩爱香的心一下子软了。她想，是命，就认了吧。嫁鸡随鸡嫁狗随狗，就是跟着要饭，她也认定了这个人。

结果——没等到结果，一场矿难就夺走了长腿男人的生命。往后又说了几户人家，都嫌她名声不好。怎么就名声不好了呢？白虎精，扫把星，她慢慢熬成了老姑娘。一天，母亲悲悯地把一箩荞面扬灰撒尘似的抛向猪食槽，几头黑猪正在争食，落了满头满脑的白。母亲给她跪下了，说："养女养成仇人了。猪白头不愁卖，女白头难嫁人，爱香啊，你都三十啦，你娘我这个岁数你都吃十岁的饭了。娘求你，嫁了吧，不管是个啥样的人家，就嫁了吧。咱母女是前世的冤家，你就饶了做娘的，娘在村里头都抬不起来啦！"

爹在外面骂："整天窝在屋里，能窝一辈子？"

娘在里面劝："少说一句吧，别把姑娘逼疯了。"

"要我看，就往远里托说，三十岁的老姑娘了，安口窑怕是没人要了，眼不见的心不烦，我这心里急得像猴子乱蹦跶。"爹噙着老泪说，"以前，还把老三看得重，结果，结果还不如那两个大肉坯子，谁能给二十个银圆，就送女嫁人，绝不过问门户！"

爹把话说得十分绝情。

五

山那边的韩家催着嫁女，山这边的孙家急着娶亲。

孙福狗的娘放出话，谁愿给儿当媳妇，就把三间大房让出来，一个儿好，兄弟多了是非多，一口锅要掰成几瓣分。为此还说，愿出全庄最高的彩礼。至于媒人的那份，神峪集上的衣服鞋子由着挑。这话叫花儿坪的人听了忿詈，村上的俊朗小伙都单着，三十大几的光棍汉倒要娶媳妇了。有是有那么个人配得上。谁？潘金莲！

确实，五短身材的孙福狗一副凶样，人们对他的记忆是他十二岁那年的春上，风起得早，卷起沙土和石头，把天吹得昏昏暗暗。还是孩子的孙福狗夹一根鞭杆跟冯六爷吆羊，那是个奇异的春日，公羊不上膘，母羊不怀羔，不但如此，羊还一个接一个死去。早上出圈还好好的，吆到山洼里，走着走着就栽倒了，口吐白沫，弹挣几下，一双蓝汪汪的羊眼明光涣散。羊越吆越少，真是邪了门。冯六爷指责小福狗不好好放羊。孙福狗听不得这话，为证清白，把一只倒脚的活羊掀翻在地，把羊头搁在碌碡上，拿一块青石当着众人的面砸。羊咩咩哀嚎，却没有力气反抗，石头砸在羊脑上，发出咚咚的令人心悸的闷响，直到把一颗活羊头砸得支离破碎、红白掺杂、触目惊心才停手。人们惊恐地看到小福狗用两只鲜红的手剥开骨头渣子，取出那团白如豆腐、状如糨糊的羊脑，把谜底呈给众人看，原来羊脑里蠕动着细线一般的绦虫。从那以后，孙福狗就永远不长个了，矮成了冬瓜，出落成了一张蛙皮驴脸。

一天，媒人用车子驮了韩爱香到花儿坪。带进山的姑娘白脸蛋、大辫子，走起路来步子轻盈，腰身好看。山里人没见过这样攒劲的人物，挤着脑袋看，咋看都不像是要落到花儿坪的新媳妇。妖精，只有妖精才有那副骚样儿！

孙福狗的娘对儿说，你爹死时噎了一口气，指头戳着我，啥？那是要我把你的事安顿好，如今你爹死了十几年，你却还连个女人的辫子梢梢都没摸过。一口唾沫啐在孙福狗脸上，不见有个出息！男人留女人，就要想法子，当年你爹把我骗进山，这一辈子还不是下了场？

孙福狗很听娘的话，就对韩爱香说："站下吧，天都黑成啥样了，牌坊岭上有狼。"

小老头喝得醉醺醺的，跨在车子上说："野，没规矩了，八字没有一撇，咱回去见话。"

韩爱香低着头，催促小老汉快走。

孙福狗一摸脑袋，知是言语留不住人，跳上去就把车锁了。拔下钥匙，扔进了山沟里。

“山里的野种!”小老汉骂。

韩爱香看了媒人一眼，坚定地说：“有言说在当面，不须隔耳传话，这事我不同意。就是我爹我娘也拿不了我的主意!”

媒人颠颠脑袋，把纸烟咂得一明一灭，酒精在脑子里烧，空气里的花香一阵阵强烈。

小老头说：“孙家娃娃，去叫你娘换床被子，是姻缘拆不散，不是姻缘不见面。”

韩爱香说：“要住你就住下吧，我走，狼把我吃了我也要走!”

韩爱香最终没有走成，在屋里住下了。这一住就永远留了下来。

后半夜，月光透进来，像一条白狗。山野里的紫荆花送来的香气越来越浓，仿佛迷药一样让人昏聩难当。韩爱香顶了门睡，窗纸卷起一个角儿，飞进来一只银亮的蝙蝠，邪恶的动物越飞越大，直到整个月亮也进来了。噩梦就是从那会儿开始的，韩爱香想叫，魇住了，身上压着一块沉重的石头，呼吸都困难。终于睁开眼，她看到男人亮闪闪的眼和精光光的肉。用牙咬，用手抓，打他骂他都无济于事。男人扼住她的脖颈说：“妖精，要死一起死，就是死我也要沾你的身。”

韩爱香无法说话。楔子刺进身体，反复着一种古老的动作。韩爱香觉得自己掉进了黑暗里，随时都要触地粉碎，身体的开合与撕裂伴随着男人丧心的鸣叫，像花香一样扩散，愈飘愈远，在碎落一地之前停在了空荡荡的幽静时空中……

留下来了，孙福狗的娘说：“这间瓦房这盘火炕，娘当年活活跟你一个脾气，他爹哄我说二十斤的麦子换我做屋里的。娘想不通，娘守着身子想远路上的亲人，娘想总该有一句话带过来。”孙福狗的娘把话说得十分悲戚，“娘等啊等，等了三个月，结果那边的娘家人都饿死绝户了，啊啊，你说那二十斤麦子还有啥用场？能救七条人命呀！娘这后半辈子悔得肠子都青了。心强比不过命贵，咱山里人，没有金盆盆银碗碗，就有个草苫苫烂毡毡。女人迟早要走这条路，等以后有了娃，棍子都把你打不走了。”

屋外的声音说：“娘，放开来叫她跑，还能跑上天去?”

孙福狗的娘说：“不知惜女人，你倒是领个两相情愿的?”孙福狗的娘转过头来又劝她：“闺女，你性子硬，娘弯不了你的心，就给个话吧。”

韩爱香跳动的是一颗悲凉透顶的心，盯住孙福狗的娘那双浑黄的老眼说："要叫我死心，就等山那边传过来一句话。"

麦子分蘖拔节时，山那边捎来一对银镯子，是用娘的手帕包着的。

六

世间的事总在微小之处造就惊人的结局。

孙福狗在村部门口遇上文书老杨。老杨从乡上开会回来，带了话给韩爱香，看见孙福狗很是意外。当时老杨正提着油漆桶子往抹白的砖墙上写标语，孙福狗从他身后走过就有一些酸话想对村干部说，捡一块土坷垃丢过去，正好打在油漆桶子上。老杨骂："谁家的小坏种？"转身，目光从老花镜上方穿过来，才发现五短身材的孙福狗站在那里嗤笑。

两个人稀里糊涂地搭话，把话说岔了。老杨说："就回来了？"孙福狗以为说粜粮的事，恨声蛮气地说："不回来还能睡街上？"老杨说："乡上捎了话，叫爱香去结扎，你回来就了结了。"孙福狗没听懂意思，说："你们不让生孩，不如把全村男人都铰了，省得见人就磨嘴皮子。"老杨说："时代变了，毛主席他老人家讲人多力量大，众人拾柴火焰高，现在可不说这话了。"孙福狗说："当官的金齿玉牙，让生不让生还不是你们嘴里一口痰。"老杨知道孙福狗因计划生育的事对村委有意见，这种人给个肩膀就上头。老杨转了身说："算了，算了，我杨世泰一辈子就会写几个字，多余的事我也不懂。"

孙福狗看到先前的标语被白灰盖上，想起墙上那句话：要想富，先修路，少生孩子多养猪。这话是几年前写的，写字的人不问对错只管写，慢慢地，有人就读出了另一层令人啼笑皆非的意思。孙福狗歪着头瞅着老杨写完第一个"娃"字，没话找话："今儿个又要写啥字？"老杨在漆桶里蘸了蘸排笔说："枪杆子里出政权，笔杆子下坐江山，今就写个'娃娃是宝，少生快跑'吧！"孙福狗往地上吐了一口唾沫说："呸呸，不如写'女娃是草，男娃是宝'，要照你的话说，死了就叫你女子把你抬埋了吧。"老杨嘿嘿笑道："斗大的字不识一箩筐，谁还能把来日方长的事说准了？"

第二天，乡长钱仁昌给韩爱香捎话。带话的人偏是村里的逛客胡二喜，整天游手好闲不务个正经事。胡二喜先前贩过蝎子，挣了几个钱后人就变得大手大脚，钱空里来空里走，来得轻松花起来容易，后来染上赌博的坏毛病，结果输得一穷二白。人还偏偏有志气，把谁都不放在眼里，那张嘴更像是个调料铺子，要叫他带话，不出事才怪。

逛客跌跌撞撞跑上山，被孙福狗拦在场院外。

“哎呀，可知道我今儿个遇上谁了？”

“不是两条腿就是四条腿，能遇上个三条腿的？”

胡二喜见孙福狗没兴趣听他借题发挥，长话短说告诉他自己遇到了钱乡长。钱仁昌的名字把孙福狗刺了一下，颇有些怨愤的气息从鼻腔里喷出来，逛客压制住内心的兴奋歪着脑袋往屋里瞅瞅说：“……啊啊，你还怕是蒙在鼓里吧？你老婆和方建宏那个上啦。”

“咋个上了？看我扯烂你的嘴！”

“有道是真的假不了，假的真不了。钱乡长叫我来问问你老婆韩爱香，两天之内再不到乡上结扎，就拿你开刀，创造全县第一例男扎！嘿嘿，事奇就奇在这，他把那方建宏当成你孙福狗啦。我就纳闷，教书的咋就钻你屋里去了？还叫乡上人给错抓了，他不去能弄错？这人啊，穿上衣服各是各，不穿衣服谁认识谁？都光不溜秋吊着个蛋，你说是不是？唉！我这人就爱操弄闲心，就是庙里的石菩萨——嘴硬心善，你要不信我再给你琢磨琢磨？”

逛客胡二喜拽着孙福狗到了外面，把当天的事分析一遍。孙福狗脸色变绿，牙齿咬出了声音。逛客说：“可别怪我多嘴，这话要说，可是人命关天的大事，别有啥想法。钱乡长说了，你和你老婆必须有一个结扎，原话就这么个话，其他的就当我放了个屁。”

孙福狗喘了口粗气说：“狗日的，你跑来就为放个屁？”

逛客觍着脸说：“看你说的，反正话我是带到了，有来不往非礼也，总该有个回信吧？再说人家好歹也是乡长，芝麻大点也是官，能向你这平头老百姓喊话，也是抬举你了。这样吧，回一个字也算是个回，我这平白无故地跑一趟，一口水都没喝上。”

“滚！”孙福狗扯开嗓子骂。

热脸贴了冷屁股，逛客骂骂咧咧地滚了。孙福狗感到身上爬满了无数小蛇，一齐往肉里钻，手里没啥抓挖上的，就有种麻木寂寥的感觉。山野空荡荡的，没有任何扰耳的声音，他感到头脑眩晕，呼吸困难，癔症之中他看见土坯的烟囱往外冒烟，想到韩爱香把早饭做好了。抬头看看天，日头齿轮一样旋转，一片麦芒似的东西扎下来。急忙把头勾下去，荡出一口汹涌的怨气来。他一反常态不想和韩爱香闹了，他知道闹的下场。那时他异常麻木，也异常饥饿。

花儿坪的人把吃早饭不叫吃早饭，叫吃晌午。孙福狗麻麻木木地吃过晌午，闷了声出去，偏抓了门环使劲往外拽了一下，铆足了劲，所有的愤怒都撒在了上面。门闩兜住左右门扇发出剧烈的撞击。这老房子，窗棂上糊着塑料纸，时间久了，便失去了透光的作用。关上门，房子里顿时黑成一片，把日月天光阻在了外面。铁链掏过门环，挂扣上锁，锒铛的声音，让韩爱香想起电视上许多个关于女人蒙冤入狱的悲惨下场。心里莫名地想笑，笑又笑不出来。方建宏说过他和她，一个清风，一个明月，她努力笑一笑，却流下了两行眼泪。方建宏常挂在嘴边的那句话真好，那话是对她讲的，可悲苦世俗的日子哪容得下两个人去清风明月一场？孤独深重的日子把她层层包围，彻底的绝望里，就有种不管不顾想要豁出去的心劲。

几天之后，韩爱香决定跑。跑的原因不光是长久以来日子对她的无情煎熬以及她对日子的彻底绝望，更多的是她想要换回那个人。咱总不能把人给害了吧！

韩爱香卷起襟子给一岁的苗孩吃奶，孩子像蛐蜒在怀里扭来扭去，咂一阵奶头就抬头冲她笑，咿咿呀呀说话，娘哎娘哎。仿佛有什么东西牵着她，让她不顾一切想要跑出去。抛开孩子，找来一把斧头劈门，泄愤似的。木板哪经得住铁器的砍杀，很快铁钉松动，两扇老旧的门板像折尺一样弯回来，露出中间一道缝，透进来清爽的四月风。

她把日子劈开一个豁口。

天幕幽蓝，山影绵长，美好夜晚呈现在眼前。苗孩娘哎娘哎地叫。韩爱香亲吻他的小脸说，娘要给你带上粮食，娘的奶头就是你的粮仓，没有为娘吃的哪有你吃的？娘带你走，今晚娘就要把你带到山外去，娘不怕，娘有你什么都不怕。反身到里间的灶屋拿吃的，外面幽蓝的光线重叠出的黑暗在眼前堆积起来。擦燃火柴，点了油灯，手往瓦盆里摸，摸到冰凉的盆底，心就柔软下来了。她想男人回来也是要吃饭的呀！想到男人，就像柴禾里掉入了一簇火苗，那火苗不是心目里对日子早已渺茫的希望，而是咬牙切齿的痛恨。无尽的黑暗被斧头劈开的雪亮豁口里，婆婆的影子异常逼真地浮现出来，她甚至看见了婆婆那双黄泥似的浑浊眼仁。那一刻，心就把她原谅了。她同情起了这位已故的老人，她的命运差点就复制到了自己身上。为什么，为什么？她睁大眼睛看到火苗里孙福狗那张因为愤怒而扭曲变形的丑陋的脸，想该把男人连同日子一起烧掉。浑身麻怵起来，哆嗦着，手抖了抖，手里的灯也跟着晃，她不知道油灯是怎么掉到柴禾里去的，一点力气也没有，像一张瘪蔫的人皮，立都立不稳了。

苗孩咿咿呀呀地闹，娘哎娘哎。她说，当娘的给你找到粮食了！

七

韩爱香见到方建宏已是数日之后。蹉跎时光成全了一场痛苦的重逢，你说黑暗无光的日子是你的宿命，那日子陡然的转折又算什么？

韩爱香叫方建宏到河边说话。苗孩的小脸红扑扑的，在襁褓里发出均匀的鼻息。

方建宏的眼睛里饱含着一泡泪水，问："你还来干啥？"

韩爱香说："我把你害了！"

方建宏说："害了就害了，还嫌不够吗？"

韩爱香说："一个清风，一个明月，你瞅瞅天上。"

方建宏抬头去看天，明月似金盆，又大又亮。泪水滑下来，被一阵清风吹落了。河水哗哗流淌，碎成了一河鱼鳞似的波纹。

韩爱香说："日子过到这份上谁也不怪，怪我命不好，可我不信命。我把屋子烧了，那是我的牢狱。我不是个好女人，不嫌我跟过男人，咱就跑吧，到山外面去过生活。"

方建宏觉得这话来得晚了些，但毕竟还是说出来了。这些年，他以为这一天永远不会有。可老天爷偏偏如此安排，是在考验他还是在惩罚他？

不该争的勉强伸手就要叫他付出代价。等失去一些，才达成平衡，现实果真太沉重了吗？心里怜爱着那个人，想要迎上去搂住她、亲吻她，迈出一步反倒恨上了。“我都是个废人了，红颜祸水，老天咋就叫我遇上了你！”

“我知道你恨我，恨吧，由着你恨，你越恨，我心里越踏实。那日你为啥不把话往明里说？”

“我不说是因为怕连累你，人言可畏，众口藏毒，舌头锋利比过刀子。我要是孙福狗，一时一会儿都心满意足。你呢？咋不挑明了说？你说穿了就没这号事了。”

“我是臆想着苗孩能有你这样的人当爹多好，我被日子困住了。今晚你能来，我就把心里话交给你，即便是一个气泡，我也要在手上捧一会儿，要戳你现在就把它戳破吧。”

“说这些有啥用，还是把日子往后过吧。”

“人为这为那，到头来却把自己亏待了！咱光着人走，到广东上海那边，就是千难万难，天底下总该有个活人的办法吧！”

方建宏吃惊地看着韩爱香，看见她眼里闪动着快意的遐想。

“建宏，你要嫌苗孩是个拖累，咱就不要孩子了，去了这个累赘。这几年我真是把日子过浑了，咱们好好地清风明月一场！”

“你敢把事做绝了？”

方建宏有些气急败坏，天底下的母亲能说出这种话？韩爱香顿了几秒钟，一声哭出来，像是从一场繁华的春秋大梦中惊醒，看到周围荒凉如故。这世上谁不是自私地为自己活？转身拖着迟缓的步子走，苗孩睡得安安静静，看见儿子乖巧的脸蛋，心突然被撞得很疼。

夜风呜呜嘤嘤，夜虫唧唧吱吱，蛙鸣聒噪，听人行走的脚步时起时歇，一只什么鸟儿在满怀心事地哀叫，把夜晚啼得无比忧伤。周围是一片麦地，麦苗上敷了一层银粉。方建宏别过头去，目光离开韩爱香瘦削的背影窜到远处深重的山色中去了，山影变得模糊，黑乎乎地飘在那里，仿佛一团黑雾。他克制住自己叫她走。走吧，越远越好！河水流出洞穿生命的铿锵回响，浪花仿佛雪白的鱼在跳跃，涤荡着夜色无垠的黑。那是什么东西，是时间吗？就在此刻，他感到时间是有生命的，从身边流过，流成了永恒。他想今生今世都被这种永恒裹挟住了，有一种叫作宿命的东西即将流淌进他的身体里。

宿命在今夜简单成了一句话。那声音伸过去，像一只手搭在韩爱香的肩膀上，扭住不让走，她固执地走几步，终于拽紧了。韩爱香停下来没有回头，冷声说："你可不要后悔，开弓没有回头箭！你和我不一样，你有工作，到了外面跑江湖拼力气，就没啥体面可讲了。"

方建宏说："这辈子我都把头掉进裤裆了，跟棚子里四条腿的废物没啥区别。这几日我在想，我方建宏前世欠了你韩爱香的债，今生都要吊在你这棵风花树上了。咱们走，咱们走！"

韩爱香说："这辈子我对不起你，就让苗孩给你当儿，跟着你姓方。"

方建宏说："那就叫他方小苗吧。"

来日晚上，韩爱香回到花儿坪，牵着两个四岁大的小女孩行走在牌坊岭的山道上。以前这里有座残破牌坊，破四旧的时候被人毁了，草长莺飞，却把名字留在了世上。韩爱香从这里走过，想那些早已添调了众人口水寡淡无味的传言，女人要活个好命就落不下个好名声，好名声都是把人熬死的枷锁，早先的那些贞节烈女搭赔上性命就永垂不朽了？她越发觉得脚下的路是坚硬的，泪水往下掉串串，她为两个被亲祖母贻误治疗而失明失聪的小姊妹难过。花儿说："妈，我们去哪？"朵儿问："妈，我们这下不分开了吗？"韩爱香说："去找你爷。往后要听爷爷的话，妈在外面安好了家就来接你们。"

"妈，我有爷爷吗？"

"有。"

"怎么没见过？"

"从小你都住在外婆家。"

花儿点点头，朵儿自顾走着。一聋一哑两姊妹，小小年纪，尚不懂活在人间的艰难，她们将来的生活注定比正常人黯淡——如果她们还有将来。

韩爱香敲开老校长的门，六爷披着薄袄，电筒的光伸出来，把韩爱香的脸照得雪白透亮，两绺头发垂下来，挂在嘴角。韩爱香让两姊妹跪在地上，自己走上去，离六爷很近。六爷有些怕，后退几步，站在合适的距离。韩爱香哀求："冯校长，救救我的娃儿！"

六爷说："苦命的闺女，是咋个救法？"

韩爱香说："我把孙家的房子烧了。"

六爷叹一声说："一日夫妻百日恩，也怪那福狗不是个人！"

韩爱香跪到六爷脚下说："冯校长，就让娃儿认你做爷爷吧。我与孙福狗的日子到了头，如今我要到外面闯，你总不能瞧着两个娃儿跟着我吃苦受罪吧？外面的日子是个啥模样，我瞎黑瞎黑的！"

"闺女，快起来，如今不时兴这个了。"六爷想把韩爱香拉起来，但那双一生都没碰过女人的手却不听使唤。六爷说："我老汉吆了半辈子羊，教了半辈子书——六爷我是怕呀！"

"六爷，你就把娃儿当成你的羊，给口吃的就行，等明年紫荆花开我就来接。六爷——摸摸，六爷，摸摸这里你就记住娃是吃啥长大的了！"

韩爱香抓起六爷鞭杆一样干枯的手搁在她的乳房上，六爷不敢动，那种未曾有过的感觉瞬间就把老羊倌坚硬的心融化了。六爷的身体在抖，抖落了几滴老泪，连着声音也在抖。

老羊倌说："闺女，我老汉没多少日子了，千万可别落在我后头！"

八

日子过得飞快，像石子击出的一串水漂儿，落回时间的长河就无影无形了。村子里没人知道韩爱香去了哪，真是个歹毒的女人，跑就跑，还烧了房子，临走还不忘把孙福狗搁到撩天地里。这是该有多大的仇恨呀！

孙福狗在烧得焦黑的屋垣下赌咒发誓，像天下人都亏欠了他似的。有人劝他去乡派出所报案，他去了，结果人家不受理。原因是没有结婚证，属于无效婚姻，不受法律保护。他守在门口骂："都给老子生了三个娃了，还无效婚姻？眼睛被戳瞎了？该是那女人拿肉身子贴补了你们，才叫鼻子大得压住了嘴？"派出所里穿制服的人被骂烦了，拿了电棍子出来，捣了两下，孙福狗才像挨了棍子的狗夹着尾巴跑回来。隔了几日又想该去安口窑出这口气。不过话分两说，孙福狗跟娘家要人，娘家还跟他要呢，遇上这号人，安口窑那边没坚持几天就妥协了，退了二十个白元，算是补偿了三间屋子的钱。人多半都有得寸进尺的本性，半年后再去，双方红了眼，撕扯之中，老丈人咬下了孙福狗脸上一块肉。

韩爱香的爹说："姓孙的，别把人往死里逼，你这是欺我无儿！我活够了岁数，啥也不怕，你小子再来，我就死在你跟前，叫你狗日的收不了场！"孙福狗看见老丈人手里握着一瓶敌敌畏。

回来消停了一阵子，村干部老杨带了乡上的意见给他做工作："就别闹了，眼下不是提倡一切向钱看吗？福换捉蝎子一年都弄个万儿八千的，也起了新屋。说来说去你那三间土坯老房不过是些烂椽废木头，值不了几个钱。算了，另寻过活吧，村上就是出面给你找个死了男人的婆娘，还怕人家说你没有个遮风挡雨的落脚，你说是不是？别把庄稼荒了。"孙福狗想起那个不务正业的堂兄福换，去年没有碾麦场子，秋里也没收玉米，满年满月都量了庄里人的粮食过活，靠山吃山，该是山里的蝎子被他捉尽了。孙福狗不甘心地说："狗日的把我的儿都抱走了，断了我孙家的后！"杨文书说："有了女人还怕没儿吗？这事包在村委身上了。"村上发来一顶救灾帐篷叫他临时住。

惊蛰刚过，牌坊岭的山头上滚过来几声雷，沉寂了整个冬天的山林有了虫鸣鸟叫的生机。孙福狗跟福换去捉蝎子。不知啥时候，花儿坪人贪上了这条生财之道，一到晚上人们头顶蝎灯，手里提着蛇皮口袋，左手拿把短锄，右手夹双筷子，别开崖面的土块，把潜藏在地缝里的蝎子扒出来，拿到集市上去卖。捉蝎子来钱快，一夜捉二三两，凑够三五斤就能卖几百元，比种庄稼强多了。到了晚上，山洼里灯光忽闪忽闪的，仿佛游萤鬼火，仿佛星辰闪耀。

一天夜里，孙福狗和福换两人捉蝎捉到月亮浮上中天，闻见一股奇异的花香，顿时感到身困力乏。孙福狗一屁股坐在土堆上，借着蝎灯的光卷纸烟。抓了一把烟丝在纸槽里拨匀，卷了个棒，用唾沫封了口，左右两头拧紧。正准备抽，福换明亮的大脸就凑了上来。福换递了一根盒装的香烟，献上火，两个爷们儿抽着烟，坐下来说话。

"唉，你说蝎子遭的啥罪？不分大小老少，都被咱捞光了。"福换好似良心发现。

"别吃了狗肉又念佛，神峪集上一斤四十元，你咋不说这话了？"

“那倒也是。”

“我说福换，你说蝎子又不是金子疙瘩，咋就能卖钱?”

“嘿嘿，城里人好这一口，油锅里炸一下，咬到嘴里脆生生的。听说到了广东那边就给活吞了。”

“那东西能吃? 我不信！长钩带刺的，现在人连玉米糁子都咽不下去了。”

“别老想咱花儿坪，外头的怪事多了，哪能叫你全见了?”

说话说到了以前的事上，孙福狗突然放声哭号，说韩爱香跑了，还带走了三个娃，房子都被人家一把火烧了。没有儿，老孙家到他这代要断后了。福换骂他没出息，一个大老爷们哭什么哭，有了钱啥没有? 要皇上的大印都有人敢去偷。看韩爱香那副骚样儿，也是你孙福狗能收住心的? 眼下村里都修一砖到顶的砖木瓦房，别守着老地主的那点浮财舍不得，烧了才好！等把钱抓到手里就盖房，盖了房再寻个女人搭伙，到时候一定物色个能过日子的。

正说着，草丛后面惊出一只雉鸡，拍打着翅膀，差点就跳到抽烟男人的头顶上。两个老爷们吓了一跳，都噤了言，抵着头用蝎灯探。两束光柱划来划去，灯光照射下的草木乱糟糟的，仿佛无数的魂幡在夜风中招摇。他们看见饲养站坍塌的老窑黑魆魆的，正从崖面下戳出几个诡异的窟窿。眼前悬游着蝇蠓飞尘，偶尔有大型蛾子撞到灯镜上，子弹似的打过来。人说那种蛾子的翅膀上藏着鬼符，是不祥之物。由于思想过度紧张，两人吭了一声壮胆，各自踢一踢蛇皮口袋，心想没啥怕的，男人天生带神灯，月亮偏过树梢，该动身捉蝎子了。起身才发现脚下是一座孤零零的荒坟，周围安静得可怕，似乎有一种低低窃窃的声音从哪里钻出来。看见饲养站废弃的窑口，孙福狗想起此地是吆儿山，太阳落山后经常有人听到吆唤娃娃回家的声音。怎么稀里糊涂捉蝎就捉到这地方来了? 两人急忙往来路上赶，却发现黑夜似乎把他们丢弃了。这一切都是幻觉? 但他们真切地听到了孩童稚嫩的声音，灵魂一下就从肉囊里窜了出来。

吓了个趔趄，爬起来就跑，越发觉得身后追着一道白幡，贴着脑瓜子，扫着脊梁骨。

孙福狗逃跑的时候，山里的生灵都活了过来，在必经之路上张牙舞爪，索命摄魂，夹道向他展示出各种奇形怪状的口器和变幻莫测的肢体，山里的飞禽走兽应有尽有，伸出长满利钩的爪子，张开锯齿般獠牙的大嘴，有血液的腥和腐肉的臭，要把他一口吞掉。还有植物枝枝蔓蔓从四面八方爬过来，最终他是被一坨绿色黏液缚住手脚的，蚕茧似的包拢、消化、陷入泥淖。失去了四肢的男人没法跑，更不能游，剩下一颗光秃秃的脑袋壳，浓稠的东西湮没头顶，鼻腔塞满了腥浓的尘土，他知道那叫灭顶之灾。那些几千年里消亡不死的生灵满世界徘徊，人和动物，什么都有，舞蹈似的扭动着，光怪陆离。最可怖的是它们的眼睛，能望见弥漫的饥饿、仇恨与愤怒，或红或绿或紫或黄，忽远忽近忽高忽低，大的如灯泡，小的似顶针，把他的头顶罩得严严实实。突然一道霹雳，照得山野如同白昼，紧接着炸响一声惊雷，那些怪物就不见了。孙福狗感到自己像一条瀑布跌落，触地的一刻水面变成了柔软的泥土。

恍恍惚惚叫娘，睁开眼，满天星星唰唰往下掉。

九

村上组织庄民巡山，找到福换时人已经死了。

福换的死相十分难看，身体蜷曲，面目青紫，暴突的眼球像两颗鹌鹑的蛋。七窍里全是土，请人拿了筷子往出掏，谁知越掏越多，仿佛刚从土里刨出来似的。神汉堂春看了一眼说，夜里莫走吆儿山，那是活活叫鬼给追了。堂春还说，恐惧长在人心里，福换死前一定看到了什么可怕的东西。料理后事吧，我这就打醮念经，超度他来生做个善人，庄户人可不敢把钱财看得太重。

村里人不服气地跑去问，福换死了，你孙福狗咋活着？孙福狗努力回忆，说他被一道白幡追着跑，突然天上裂开一道口子，把那些浮游的鬼魂都收走了，要不然现在挺上门板的就是他。庄里人摸摸他的那颗瘦头笑说，没发烧吧，一定是把魂儿吓飞胆儿吓破了，那夜月亮大得跟磨盘似的，谁见到打雷闪电了？

话虽说得轻巧，可毕竟死了人，福换的老婆金菜菜跟孙福狗要男人。

寡妇生得一条腿长一条腿短，走起路来左右摇摆，像只蹒跚的鹅，一说话，就交换着眨巴眼睛，直把人晃晕了。菜菜哭得要死要活。你说走时是一双，回来成了单，就这么把俺男人给断送了？这责任你得负！福换家本是个二女户，顶梁的柱子一断，整个天就塌了。没有男劳力，小女娃还穿着开裆裤跑，指望一个女人家咋把娃娃们拉扯成人？

孙福狗说："弟媳，这事不能怪我，要怪你就把我冤枉死了。那夜追着福换跑的是个老鬼，福换个子高，闪腰扭胯的跑不快，被追上了。"

这么一说，菜菜哑巴了。但还是哭，哭声中蕴含着一股巨大的即将爆发的能量。

"你想把责任往死人身上推，没门！就是赖我也要赖上你这个大活人！"

三十岁当寡妇，菜菜哭得稀里哗啦。杨文书也在场，说："神神鬼鬼的事咱暂且不说，你赖上孙福狗也不顶啥用，全村数他最难肠，要铺没铺，要盖没盖，你家的猪住得比他都亮堂。我看是棒杵捣进碓臼里，正好凑成个对子，不过有些话现在说为时还尚早，咱先把人埋了。等福换尽七过后，村委给你们断这官司。如果等不了就去派出所报案，叫公家来看看，迟早要走个手续。"

听到派出所，孙福狗的心凉了一下。锣鼓听音，说话听声，反过头想，明白了老杨的意思，心头噌地又热了。喊了一声菜菜，有安慰未亡人的想法在里头。刚说前句，菜菜接茬就怼："滚滚滚，一副死德行，长得没有麻袋高，老娘给你个奶头都要搭条板凳！"一时哭得像母鸡报晓似的一声长一声短，鼻涕涎水扯成了线。

"哎哟我的亲娘哩，今年我才三十哩，咋就看不出他是个短命的鬼，捉个蝎子都能送了命，别家男人磨地摆耧样样通，他就偏偏荒了庄稼地，哎呦哎呦，可叫我寡妇带娃咋活呀——"

老杨说："福狗你先出去，叫菜菜哭，先把庄里人的嘴堵上。"

孙福狗从乡上援助的那顶写着救灾字样的帆布帐篷里出去，拆了一包烟，掐出一根给老杨，随即又像是悟出了什么，整包都塞进了老杨破旧西装的口袋里。

老杨说："差不多了就回去拾掇屋里，该磨面磨面，该打豆打豆，家门父子要请，礼宾总管要拜，活人哭死人还要哭到地方上，别耽搁了事，两个娃儿还等着给他爸披麻戴孝呢。”

匆匆埋了人，日子又稀松平常地过。这季节里，春暖花开，万物复苏，山中的禽兽交配繁衍，为传播后代而忙碌，孙福狗躺在床上想老杨说的话，心里有点感动，压指头算福换尽七的日子，又想得心事重重。他妈的，这天气也太败坏人兴致了，要下就下，不下拉倒，像个病恹恹的娘们！心想你福换都死了的人了，早该过了奈河桥喝下孟婆汤，被十殿阎罗收审问罪投胎去做了牛马，人间事还要你掺和个意见？一骨碌起来，骑车去神峪集买回来一条烟一板茶两瓶酒，顺手称了半斤水果糖。

先去弟媳家探口风。见到菜菜坐在全砖的大门墩子上剥核桃，脚下搁个白瓷碗，半碗的干货瓤瓤，孙福狗二话没说抓了一把就往嘴里吞。

“你个狗日的，咋就敢来?”

菜菜衣裤全新，上红下黑，歪趿着一双缝着白布的黑绒布鞋，一看就知家里刚办完丧事，倒是忧郁的神情更显出几分女人的魅惑。大腚下压着根长木棍子，菜菜抽出棍子跳起来就打。

孙福狗抱头，边躲边说：“哎呀，三句话没说完咋就打人?”

菜菜气咻咻地说：“哪叫打人，我这是打狗!”

孙福狗说：“好弟媳，我不就是福狗吗？打是亲骂是爱，要打要骂不见怪。”

棍子抡空的多，打实的少，菜菜停下手说：“还真不要脸了!”

孙福狗说：“世上猪脸狗毛有个价，偏就这人脸不值钱。”

这话把菜菜逗得吭一声笑出了声，说：“没见你这张嘴这么日能，咋还叫韩爱香跑了?”

孙福狗说：“整天吊个死人脸，农事不懂农活不会，消受不了咱庄稼人的日子。我看咱俩就是龙凤呈祥天仙配，公驴母马交成对。”

寡妇哈哈笑着骂：“滚滚滚!”

孙福狗知道菜菜晚上包核桃饺子，这顿饭可不能错过。口袋里摸出一把甜糖放进碗里，说：“给娃娃们甜甜嘴，晚上我带条板凳来。”孙福狗笑得意味深长，脸蛋子挤成了两个干核桃。

夜里菜菜留了门，孙福狗溜进去就把灯拽灭了。灯绳在炕沿边的墙上，谁家都一样。吹灯拔蜡，黑灯瞎火，两个人抱住不说话，气喘得像被人掐着脖子。都是过来人，做起那事轻车熟路，更加没有羞臊。一切都新鲜直白，肉挨着肉了，径直往一个地方去，寡妇菜菜哦了一声，咬住男人的耳朵，孙福狗变得异常暴躁，嘴里骂着话，狠劲往里面拱，像是整个人都要跟进去。反复那么几下，随着一声悠扬的鸣叫，整个人就释放了。

又是夜。山里人生活中的大事似乎总是在夜里发生，美好或者残酷，都与夜有种神秘的联系。孙福狗压在寡妇身上时觉得生活比之前有意思多了：一个冷得像青石，另一个暖得像火盆；一个硬得像木头棒子，另一个软得像棉花包子；一个是土，能把人呛死，另一个是油，能把人融化；一个是萧瑟的冬，一个是斑斓的春。总之，这个美好的夜晚他能想出一千个寡妇好的理由。

听得隔壁房里骡马喷鼻、牛嚼草料、死猪哼哼的声音，两个人安静下来说荤话。

“没承想你有劲儿呀！”

“没劲也敢叫男人？男人的劲要对准两个地方使，一个是庄稼地，一个是女人身。”

“往后可不敢明目张胆地来。”

“咋就不敢明目张胆了？”

“再明目张胆我就把它咔嚓了！”寡妇一下子把孙福狗抓得生疼。

事还得按规矩办，孙福狗请了杨文书出面做媒。他先拿了烟酒去请村上的一把手，庄里人办红白喜事都要请支书当总管，一来尊乎人家面子，以便往后有求于村上，好行个方便；二来支书能操持家事，也算是主人莫大的荣耀。支书说：“头婚？”他回答：“二婚。”孙福狗心里想，尻子大的村，三七两个人，你能不知头婚二婚？支书问：“说好了？”他答：“还没有。”支书一下子生气了，说：“没说好那你找我说个蛋！”

老杨说：“支书大事都抓不完，能管了你这糜子麻子的小事？想想以前你在村上的表现，把媳妇打跑了，家里没个洗衣做饭暖被窝的。你娃现在尝到啥叫没有女人的滋味了吧？我正要用你的事教育你这个人，你可听懂了？”

孙福狗点点头。

“计划生育是基本国策，不是谁说了算的，你应该正确理解，客观对待，别把火撒在别人身上。吃的都是一个泉眼里的水，还能有谁把你害了？日子过在人上，不在事上，事一件件都过去了，人过不去，就是过去了见面还不点根烟?”

“还有，你这娃就是狭隘。如今求上门来，这忙不能不帮。事成之后可要跟人好好过，事不成另说。”

热心肠的老杨上门说媒，菜菜多少有些意外。心眼里看不上孙福狗这个人，可日子确实需要一个实实在在的东西充盈她空虚的身体。老杨说：“男无媳不收心，女无汉不安分，如今村里跑了一个，死了一个，留下你们两个单膀子正合适。一个属鸡，一个属猴，命相和睦，能过日子。”

寡妇没心计，直戳戳地说：“那模样看了心里硌硬，跟他搭伙，除非世上再没男人。”

老杨说：“说话当留三分地，做事当让五分贤，我说你个菜菜，福换咋死的？你忘啦，死的是你男人，怕人家背后骂的是你。光顾找男人，就不想给两个娃儿找个当爸的？男娃改名换姓就能给人当儿，女娃要到出阁嫁人还得白吃白喝十几年。姓孙的就那么个样貌，可干起活来不差，拿一块石头看上几年都能把感情看出来，何况是个人。好好想想，福换姓孙，福狗也姓孙，省得娃儿将来认错了祖宗。想好回个话，那边等着呢。”

“不用想，答应三个条件我就嫁：一是这家以前的过活全都归我娘家，所有东西没有他孙福狗一分一厘；二是算他个入赘身份，往后生了孩子姓金不姓孙，是我金家的人；三是——”

“三是什么?”

“三是往后的日子，只要有我说的话，就没他放的屁。”

孙福狗答应了三个条件，敲定黄道吉日，准备操办喜事。请了县里的鼓乐班子。村里有人骂，又不是大姑娘上轿头一回，何必做给世人看？菜菜听了这话越发觉得该要一回风光，谁叫俺爹也没儿？于是叫孙福狗去乡上包一辆车，要四个轮子的。

那天菜菜十分兴奋，对孙福狗说：“今天咱俩坐回汽车，吹打着绕村走一圈，我要风风光光把你招进金家门。往后我给咱生个儿，管你叫爹。”

孙福狗纳闷，菜菜都是结扎过的人，这事他十分清楚，福换活着时跟他说过。菜菜心情大好，在孙福狗粗粝的脸皮上亲一口说：“活人能叫尿憋死？这年代没有钱办不到的事，都是福换的功劳。”

福换捉蝎在外跑得紧。菜菜生了两个女娃，按照政策要结扎，他便疏通关系，把结扎弄成了放环。结扎一刀子下去就像割断了绳，放环好比在绳子上打个结，用时再解开，绳子还是绳子，疙瘩早已无形。菜菜满是企盼地说：“咱俩属于合婚家庭，只要你没娃，到乡上开个证明，咱还能生。到神峪寻个江湖大夫，把环偷拿出来，神不知鬼不觉。”

两个人这天把未来的美好日子盘算得妥妥帖帖。

汽车顶了大红花从沟口爬上来，载着两个对日子深谋远虑的人，感受生活变故之后剩余的快乐。汽车开上牌坊岭又下来，专挑大路走，鼓乐班子跟在后面像蚂蚁的队伍，吹吹打打，好不热闹。即将脱离寡妇身份的菜菜兴高采烈地坐在小汽车里往外瞧，隔着车窗玻璃，原本熟悉的村子生疏起来。山在动树在动，她的那双气势磅礴的大奶子上下颠簸着也在动。村里娶新媳妇，要么驴驮，要么用自行车载，动用四个轮子的大家伙，在花儿坪还是第一次。经过吆儿山饲养站的老窑时，菜菜多瞅了几眼，这地方于她意义非凡，日子在这里绾了个痛苦的疙瘩，如今又解开了。废弃的老窑，门窗早就被人拆掉了，因为特殊的原因，这里披挂上了一层神秘的色彩。燕子扇动翅膀从高窗里飞进飞出，窑洞后面的燕窝里黄口雏燕嗷嗷待哺，一阵啁啾之声。燕子筑巢的地方都是良善人家，而这地方却叫她失去了亲人。这一想，菜菜落了泪。

两个肮脏活物的出现让她心惊得一颤，准确地说当她擦了擦泪水再看时那两个活物现出了孩子的原型，手牵手站着，正在看他们的汽车。吆儿山真有野孩吗？听一个野孩说：“妹妹，妹妹——”汽车擦着她们身旁慢慢爬过，两个野孩迟钝惶恐的表情寡妇看得清清楚楚。

愤怒上来了，菜菜说：“孙福狗，老娘还有第四个条件，要结婚你就不准带孩子！”

孙福狗惊得张大嘴巴。菜菜扳门跳车，崴了一下，是长点的那条腿，正好站稳了。向着山下走去时，鼓乐队的人才发现车里的新娘一歪一趔，走得十分艰难。

唢呐吹出无论多么欢快的调子总是带着一股翻肠搅肚的哀怨。

寡妇的步子有音乐的节奏。

十

一场突如其来的倒春寒肆虐了花儿坪，低温寒气把满山满树的小果实夭折在了春天里。

人一老身上的火气就褪了，六爷披一件羊皮袄，坐在饲养站新敷的土炉子前熬罐罐茶。茶叶是文书老杨送来的。老杨说如今搞经济建设，人口是关键，对全村女人的肚子心里要有个数，随时和村上乡上通气。掐一块茶砖放进铁罐子，火苗儿舔着乌黑的壳底，茶液翻滚，茶香四溢。喝着浓稠的茶汤，六爷心思一片热烫。老羊倌不止一次地想，该是他命里有这两个娃儿，亲娘老子都不管，等他抓养大，就像燕子一样放出去各自搭窝，那时的世界不知会变成啥样。

老羊倌想得很远，想得泪水涟涟，坡底爬上一个人都浑然不觉。短粗的身影出现在茶炉前，六爷看清那双蛤蟆脊背一样生满疙瘩的黑脸。

六爷想起很久以前的情景，十来岁的孙福狗砸羊头验羊脑，个子小小的，穿一件很不合身的老布袄，腰里扎着断掉的半截牛缰绳，绳头拍打屁股，腰里仿佛挂着一条蛇。因为严重营养不良，脸上白一坨紫一坨的，一双三角眼总带着苦大仇深。几十年过去了，六爷的记忆仿佛停在了那一刻，他恍惚觉得眼前人只是个孩子，永远也不曾长大过。

来人手拿用笼屉布包好的死面薄饼。六爷说，到底是当爹的，知道疼孩子。吃死面饼子可不敢喝冷水，一喝冷水肠子就拧断了。

这话点燃了孙福狗的暴戾恣睢的脾气。

都是你干下的好事，跟我姓孙的过不去！杂毛野种，她娘的，带就带走，为啥偏偏要你收留，坏我的好事！是拿上辈的宿怨报这世人的仇恨吗？如今狗日的寡妇跟我闹，要结婚就不准带孩子。你说孩子是我孙福狗的种？上一次我就看出来了，你们都是好人，好人护好人，就我孙福狗是恶棍。如今我就做个一世的恶人！狗日的，老子早该把你们杀光除尽，从地球上消灭干净。

很久没听到这样熟悉的话了，六爷心里激动，想哭。这天气，冻死了草芽儿，拿把镰刮蒿子？孙福狗牛一样的鼻息喷在脸上，镰刃生了锈，扎进肉里很像是穿透了一张纸，一点都不疼。六爷感到孙福狗的手舞得飞快，在他身上写字，横竖撇捺，妙笔生花，几下子就把他的皮袄刮落在地。冰凉的锋刃杀进去，在肉中嘶嘶游走。孙福狗的脸上有血，梅花般盛开，星星点点，又或是锦簇一团。六爷在那道冷酷的眼仁里看到了自己。

一双眼就是一个世界，老羊倌这时把孙福狗的世界占得满满的。

谁把干蒿子点燃了，哔剥响着，起了焰，窑口火光冲天。吆儿山唤儿的声音犹如天籁，十分动听。腹内灌透了春天芬芳的凉气，老羊倌闭上眼想，紫荆花开了。

（原载于《飞天》2017 年第十一期）

四 喜

一

四喜蹲在刘老三小超市门口的花岗岩台阶上抽烟。烟是别人给的，抽完这根，很快就会有人再递上一根。四喜抽烟的动作很神气，用食指和中指夹住烟棒，还能做出个标准的胜利者的手势，深深吸上一口，再把指花儿一扬，眯着眼吹出一团烟雾，咂咂嘴里的余味，如痴如醉。刘庄和黑石城的人都知道四喜爱抽烟，见他上门，总是用一支香烟把他打发掉。

刘庄新村是刘庄的农民公寓，楼下的店铺花花绿绿挤满了各式各样的招牌。刘老三的生意最好，正如他自己说的，这年月别看都在外头露脸，真正赚钱的能有几个。这话让刘庄人听得别扭。刘老三除了卖烟卖酒还在二楼开了麻将室，按桌头抽分子，和一把两元，炸一炮五块，空里捞钱，不是个啥好鸟。刘庄人也明白，其实他的生意不如东头开洗浴店的刘老七，那小子心肠黑得像十几年没掏过的烟洞眼，洗一双脚要提三十元干分子，真正属于不劳而获。只有西头开餐馆的刘十一在刘庄人眼里属于合法经营，一碗炒面十块钱，还送一碟小菜，如今的刘庄再也找不到这样老实的人了。

生意不好并非全是坏事，关门歇业的店铺贴着转让告示，拉下卷帘窗，外面的空场给刘庄的闲汉懒爷们提供了一个聚集的场所。这里修了圆形花坛和石头靠椅，设计者原本想在花坛中央半米深的土壤里栽一株银杏树，像伞盖一样把坐在底下休憩的人们罩住，但树没栽上，工程就停了，几年时间不见动静。闲汉们正好就地利用，携来小马扎子，垫一只纸箱，再铺层报纸，围拢在一起打扑克。也有下象棋的，这会儿正把棋饼很响地磕在木制的棋盘上。最多是啥都不干的人，一边嗑麻子唠闲话，一边猫腰缩手晒日头，把乌糟糟的影子投在身后涂满办证贷款字样的卷帘门和花岗岩上。

四喜抽完烟从台阶上站起来，拍拍屁股。长年累月在外流浪，他的脑袋看上去像窗台上晾了一冬的蔫萝卜，眼睛像干豆荚里的两粒豌豆，黑色的头皮上有几处显眼的疤瘌——那是被人敲烂脑袋留下来的。肉长好了，头发却没有再生，仿佛一片被蚕食的桑叶。四喜走到一处摊子前，四个人分坐东南西北，手里抱着扑克，勾着头各怀心事，预谋着下一步怎么将对手置于死地。四喜伸长脖子看了一眼，觉得清静不好玩，又蹒跚地走向另一处。棋摊乱嗡嗡的，观棋的人又多且吵，仿佛一个捅到地上的马蜂窝。四喜爱热闹，高兴地嗷嗷叫了几声，踮起脚尖往里挤。一个人回头搡了他一把。四喜对那人比画，烟，烟。那人转头，冲着里面喊，杀马，杀马。四喜不敢再招惹那个人，又往晒日头的人走去。

晒日头的人靠墙站着，观棋不语真君子，他们就属于君子一类，袖着手，站成一排，胡乱地四处张望。他们最喜欢看女人，尤其是打扮妖艳的高级女人，上身捂得像棉团，下面却露着两条蚂蚱一样的细腿。其次，他们爱看汽车，心里愤愤地骂，又是个富二代，开那么快是要去给你老子奔丧啊！一辆交警巡逻车开过，有人开口说话了。

“瞧瞧，一上午都跑第四趟了。”

“快过年了，又不瞎跑。”

四喜凑上来比画，烟，烟。

先前说话的刘老五说：“去去去，要抽烟找警察要去。”

晒日头的人看见四喜，仿佛看见一只猴子从动物园里跑出来，争着惹逗他。“四喜，给哥们跳支舞，这有烟。”一位蘑菇头造型的青年掏出一包香烟，弹出一根丢给四喜。四喜捡起来瞧了瞧，扔回地上。晒日头的人大笑，“四喜抽烟看牌子，你那烟档次不够，傻子都看不上抽。”

男青年臊了一脸红晕，骂：“不识抬举，没见过这牌子吗，二十五元一包的进口洋烟，法国总统的专供。”

刘老五说：“侄儿混得好呀，拿出来让大伙尝尝味道。”

“算了算了。”男青年赶紧把烟揣回兜里，“四喜都不抽，五叔别跟着掉价。”

刘老五说：“日你个小犊子，才混了几天社会，抽洋烟算啥本事，拉泡洋屎倒是能长长咱刘庄人的脸。”晒日头的人起哄，“就是，别把个头整得像刚从女人的裤裆里拔出来似的，一根烟都舍不得给大伙抽，刘庄白养活你这么大。”

男青年说：“我是我爹养大的，跟刘庄有个屁关系。”

刘老五怄气，当着大伙面散自己的烟。烟是好烟，黑兰州。他故意绕过蘑菇头，给四喜耳翅上架了一支，嘴巴里插了一支，掏出打火机，帮四喜点上。

四喜摆出十分潇洒的吸烟动作。有人说，看四喜吸烟的派头想起了一位电影明星，是谁忘了，反正四喜这辈子投错胎了，下辈子一定是个干大事的。

“四喜，来，跳个舞。”刘老五打开手机放了首流行曲子，歌词是“套马的汉子你在我心上，我愿融化在你宽阔的胸膛……”刘老五的手机有一圈花里胡哨的灯光，忽明忽暗，撩起了四喜的兴致。四喜把烟衔在嘴里，举起两只胳膊，跟着节奏摇头晃脑。

观棋的人不吵了，围过来看热闹，海水退潮似的，露出两个秃顶的老头儿在一边对弈。有人拿出手机拍照，有人干脆就跟着歌声一边吆喝一边鼓掌。人多热闹，四喜的傻劲儿就上来了，跳得十分卖力，扭一扭屁股，有时还转个圈，舞姿虽然不雅，甚至说是丑陋，但足以让这帮闲汉们发出胜利般的欢呼。

蘑菇头男青年心有不甘，跑到刘老三小超市里买了一包中华。刚才的烟是进口香烟的盒子，可里面装的却是别人见面敬来的散烟，这会儿无论如何也要争这口气，不能让刘庄人小看。他可是从大地方回来的，见过天安门，逛过颐和园，还在王府井当过三个月保安，这帮土锤，咋呼个屁。蘑菇头青年敬了一圈烟，剩下的连烟盒一齐塞进了四喜的口袋。他拍拍四喜的头，笑嘻嘻地说：“把裤子脱了跳，这烟就归你了。”

四喜虽傻，却是杆老烟枪。好烟孬烟，假烟真烟，低级烟高级烟，北方烟南方烟，他吸上一口或瞄上一眼便见分晓。中华可是好烟啊，一云二贵三中华，黄果树下牡丹花。那味儿钻进腔子有点硬，可硬得令人神清气爽，能挠到人的痒痒上。四喜掏出香烟，掀开盒子看看，还剩三根，很满意。这时人群里播响了迪斯科，四喜像上了发条，又扭腰又甩胯，无比兴奋地跳起来。

人们惊奇地看到，四喜真的解下裤子，露出两条白花花的大腿。

刘老五生气地说："亏你先人，把裤穿上。"可是，音乐还在继续，四喜便停不下来。刘老五冲着蘑菇头骂："刘庄咋会诞出你这么个杂种，不要看是个傻子，你还要叫他哥呢。"

刘老五这么一骂，音乐便断了，四喜也歇了。"哎哟——刘老五你也管得太宽了吧!"有人惊呼："快看，四喜抽烟的动作像周润发。"大家伙一琢磨，那气派还真像，只是少了油头粉面，多了乌七八糟。一个傻子能像明星？刘老五懊恼地说："少在这扯淡——欺负个傻子算什么本事。"

二

四喜算是刘庄的明星，不但在刘庄，连黑石城里的人都知道他的大名。

悉数四喜成名的原因，一是他傻的时间太久，傻了三十年，一个人如果专心只干一件事，那么耗用如此多的时间总会有所成就。二是他内心兀自痴傻，从未祸及他人，有时候见人讨根烟就走，从不死缠烂打，也不软磨硬泡，往往能激起人们的恻隐心，慢慢就混出了好人缘。

说来话长。从前，四喜在刘庄和黑石城之间游荡的时候，城西的张堡出了个曲疯子。曲疯子连续八年高考铩羽，人说小曲啊，你看，板凳没把屁股磨烂，屁股反倒把板凳坐透了？小曲听了这话就疯了。有时突然会从小树林里冲出来，抓一把行人的脸，有时见了女人脱下裤子，见了小孩扮个鬼脸，还经常站在街道上一边唱歌一边撒尿，好几次差点造成小城交通堵塞。总之，这个曲疯子劣迹斑斑，遭人痛恨，四喜却浑噩度日，表现良好。城东城西，一傻一疯，一文一武，形成鲜明对比。人们发现，原来痴傻癫疯，各有不同，于是便对四喜有了一番另眼相看。后来，曲疯子和一群野狗抢吃的，被咬死在夜市摊上，城里就只剩下了傻子四喜。开始人们还对他心存戒备，慢慢发现他不过是个可怜的“混瓤”，不似曲疯子喜怒无常，见人就打，也就放松了警惕，有时见面还“四喜四喜”地打声招呼。

有一年腊月，刘老八的儿子从外地打工回来，领了一位年轻的四川女人。刘老八的儿子在村里晃悠，见到四喜背了一扎破烂纸箱去卖，想博美人一笑，便说了一句闲磕牙的话。刘老八的儿子说：“四喜，来，这妞给你了。”

四川女人像猫似的撒一声娇，轻扑到刘老八儿子的怀里。四喜却站住，抽了抽他那填满分泌物的肮脏鼻子，仿佛在辨析什么怪味儿，然后口齿不清地说：“不凤仙儿。”

“啥？”

“不凤仙儿。”

“去你妈的。”刘老八的儿子手里正拎着个饮料罐子，使劲往四喜的头上砸下去，打得四喜哇哇直叫。四川女人问啥叫凤仙儿，刘老八的儿子气咻咻地质问她到底凤仙还是不凤仙。四川女人委屈地哭了，说我连啥是凤仙都不知道，你这么凶干什么？两人因此大闹了一场，年没过，四川女人就拉着红色小皮箱子走了。后来刘老八的儿子对人讲，他妈的，差点上了小婊子的当，那娘们坐台坐烂了，差点被我当成了原装货。

关于四喜这句“不凤仙儿”的话，刘庄人开始有了新的认识。谁家娶媳妇，都打趣说别娶个不凤仙儿的。啥意思呢？凤仙就是美丽，好看，良家女子。不凤仙就是没人要的破鞋烂货。说到这里该说说凤仙的来历了。

当年刘庄还是城东的一个村子，有那些错落有致的房屋和长了不知多少年的老树，周围是绿色的田野，走在乡间小道上能听见鸡鸣和狗叫。刘庄小学还在那座菩萨庙里，就在如今刘庄新村的位置上。那年，村子里来了一位天仙般漂亮的女老师，春天穿嫩绿色的毛衣和咖啡色的长裤，夏天便是一袭白色长裙，秋天又穿鹅黄的风衣，冬天会换上黑色的滑雪衫再搭配一条火红的毛线围巾。她的穿衣就像刘庄一年四季的色彩一样绚丽多姿。那时候四喜虽然傻，但是尚有一颗童心，每天趴在学校大门口，流着涎水看同龄的孩子在操场上奔跑玩闹。女老师把四喜喊进来，叫他坐在教室最后一排听课。四喜规规矩矩坐着，嘴里总是“仙儿仙儿”地叫。后来简直就像女老师的影子，人家去哪他去哪，人家上厕所，他都跟着。女老师生气地说，男女有别，何况我还是你的老师，别跟着了。四喜就站在厕所门口等。女老师气得没办法，她的这席话怎么会对一个傻子起作用呢。女老师把四喜遣送回家，交给他的母亲王香云，可是第二天天不亮，这傻子又立在学校门口了。

那时候四喜十二岁，到了青春期。有一天，学生们看到四喜跟在女老师身后，兴奋地嗷嗷乱叫。小学生们不谙人事，那女老师却害羞地跑进宿舍，把门锁上了。

他妈王香云来领人，四喜“仙儿仙儿”地叫。

学校校长赶他走，四喜“仙儿仙儿”地叫。

村支部书记指着骂：“别人的脑子蛋清是蛋清，蛋黄是蛋黄，你四喜就是个混瓤。赶紧往回滚，以后再进这个门，看我不打断你的腿!”

可四喜就是听不进去，为此，他没少挨打。一个黄花大闺女叫一个傻子成天跟在后面骚扰，成何体统？那时候的四喜，已经有了捡破烂换钱的意识。黑石城扩建，他便捡一些破铜烂铁卖掉，然后买些稀罕的东西回来。那天，四喜买了一串糖葫芦，不知在哪还捡了一盒避孕套，吹成一个个气球，扎在一起，准备送给女老师。四喜牵着他的礼物来到学校，女老师正在上课，四喜便把那串猪脬一样的气球拴在女老师宿舍的门闩上，把糖葫芦插在窗台的砖缝里。女老师下课，看到宿舍门上挂着一串气球，再一看，看到了蹲在一旁的四喜。女老师有点感动，虽然四喜是个傻子，但毕竟师生情谊，桃李芬芳。女老师就收下了礼物，只是把那串糖葫芦退还给了四喜，还说了很多宽慰人心的话。

“四喜啊，以后可不准给老师买东西了，有钱攒下来将来给你娶媳妇。”

“四喜啊，出去捡破烂别跑远了，咱只能捡，可不许偷，偷了别人，手要生疮。”

“四喜啊，别人打你就用两只手护住头，小心狗咬，见到汽车，一定要躲得远远的。”

傻子听话地点点头。

但这事很快就成了别人的笑料。一个女老师的宿舍里竟然挂满了避孕套，叫人咋想呢？知道一切后，女老师就告了长假，后来主动申请调到了更远的乡下。

女老师有个好听的名字叫金凤儿。

可怜四喜，见不到心中那“仙儿”就到处寻找，嘶嘶呜呜哀鸣，像一个迷路的孩子。人们看见他的眼泪时心软了。四喜虽傻，可也是个生理正常的孩子。后来有好事者还专门为四喜编了几句俏皮话：

抽烟要抽那中华烟，
捡烂要捡那黄金砖。
跳舞要跳那的士高，
娶女要娶那小凤仙。

这几句话，四喜现在说得麻溜好，但要看他的心情，别小看一个傻子，也是有喜怒哀乐的。

三

接着说那天在刘庄新村楼下，刘老五喝散围观群众，自个儿生了一肚子闷气。

刘老五这个人，别人见了都有几分忌惮。除了膀大腰圆一脸凶样外，主要是他敢带头去县政府上访，别人不敢。他敢一拳捅掉刘老三的两颗门牙，别人也不敢。他敢拿着菜刀追砍闯进村里的蒙面大汉，别人就更不敢了。所以说，当他骂蘑菇头是杂种，那小子翻了翻白眼，愣是没敢放半个响屁。

这一点，刘老五心中有数，一般如果不涉及赔偿款、拆迁费这样的大事，没人敢和他争个输赢。再说了，这刘庄也没多少人了，打工的打工，迁户的迁户，闺女外嫁，小子上门，自从黑石城里开出的压路机碾过村子，挖掘机捣烂房舍，又在上面建起高楼，让他们住进鸡窝一样的单元房，往来也就少了，都客气起来了。想和别人说句话，还得跑到这地方，见了面，好似又没啥说的。就看街上的车，就看街上的人，看得太阳偏过楼顶，女人从窗户里伸出头喊吃饭，才回去。真正的城里人一日三餐，刘庄人只有两顿饭，吃了晌午，又不知该干啥了。那次一合计，刘庄姓刘的到了他们这辈，也就十二个人了，之间各有亲疏，互有远近，一个老祖宗繁衍出的后代，都生分得不行。

刘老五没等老婆子喊就回家了。刘庄新村是三幢沿街的六层楼，刘老五的家在中间那幢楼的第三层。俗话说金三银四，五铜六铁，他虽挑了个好楼层，选了个好户型，可总觉得逼仄憋闷。尤其今天，心情格外不爽。进门嗅出老婆子在炒鸡蛋，一股焦煳味儿。刘老五说："又吃鸡蛋，都快吃死人了。"

老婆子把锅铲磕得很响，打仗似的手忙脚乱。搬入新家，她总是不习惯用煤气灶和电磁炉做饭。听见男人在外边说话，应了一句："啥？"

刘老五说："不知道做点别的，没了鸡，哪来的蛋叫你天天吃。"一屁股坐在烂沙发上，摁开电视机，画面上是相亲节目。女嘉宾嗲声嗲气地说她其实是看上了男嘉宾的人品，愿与他白头偕老，共度人生。男嘉宾信心满满地说喜欢对方美丽贤淑的样子，将来可以改良后代基因。刘老五腻烦，换了个频道，播放的是警匪片，于是双手抱头，靠在了沙发上。这时候，他突然想抽支烟，一摸口袋才想起，半盒黑兰州早已散于他人。

老婆子端上饭菜。房子太小，没有餐厅，就只能在客厅里围着茶几吃。老婆子接上先前的话神秘地说："活人能叫尿憋死，谁说住楼房就不能养鸡？"

原来老婆子在地下室用方砖和稀泥垒了鸡窝，养了十只下蛋鸡。老婆子说："老五啊，我总算知道当鸡做狗是个啥滋味了，吃喝拉撒全在窝里，鸡头擦着鸡屁股，难怪那些东西到了晚上赶不进去——你看咱就跟鸡一样，住得这哪是个家，就是个鸡窝嘛。还不如回去住咱的五间大瓦房。"

刘老五本不想说话，女人家唠唠叨叨，够他烦的。这些他都可以忍受，但说到回去，刘老五就把火发在了老婆子身上："吃饭吃饭，刘庄都没了，哪里还有五间大瓦房。"

老婆子懊悔地说："早知上楼这么难受，当初咱就不搬。"

刘老五说：“世上没有后悔药，搬就搬了，全庄人都行，就你不行——不行好啊，谁叫你当初和那小狗日的串通好，签了拆迁协议，把我架在了二梁上。如今搬进来了，就等死了从这道门里往出抬。”

老婆子默默扒饭，抽抽搭搭哭起来。他们都不说话，气氛陷入沉闷状态。这时，听得窗外的街道上，谁和谁交上火了。那声音清亮得像一瓢水泼下。楼下面的街坊经常为一些鸡毛蒜皮的小事撕破脸。仔细辨听，是开商店的刘老三。刘老五把碗搁在一边，愈发想要抽一支烟。

这个刘老三，年长刘老五几岁，人虽长得瘦小，心眼却细密得像筛子底。用刘庄人的话说，那叫钻了钱眼，虱子过去都要卸条腿。上次夜里，过路人在他店门前的花池旁小解，刘老三上去就是一脚。那人逆风撒尿，尿了自己一裤管。刘老三说你敢在我店门口撒尿，你是张麻鬼派来断我财路的吗？那人被弄得不知所措，提了裤子要走。刘老三抓住他的领口说，想走没那么容易，罚款二百元。那人硬气地说，随地小便，黑石城里也就罚个五元十元，你要二百，你以为你是刘庄的刘老五呀？刘老三呵呵一笑，说，我不是刘老五，我是刘老三，刘老五是我兄弟。那人一听这话，乖乖缴钱走人了。

不但如此，刘老三还放过他一回鸽子。当然这事，全刘庄人都不知道。

镇上来人动迁，全庄人都不同意，凭啥征收价是一亩地五万元，政府一转手卖给开发商，挂牌价就六十万了，中间的五十五万叫狗吃了？“这个嘛，是政策！”征收组的人回答。可群众不买账，官字两个口，上下都能说，你倒是解释解释什么叫政策。征收组的人就开始借题发挥：“按照土地法规定，土地价和地上附着物价格加起来就值这么多钱，咱想加都加不上去呀。土木的，砖木的，砖混的，按修建年代分类定级，明码实价，第三方评估，政府就是把自个儿亏了还敢把衣食父母亏了？再说了，这土地是集体所有，不属于哪家哪户。你有使用权，没有所有权。打个比方，你老婆虽然是你的，天天用，年年用，可最终你是你，她还是她，你们谁也不属于谁。如今城市要发展，必须保全集体利益，保全集体利益肯定要牺牲个人利益。我们国家历来都是个人服从集体，少数服从多数。话说到这份上，你要再不理解，我可就没办法了。给你十天时间考虑，十天之后，我们再来上门，当然如果考虑好了，用不了十天，也可提前给村上打声招呼。”

征收组的人走了，撂下一堆话。村上是谁？村上就是这个刘老三，那时他正挎着个村主任的名头。

刘老五找到刘老三，摆明立场。

刘老三说：“贤弟，别说你不同意，就是同意，我这个村主任还不想当历史的罪人。一旦黑石城的马路捅过来，一棍子把咱刘庄捣烂了，人也就花雀四飞了。往日俺们几家人还能坐在一块石头前吃饭，以后要是被他们安置了，咱就是河里的鳖爬进了鱼缸，自个儿把自个儿闷死了。你看张堡修的单元楼，哪是座房子，简直是个鸟笼，是个鸡舍，人钻到里面不生病才怪。”

刘老三说得没错，早些年，村里关系好的邻居经常坐在门口的大树下，各自端着碗，你夹我盘里的，我吃他碗里的，有啥说啥，其乐融融，还是很美好的。

刘老五说：“那咋办，给镇上说说，咱村里人不干，叫他们死心。”

刘老三说：“这事可不能这么来，既然全庄人都不愿意，那咱就不怕。我是村主任，不方便出面。这样吧，你私下和大伙商量商量，每户出一个人，不同意的明天都去县政府，把这事给县上领导反映反映。镇上的这帮乌龟孙子王八蛋，不种粮食就不理解庄稼人的难。发动大伙，一致对外，叫他们知道咱刘庄人不是孬种。”

一席话讲得刘老五热血沸腾，浑身都是劲儿，觉得老三向着村里人说话，内心竟充满无限的钦佩之情。“是啊，住了多少辈人了，不是一句话说搬就搬的。”第二天，刘老五召集了四十三个村民代表去县政府上访请愿，希望黑石城的新区建设绕过刘庄。但是，县上领导好歹也是个处（级）儿，你说想见就见呀？僵持到中午，政府派了个大个子的信访局长高三彪出面答复群众。高局长名字霸气，人却是个拿软刀子攮人的白脸书生。

“乡亲们啊，都安静一下，听我高某人说句话。”高局长挥动双手，示意大家安静，“你们的心情我理解，我也是农村出来的，也是农民的儿子嘛，啥叫农民的儿子，就是你们的儿子。土地是咱们的命根，少一分地就少一袋粮，这个意见我会转告县长，但是这事不是一个人说了算，县长也不能拍这个板，须要上县委常委会集体决定。给我高某人一点时间，给县上一点时间，从黑石城发展的角度来讲，大家与县委的意见高度一致，都是为了我们黑石的明天更加美好。县长叫我代他感谢大伙参与全县建设，积极提出宝贵意见，现在请选出一个代表到办公室和我们详细谈谈，如果再这样吵下去，一句都听不清，还不是白白浪费时间嘛！”

“县长怎么不亲自来，派你这么个不坠砣的？”

“县长去北京出差，现在正在赶回来的路上。你们谁是挑头的，来，把大伙的意见带上来。”

代表们都看刘老五。

刘老五身形魁梧，长着两只灯泡一般巨大的眼睛，脸上的肉嘟噜下来，拉出两道很深的法令纹。高局长好言相劝，叫他把人遣散，该干啥干啥，耽误了工夫，就是耽误了庄稼。刘老五想也是这么个道理，加上他说话大伙都愿听，很快县政府门口的人就散了。到了信访办，高局长递过纸笔叫他把所有的要求写在上面。刘老五带头闹事是把好手，撰文写字却是外行。刘老五说：“没啥写的，就一个意思，刘庄不能拆，我们不上楼。”

就这样，大伙都回家等消息，刘老五琢磨这事政府迟早要给个解释。可是等了几天，却等到了一件令人气恼的事。刘老七和刘老四两个亲兄弟跑到他家兴师问罪，惹得院里的狼狗扯着铁链汪汪直叫。“老五，你出来，你还姓不姓刘？”

刘老五听到院子里有人喊，跑出房间看到一对歪瓜裂枣很意外。“咋了？老四，老七。”

“咋了？你心知肚明。说，那天支开我们，你上楼和那高什么彪说了些啥话？”

“啥都没说呀！来，进来坐。”

“少在这假仁假义，是不是答应县上给出的条件了？”

“你们什么意思？”

“什么意思，姓刘的，别在这装，我说一听到拆迁你跑得比兔子还快，带我们上访，还自个儿花钱买饭，原来你是有目的的。告诉你，我们不是傻子，你自个儿捞了好处，叫大家伙给撑这个场，你手段玩得高明呀！汉奸，叛徒，吃里爬外的走狗。”

刘老五被骂糊涂了，生气地说：“有话说清楚，你再骂，我就揍你。”

“哎哟，要打人是吗，告诉你，别人怕你，我们兄弟不怕。”

刘老七两手叉腰，刘老四双臂抱胸，摆出视死如归的架势。狼狗绕着橛子跑圈，抖着铁链哗啦哗啦响，扑不到人，哈哧哈哧吐舌。猛的一下，狼狗就逮住了刘老四的一只脚。

“哎哟——”

狼狗拖着链绳，狗牙已经镶进了刘老四干腿的肌肉。老四掀住狗头，跌坐在地上哭号：“刘老五，你放狗咬人，老七，老七，快救命呀！”

第二天，老实巴交的刘十一告诉刘老五，村里人都在私下议论，说当日在县政府，他一个人去信访办，老狐狸高三彪已用五万元将他收买，条件是同意村子拆迁，并且不再带头闹事。刘老五听完气得脑袋都快炸了。难怪老四老七找他，还被狗咬破了皮肉，打了几支狂犬疫苗，搁谁谁不生气呀。他想，越是这样越不能退缩，于是打电话召集村民进行第二次上访，到时候要问问那位高局长，哪个狗日的说他私受了五万块钱。结果，第一次去的四十三个人都像串通好了似的打起了退堂鼓，还话里话外说，老五啊，胳膊拧不过大腿，蝎子斗不过公鸡，咱跑前跑后凭良心，到头来都是给人办了好事，老五你人高马大，世面精通，别说那猴爬杆的高局长，就是县长见面都要给你打火点烟，你一个人去就把我们所有人都代表了。

结果上访那天全村只来了一个人。

四喜是来凑热闹的，可场面的冷清程度简直令人发指。刘老五想不通，你说我这是为全庄人请命办事，又不是为了我一家！其他人呢，都缩着个脑袋当王八，都看事态变化，想得好处还怕开罪人，如果我刘老五拿了人家五万元钱就被雷劈死！

刘老五赌咒发誓，心中涌起一阵难过，孤独地坐在县政府门口吸烟。吸烟能叫脑子起开一条缝，透进来一点风。真没想到事态发展会是这样，一句话就把他们的队伍给打垮了。四喜上来比画，烟，烟。刘老五心烦，想吓走他，却发现形单影只的傻子与他同病相怜。刘老五递上一根过滤嘴香烟。四喜用食指和拇指夹住，擦燃火柴点上，挨着刘老五坐下。

抽烟有时也像喝酒一样，一个人自斟苦饮，两个人彼此就有了陪伴。

刘老五心思复杂地问四喜，全庄人都不来，为啥他要来。四喜吸了口烟，张大嘴，悠然吐出四个烟圈。刘老五又问一遍，四喜才说，烟，烟。刘老五悲从中来，傻子还知道为吸一口烟，他这是图个啥呀。刘老五深感失望，决定去找刘老三对质。可是，刘老三滑得像条泥鳅，自从挑起事端，连个鬼影子都不见了。那段时间刘老五一天几趟上他家找，每去一次，对刘老三的愤怒就增加一分。而且他还得时时提防，不能叫人再说闲话了。

刘老五的心眼就是这样长出来的。

那天，刘老三的小儿子早起上学，拉开门闩揉了揉眼睛看见立在外边的刘老五叫了一声叔。刘老五走进戒备森严的村主任的家，那是一砖到顶的五间工字房，罩着白色面砖，前年春上修的。屋里的摆设还算新潮，沙发是那种劣质皮子的，颜色和款式都像烤得焦黄的面包。城里淘汰的东西，农村正当时尚追求。刘老五来到客厅里间，刘老三昨夜喝醉了，此时正捂着一团棉被呼呼大睡。身材壮实的刘老五单刀直入，踢翻了一地空酒瓶，一串清脆悦耳的声响惊醒了梦里人。

“谁呀——”

“我，老五。”

“老五?”刘老三翻身坐起，睡眼惺忪地看见刘老五像一堵墙站在面前。

“怎么不接我电话？村子要拆，你这主任是个啥意见？你叫我抛头露面带人上访，你却躲在家里喝快活酒！”

“贤弟息怒。”刘老三艰难地笑笑，从炕上溜下，套上鞋，走到桌边拿起喝剩的半瓶烧酒圆场。“我这个村主任为难呀，来咱喝酒，边喝边说。”

那时刘老五铁了心了要把事闹大，说：“你给我记住了!”

刘老三感觉事态不妙，问：“记住啥?”

刘老五大声说：“记住我今天说的话!”他拿起酒杯，抓过瓶子，给自己斟满一杯酒，仰脖吞下。“老三，咱俩一起打个电话，你拨 110 叫警察来抓我，我拨 120 叫救护车来接你，以后做事做到明处，咱俩谁都不耽搁谁。我这不是酒壮㞞人胆，我这是酒后吐真言——你给兄弟脖子底下垫砖不义气，今天我就是舍得五万块钱也要把你这张嘴巴揍得说话算数。”

刘老三还没反应过来，刘老五的拳头已经送了上去。

四

晚上有人敲门，刘老五的老婆子引着颈子从猫眼里往外瞧。这是小区的安全员米大姐教她的。如今住楼房要多长个心眼，黑石城里的住宅楼，家家户户安着防盗栅栏，子母门，门套门，还经常被盗被抢。最近一次是在新华家园的富人区，假推销员骗一个老太太开门，叫她闻一瓶洗发水的味道，结果老太太就不省人事了，不法分子钻进家里翻了个底朝天。刘老五的老婆子心虚，敲门不开，里面的人反倒像做贼。自打搬到楼上住，她倒很希望有人来敲门，不管认识不认识，依着门槛说几句话，心里能热腾好一阵子。

贴着猫眼看，那人面生，接连敲门，开门就成了顺势动作。

“阿姨，吃过饭了吧。”来人客气地说。

“吃了，吃了，快进屋。”刘老五的老婆子认出他是当年拆迁组的钱组长。

钱组长拎一兜热带水果，进门嚷嚷着要换鞋，老婆子觉得麻烦，以前独门大院的，别人家的狗跑进来拉泡屎他都不嫌，这客人来了还换鞋?

把人让进门，男人才从卫生间姗姗出来。这一看，沙发上坐的是钱多多，一时惊愕不定。钱多多两年前把刘庄拆了，那时候他是拆迁小组的组长，凭着工作中的突出表现被重用，事业跨了个大台阶，当初的钱组长如今已是钱镇长了。刘老五心里别扭，一时语塞。钱镇长站起来让座，给他敬烟，点火，叫他坐到自己身边，有点反客为主的意思，几个动作下来就把谈话的主导权抓在了手上。

“刘老五啊——不，我该叫你刘叔，论年龄我比你儿子也大不了几岁。在刘庄，刘叔人缘好重义气，肠子不拐弯，那我就开门见山了。”钱镇长从随身携带的公文包里抽出一张拆迁协议说：“刘叔，刘四喜是你大侄吧，我查了一下，全村就你和他血缘关系最近，这事还得您担待。最近县上搞拆迁清零行动——他妈的，尽是些破事——咱刘庄拆了两年，公寓都盖起来了，但目前还有两个拆迁户，必须拿下。”

刘老五的心提起来。拆迁，又是拆迁，这个字眼触动了他敏感的神经。

钱镇长把协议推到刘老五的面前继续说：“刘叔，你看看，这协议和你上次签的半个字都不差。两个钉子户，一个是张麻鬼家几孔烂窑洞，这新区建设压根就撞不上，他要不搬就拉倒，没人向他求情下话。另一个就是你大侄刘四喜，往日我婶子王香云活着，还有个管事的人，如今她死了，我就只能来找你。如果你不管，那我们就公事公办，直接找村主任刘老三。今天，我来呢先和你沟通个意见，不要以后说我隔着锅台上炕，没把你让在前面。”

刘老五的老婆子站在一旁听明白了，搓着手说：“四喜怎么说也是我侄儿，他刘老三都出五服的人了，盐里面有他，还是醋里面有他。”

刘老五烦乱地说：“去去去，少在这插嘴，刷你的锅去。”

“我婶说得对，老刘你是他堂叔，你不管谁管？车走车路，马行马道，拆了刘四喜家的烂房，赔偿款兑付到位，又不是叫你白养活傻子。再说了，这事交代给刘老三，我还真有些不放心。”

“我们答应，这事我们一千个答应。”老婆子抢着说。

这一夜，刘老五和老婆子躺在床上翻来覆去烙大饼。以前四喜娘还活着，镇上来人做工作，她开出的条件是：得给她家四喜安置个与政府挂钩且收入稳定的工作。这话叫刘庄人笑掉大牙。大学生都失业呢，一个傻子能干什么？抽烟，跳舞，捡破烂儿？王香云十分清楚，房是负担地是累，钱财是那催命的鬼，就是给座金山银山，万一哪天她不在了，傻子还要能守得住，只有稳定工作才能让四喜在这世上吃喝不愁。王香云提出的条件没边没影，把镇上人难住了，就这么一直拖着，拖到了现在。

前年入夏时村子开始拆迁，刘老四和刘老七闹得最凶，抱着一瓶汽油吓唬人，发誓死也要死在刘庄。当时的情况是，有个立功心切的干部，哦，就是钱多多钱组长，自告奋勇到老四家里去。老四老七做邻家，拆了隔墙，连成一户，空前团结起来。老四叫嚣，谁敢硬上，就敲碎瓶子，点着汽油自焚，连房子一起烧掉。老七手持打火机，吧嗒吧嗒弄燃火苗，又噗一口吹灭，骂骂咧咧地说，老四狗日的，就你一人是爹的亲儿吗，瓶子给我，也给我弄点汽油，要生一起生，要死一起死，不要看我拿个小小打火机，想死的决心不比你小。结果那天的事雷声大雨点小，钱组长不管他两瞎闹腾啥，跑进屋里坐在高背梨花椅上漫不经心地抽烟，抽了一会儿说，点吧，你们要死算我个垫背的——刘老四，你他妈摇啥摇，摇得瓶子里的猫尿都起了泡沫啦。之后的事略去不说，反正刘老四和刘老七成了村里最先搬迁的人。然后是刘老三，他是村主任，上头有人压着他。除此之外，在那座老庙基础上扩建不久的小学很快也拆了，拆迁工作一下子打开了局面。接着一条笔直宽阔的公路伸过来，沿路先修起了刘庄新村公寓。铲车紧跟着开进庄稼地里，日日地冒着黑烟，铲断了玉米高粱半人高的青苗，碾出一道道青黑的带着菱形花纹的车辙印，弄得土飞尘扬，鸡飞狗跳。公寓修好后，大规模动迁工作启动，镇上的宣传车驾着大喇叭停在村口，整日不停播放广播，他们的口号是，百日攻坚，压茬推进，搬离一户，拆迁一户，化整为零，逐个消灭。在强大的攻势下，刘庄土崩瓦解。

公寓楼建起来，老四老七都得了门面房，虽然不是拱手白送，但背后的好处刘庄人也能猜测出个一二。七月麦黄，刘庄的怪事接连不断，先是王香云死了，一觉睡到了极乐世界，接着是刘氏兄弟觍着脸在村里现身说法，公开做宣传员，什么明白人不做糊涂事，早日搬迁早选房，什么刘家世代当农民，如今也是城里人。啊呸！一条好狗都比他会摇尾巴。麦黄没人收，旋黄旋割鸟一声紧过一声叫，刘庄人都忙着搬迁入住，刘老三山上的麦子被人点了，烧成了一片焦黑。还有刘老五家的狼狗也被人隔墙扔了毒肉包子。但这些都比不过王香云的死，她一死，傻子四喜成了孤儿，就再也没人给他买新衣新鞋了。

令人煎熬的一夜。月光从窗户中流进来，如水般清澈，映在雪白的墙面上，整个房间都透亮了。似睡非睡中，天就亮了，日夜交替间，月光如剥茧抽丝般褪去，稀薄的光线渐渐盈满房间。这一夜是刘老五人生中最为漫长的一夜，许多事情在脑袋里像电影胶片一样扯来扯去，投下清晰或者模糊的光和影。老婆子辗转反侧，一个劲儿地叹息，好事叹息，坏事也叹息，没钱了叹息，得钱了也叹息。一次次叹息像一次次拔开压力锅的阀门，把胸中积郁的气体排释一点。刘老五和老婆子背对着说话，喊了一声她的小名。他很久都不这样叫她了。

“桂花，你说咋办?”

“还能咋办，既然镇上叫咱做四喜的监护人，那就要操这心——难道留着便宜给刘老三占?”老婆子把话说得十分明白。

“那得先找到四喜，把事说清楚。”

“说个屁，他一个傻子说得清楚吗?”

“咱可不能打钱的主意。”

“谁说咱要打钱的主意了?”

刘老五从床上坐起来，像是浑身来了力气，他把桂花小象一样臃肿的身体捣了几下，催促去做早饭。一个男人家，没主意了，问啥女人。太阳爬坡，日光照进窗户，昨日钱镇长送上门的一兜水果原封不动地搁在电视柜上。那是什么水果呢，刘老五盯住看了半天，好像叫火龙果，忽然想水果都会长成那样，光颜色就够唬人，这世上没见过的东西还多着呢。

出门买了盒好烟。傻子到处浪荡，根本没家的概念，但刘老五还是决定先上他家瞧瞧，毕竟事关重大，眼见为实。出了小区大门，他快速穿过街道走在对面的人行道上。公寓楼下的棋摊和牌局准时开张，已经围拢了不少人。刘老五睃巡一遍，并没发现四喜瘪蔫的熟悉身影。

刘老九站在晒日头的人群中喊他过去说话，刘老五急忙摆手。他知道老九找他说儿子乐乐的婚事，心想还是躲躲吧，有啥好说的，十几万的彩礼，就是把他杀了才能淌几滴血，眼下最重要的事是找到四喜，给镇长钱多多回话。

四喜家离刘庄公寓有一段路程。刘老五从柏油路上下来，走在往日千百回出入家门的小道上。以前，这条巷子七拐八扭的，孩子们经常追在一起，把童年的快乐挥洒在每一个日落黄昏；家家户户煨热炕，空气里弥散着柴禾燃烧发出的呛人的味道；可是，孩子们酣畅的玩耍总被母亲急切的呼唤回家的声音打断，于是才恋恋不舍地相互告别，然后村子陷入长久的寂静，于那渐次熄灭的灯火烛光里，传来几声狗吠，夜色如墨。可是，拆迁消息坐实后，村子就像癌变似的，那些树遭殃了，那些鸡和狗也遭殃了，人们砍了树，在狗窝鸡棚的地址上，一夜之间搭起了蓝顶的铁皮板房。孩子们追逐玩闹少了，见得更多的是夹着纸烟匆匆行走的民工和轰轰隆隆的机器。如今村庄被夷为平地，砖块瓦砾撒落脚下，杂物废料弃之于野，那些散发着刺鼻气味的垃圾，被风吹得到处都是，几条野狗追逐撕咬，几棵老树孤立寒风。好好的一个村庄就这样碎成了一地残砖烂瓦。

路失去了房子所做的标记，行走只能凭借记忆。

四喜家在村庄尽头的山坡下，是三间土坯砖柱的瓦房，丝毫不显山露水。“四喜——”刘老五站在门口喊了几声，枣树上一簇废旧的塑料薄膜迎风招展，一只黑猫跳上屋檐，喵喵叫了几声，朝他瞪晶黄的眼珠。又喊了几遍，还是没人答应，在这人烟散尽荒芜的角落，刘老五和一座空空的房子相互凝视。想当年，这房子在刘庄出尽风头。三十年过去了，一切都将化为乌有。刘老五萌生了进去看看的念头。房门洞开着，他佝着腰走进去。房内的情形可想而知，大炕上团着污浊不堪的被褥，地面上有篝火的痕迹，除此之外，满是废物垃圾。

刘老五心里难过，村子里那个背负着杀人罪名的刘老二早已伏法多年，如今王香云也走了，一个家就只剩下空空一座房子。“人啊，不过是风中的烛火，说灭就灭了。”他心里这样想着，忽然觉得身后有什么东西注视着他，猛然转头，看见堂嫂王香云的遗像挂在墙上。刘老五想，他妈的，人死了怕是有灵魂吧，啥事没做鬼就缠上了。女人笑吟吟的，笑得他内心发毛。

刘老五点了根烟，用力猛吸几口，跨着大步走到外面，才想起要给嫂子王香云鞠上一躬。

五

王香云十九岁嫁给刘老二。

刘老二的爹和刘老五的爹是亲兄弟。

刘老二结婚的时候，刘老五还骑着一辆旧式自行车在黑石中学与刘庄之间的路上来回蹦跶。

看见嫂子王香云，年轻的刘老五心思就起了变化。那叫少年思春，春心萌动。刘老五在回村的路上遇见王香云，忍不住停下来要看她鼓鼓的胸脯。王香云红着脸走过去了，刘老五回头又看她扭腰摆胯的背影。刘老五对刘老二说，哥，脱光了搂着女人睡觉是个啥滋味。刘老二说，就像把土疙瘩泡进了清油，滑腻着呢。刘老五说，哥，谁舍得往清油里扔土疙瘩呀，到底是个啥味儿你就别稀罕我了。刘老二说，那就把土疙瘩扔进水里吧，反正土不是土，水也不是水了，就融化了。刘老五听得入神，说，二哥，那叫香云嫂子和我融化一晚上吧。刘老二往他的脑袋上砸了两拳说，你个老母，你屎吃大的啊。

王香云很快就给刘老二生了个胖小子。临盆那天，刘老二家砖柱土坯的三间瓦房正在上梁架顶，村里的风水先生披完红，用毛笔蘸着墨汁在削劈干净的房梁立木上郑重其事地写下封顶大吉的良辰时日，然后放了一挂喧天告地的浏阳鞭炮。酒宴摆开，刘家老爷子拿出珍藏数年的高粱大曲犒劳干活儿的匠人和帮忙的庄客。酒是一人一盅，一盅一口，再多就不给了。当时刘老二建设新居，热情高涨，骑在墙头上，把冒头的椽条锯得一般整齐，又勤快地将墙体罅隙填满稀泥，一点都不含糊，一刻都不歇息。王香云挺着个大肚子走出走进，刘老二站在高处喊："香云，给我丢上来一揪泥。"

王香云一只手托着肚子，用另一只手遮住正午刺眼的阳光，看到房顶上身体健硕汗珠璀璨的男人笑得风姿绰约。她双手握住揪柄，试了试力道，慢慢悠悠铲了一揪拌着麦壳的稀泥，然后提臀扬臂将那沉甸甸的水与土送到了高架之上的废木板上。

刘老二看着一团稀泥甩在脚下，自言自语道："女人就是女人，三揪都顶不上男人一揪。"话刚说完，就瞥见女人像一根稻草弯曲在了地上。

"妈呀，我要生了，要生了。"王香云叉着双腿，裤裆里湿了一大片。

匠人和庄客手里擎着鸡腿，嘴里吸着粉条，纷纷站起来要走。刘老爷子喝了几盅酒，头晕脑涨，醉眼迷离，拦住众人说："添屋添丁，双喜临门，今儿个谁都不许走，喝酒，吃菜。吉时吉地，让大家见笑啦。"

刘家的女人们扔下锅碗瓢盆，从炕上扯下毛毡和被褥，跑上来将王香云团团围住。一位经验丰富的老妈子不知从哪里弄来一把剪刀，冲入临时产房，剪碎了女人污秽流血湿答答的裤管，把神秘的生命之门暴露在风光无限的天地之间。老妈子一边摁她的肚皮一边说："闺女，这阵走的是鬼门关，生死只能靠自己，咬住衣角下面使劲，使劲呀！”

这边是男人们悄无声息地咀嚼食物，那边是女人们声嘶力竭的呼叫喊骂。刘老二跳下高架，被几个女人搡到了外面。指头戳着脑门教训道：“多大的月份了，还叫她给你供泥，刘老二，你还有没有良心，万一有个闪失，这房子你还住不住得进去？”

刘老二头上的汗珠如雨豆般落下，左走几步，右走几步，又停下来提起脚跟往里看，看到的是密不透风的肉墙和不同女人轮换上阵忙碌的身影。

刘老五背着黄挎包骑着自行车回来，在门口打好车撑，跑进院子喊道：“大伯，二哥，好事，好事呀，下了，下了个母的。”

刘老爷子把那一毛二分钱的烧酒在桌上一掼，说：“你个混球，嘴上没个把门的，你嫂子生娃，你在这瞎吆喝什么！”

刘老五急人急语，说：“咱家的大乳牛下了个母犊子，我放学回来看到的，就在圈里吃奶呢。快，也给我一口酒喝上。”

此时，一声清亮的婴儿啼哭传来，证明这场生命的诞生有惊无险。刘老五方才看出全场人噤若寒蝉而又喜形于色的神情，再一看，看到老妈子一双血手托着一个血丝呼啦的婴儿从人群中挤了出来。

老妈子母鸡抱蛋似的喊：“生了，生了，是个有牛把儿的，老爷子，你们刘家续上香火啦。”

老爷子激动地一个劲儿给人斟酒，颤抖着胡须，也颤抖着手说：“上苍体恤，上苍体恤，来再饮一杯，我这是有儿又有孙，人生复何求啊！”

刘老二家的喜事就这样巧妙地撞在了一起，并借众人之口广为传播。刘庄人气愤不过，一个劲儿地说他妈的，刘老二家生娃生男娃，下犊下母犊，他妈的，真是他妈的——

后来刘老二的儿子取名四喜，据说是因为弥月当日又添一喜的缘故。刘老爷子在新落成的房子里举办酒席，正当他困惑给亲孙子赐个啥名字的时候，一位端着黑瓷老碗手拄枯木拐杖的乞丐闯了进来。乞丐衣衫褴褛，乱发搭肩，精神恍惚，疯癫难判，一把抓翻了餐盘，把那皮薄如纸、色白如玉的馒头抓落在地，滚了一层污泥黑灰。

刘老二从外面冲进来打乞丐，要赶他走。乞丐被人打怕了，见了人打就躲，没地方逃，当场钻进了四方高脚的八仙桌下，抱住馒头啃起来，一副饿极了的样子。亲戚和庄客们看了一眼刘老二，再看酒席上首正襟危坐的老爷子，拱手作揖，齐声道贺：

“恭喜呀，恭喜。孙子满月，叫花子进门，好事成了双！”

“我这不是好事成双，我这是四喜临门。”刘老爷子捋了捋胡须说：“穷苦莫过乞丐，逍遥最是公子，都是我的座上客。老二，还站着干什么，添盘，加箸，看酒，赐座。”

四喜借着刘家祖宗的保佑健康成长，到了五岁那年，一场变故彻底粉碎了他短暂的童年记忆，从此成了个混瓢。人们相信，一切变故都是因为四喜这个大而不当的名字，把一个骨轻命贱的孩子给压垮了。

那年，刘庄的刘姓兄弟与关砭的关氏青年约架，地点就在两村交界的黑水河边。皎皎孤月，刘老二披着满身银辉跑回来。王香云给公公擀了一顿长面，吃饱后老爷子转进屋里，轻轻的鼻鼾时断时续。大门楼子上挂着红纸灯笼，里面吊着一盏引着长线三十瓦的灯泡，空中红灯轻佻，地面光晕摇曳，电线骑墙而过，弯成了难看的驴肚形状，一道又长又细的黑影荡来荡去。王香云正在炕上哄四喜睡觉，刘老二掀门进来，吓了她一跳。

王香云说：“去哪了，才回来。酸汤细面都拉不住你的魂。”

“给我十块钱。”年轻的刘老二乞求道。

“要钱做啥，不给。”王香云赌气地说。

“好香云，又不是去赌牌，我有大事要办。”

“你能有什么大事。”王香云把睡熟了的四喜放在炕上，掖好被角。月光下女人形容清丽，举止动人。刘老二脱鞋上炕，凑上去吻一下她的额头说：“今年关砭人少，听说到时候你兄弟大奎也来，我们不打架，喝喝酒，你说算不算大事。”

王香云没说话。自打她记事起，刘庄和关砭两个村子的男青年总在每年正月十五约架，就为河滩里那块你不能耕我不能种的二亩沙地。斗了几辈人了，谁都不肯让步。其实，在双方心里，那早已不是一块地，而是一口气呀。可他们也清楚，为一块蒿子长不到一拃高的薄地弄个你死我活不值得，所以更多时候是去显示一下存在，相互说上几句豪言壮语，咋呼咋呼样子，谁不去谁孬种，谁不来谁认输。

王香云泪眼婆娑地说："我怕你去了惹事。去了少说话，莫出头。"

"不怕。"刘老二兴奋地跳下炕说，"人家都去，我不去庄里有意见。去见见大奎，你娘家人还能揍他姐夫?"

王香云从炕席下抠出十块钱，男人一把抓在手里。刘老二边跑边提鞋，回头小声说："香云，这事千万别叫爸知道。"

王香云说："爸知道也管不住你了。"

刘老二蹿出去以后，王香云的心就悬了起来，她已经预感到了那晚要出事。她清楚这个村庄的传统和这些男子的血性，可她管不了，除了自己，没人能管得下。月上中天时，刘老二掀开门回来了，王香云闻到一股腥甜的酒味。刘老二悄悄进来，窸窸窣窣脱掉衣服，躺下。王香云望着窗外的月亮淡淡地问："回来啦。"

刘老二说："回来了。"

王香云说："你走时月亮爷在炕这头，你回来月亮爷都到那头了。"

刘老二看见月光像一把明晃晃的刀子削去了炕角。

"见到大奎啦?"

"见了。"

"说什么了?"

"我——我把他打死了。"

王香云扑满月光的眼睛刷的一下流出了眼泪，哽咽着说："终是按我想象的来了，人最怕啥就来啥，你怎么这么歹毒，刘老二，一个大活人你是怎么打死的。"

刘老二爬到王香云身上，贴着她的脸，看见女人清亮的眼泪流成了一条小河。刘老二难过地说："当时都乱了套了，我不打他们，他们也要打我，稀里糊涂的，我那棍子就打中地方了，好像打烂一个陶罐，碎了一地。有人喊打死人了，我丢了棍子，看到你兄弟大奎满脸是血，他们说是我下的手，我怎么能打死自己的小舅子呢？我犯法了。我怕。我跑回来了。香云，我舍不得你，我对不起你呀。"刘老二哗哗地哭起来，月华照人，红灯瑰丽，哭声像一首美好的音乐，令一场生离死别诗意盎然。那阵子，刘老二对美好的生活突然生起一股无限缱绻的眷恋之情，他们交颈撕咬，他们云雨断肠，像两条嬉水的银鱼又像两只颉颃的春鸟，在情义深长的灵肉缠绵中爱恨交杂。他们都想在彼此的身体里寻找慰藉与温暖，留住那个夜短梦长的春天。

“仇人!”王香云尝到了刘老二嘴里腥甜的酒味儿，如梦方醒。

枪决刘老二那天，县上举行了规模空前的公审大会，四台三轮摩托闪着警灯在前方开道，一辆北京吉普押后警戒，中间是两辆敞篷的解放大卡，组成一支浩浩荡荡的游行车队。人民警察穿着军绿色的制服，带着白色棉布口罩，大盖帽子扣在头上，黑色帽系勾住下巴，腰间扎着皮带，手枪贴着大胯。车上的人不苟言笑，生与死的气象泾渭分明。汽车马达轰鸣，警笛声声尖厉，车队绕城一圈后停在了早已布置妥当的广场上。广场上用白色石灰划出了警戒线，把人语嘈杂黑压压的群众隔离在了四周。那两辆载着囚犯的敞篷卡车居中停放，四台摩托一字排开。对面唱戏的舞台上，秦腔演员打好脸子准备粉墨登场，但早已被事先叫停，取而代之的是这场有着深远教育意义的严打公审大会。台子上绸布幔帐缓缓开启，锣鼓家什中间摆着一排桌椅板凳，一行人物鱼贯上台，对号入座，个个脸上张着一架茶色墨镜。

今日大戏演的是《铡美案》，但现场真正要杀的是刘老二。

两对高音喇叭架在舞台两侧的柳树上，丫杈上也坐满了人。台上的人对着话筒噗噗吹气，刚要说话，一声爆音锥入人耳，丫杈上的孩童纷纷跌落。

五岁的四喜随着母亲去见父亲最后一面。人群里王香云托起他，指着卡车上剃光头发被人五花大绑的男人说：“孩子，那个人就是你爸。”

四喜说：“他杀了我舅。”

王香云的脸上看不出一丝表情，平静地说：“记住他的样子，你爸不是坏人。”

四喜在人群里钻，看不见爸爸就哭喊。从时有时无的光亮中，他看见遥远的父亲麦穗一样低垂的脑袋。父亲被人牵着后颈，反剪双臂，胸前挂着白色的纸牌，黑色大字上画着血红的叉号。四喜不认识字，但从现场群众的一番议论得知，上面写的是：杀人犯刘铁汉。

这是四喜第一次听说父亲的名字。

卡车上还有几个罪犯，但他们都不如刘老二有英雄气概。那几个人要么是强奸犯、盗窃犯，要么是纵火犯、抢劫犯，他们的牌子上都没有画叉，只有刘老二的牌子最显眼。四喜再次看到父亲时，看到他的身体微微摆动，仿佛有风吹过来，随即左右两个警察把他的胳膊往后一抬，他就痛苦地低下了头。阳光照着他，照得他白森森的头皮金光闪闪。五岁的四喜觉得，他的父亲就是一颗遗忘收割的庄稼，孤零零地挺立在田野上。

喇叭里巨大的声音戛然停止，马达警笛呼啸齐鸣。人群像一袋豆子倒在地上，都往一个方向涌动。四喜找不到妈妈，也看不见爸爸，他跟着人跑，追着汽车跑。跑着跑着人就少了，剩下几个大点的孩子。他们互不认识，但那些孩子吆喝着说，走啊，去看枪打人。四喜就这样跟着跑，卡车绕着大路开过来了，他又一次看见父亲，这时候的父亲早已魂不附体，犹如麦秆状成的草人，在阳光下歪斜。

于是他亲眼看见父亲身后追着一朵金黄色的旋风。

四喜跟着那几个孩子跑，他们上山跋洼走小路，听到刺耳的警笛从后面划到了前方，又到了半山腰上停止。四周阒然，小树林子柏木森森，芳草萋萋，传来一阵虫叫，跳出几声鸟鸣。一声枪响，带着微微颤音游向山巅，四喜想起池塘里的蝌蚪拖着尾巴钻入稀泥的样子。大点的孩子跑到前面去了，他年龄小跑不快，等他赶到时，那个胸前挂着杀人犯牌子的父亲已被人卷入席中。

一只红冠子大公鸡被人割断了脖子，拍打着翅膀在席子上痛苦地跳跃，把金黄的草席淋得到处是血。四喜看见母亲王香云长发遮面，死了一般靠着一棵树坐在了地上。他跑上去叫妈，没人理。他看见爷爷烧纸焚香，跑上去叫爷，也没人理。四喜看见先前挂在父亲脖子上的那块白纸黑字红叉的牌子染满鲜血。是鸡血还是什么血，就去看，便看见父亲被打烂的脑瓜犹如摔烂后剩下的半个皮绿瓤红的西瓜。子弹是从他的太阳穴打进去的，掀翻五官面目，只剩下一个完好无损白净发亮的脑壳瓦片似的反扣在地上。四喜哇一声呕吐起来。

刘老爷子弯着腰把儿子零散的发肤捡回到一只碗里，颤抖着声音对众人说："走吧，把老二抬回去，终也是个不孝的逆子。"

回去之后，四喜的魂丢了，痴痴傻傻的。王香云领着四喜去村庄周围的田野喊魂，敲着碗叫："四喜——回来。"

随行的人应他的话说："回来了——"

"四喜——回来。"

"回来了——"

连喊了几个晚上，四喜的魂都没能回来。王香云才想要去找医生瞧病，村里的赤脚医生大牛叔把脉听诊后断定，四喜是受惊过度，加之有低烧炎症，开了药，又打了针。这一针下去，四喜就昏迷了。

刘老二刚死，村里悲痛的气氛尚未消散。四喜连日昏迷，简直是天绝人路。

三天后，赤脚医生大牛叔宰了自己家里的一只羊，然后上吊自缢。温良的大牛叔说，刘老二不能断后，他要两命换一命。人们以为只是说说而已，谁知他真的把自个儿挂在了房梁上。

六

一连好几天没找到四喜，刘老五心里着急。刘老五着急还有另一个原因，就是儿子乐乐的婚事。自从娘儿俩背着他签了拆迁协议，刘老五就不叫乐乐名字了，叫他小狗日的。

乐乐对这个称呼似乎很受用。刘老五骂："你个小狗日的，成天在家抱着个手机玩，手机里是有白娘子还是有祝英台，你都二十六岁的人了，四喜傻成了混瓤都知要娶个凤仙，你就不知领个媳妇回来。"

乐乐跷着腿躺在床上，听到刘老五嘟囔跳下来把门锁上。

刘老五想起刘老九说的马塬村朱时旺家的那门亲事心里很沉。如今生儿生成了负担，养女养成了仇人，二十万元的彩礼，还不包括各种下马钱，离娘钱，针线钱，以及金戒指、金耳环、金项链"三金"的钱。乱七八糟算下来，不把这家掏空，哪能娶个新媳妇进门生崽。好在这门亲事刘老九牵线搭桥，两头说好话。刘老九私下里对他讲，朱家是看上他城里有房，虽然是安置楼好歹也是两室一厅，完全可以拿出来给娃儿们结婚。这话刘老五听明白了，人家是给他亮耳朵呢，要他们老两口挪窝。刘老九给他交了个底，十六万，一包揽，主要是两个娃儿黏糊，不要因为大人的事拆了一桩好姻缘。

话虽如此，可这钱是要我偷还是要我抢？刘老五十分懊恼，对着紧闭的房门说：“你个小狗日的花了我多少钱了，你算算，我这是欠了你多少债还不清。长这么大你倒是给我和你妈花过一分钱吗？”

刘老五骂了几句，看见窗台上君子兰墨绿的叶片中间一朵红色的小花慢慢绽开。儿子乐乐掀开门，已经穿戴一新，头发三七分开，一撮黄毛遮住了半张脸。乐乐一甩头发说：“别扯那么远，眼前你连十万元都凑不齐，你叫我是去偷还是去抢？”

刘老五从沙发上弹起来打乐乐。那小子早有准备，拽开铁门，卷了鞋撒腿就跑。刘老五追到门口，喘着气说：“小狗日的，滚吧，你结婚老子不管了。”

“滚就滚，我这个小狗日的现在就滚。”

刘老五捡起地上一只白色球鞋扔下去，打在楼梯的扶手上，反弹一下，蹦到地上。恰好是乐乐逃跑时落下的那只鞋子。乐乐把两只鞋兜拢，光脚伸进去，一边穿鞋一边说：“我都二十六了，哪还是个小狗日的，我看我就是个老狗日的，父亲大人，谢谢你啦。”说完就从楼上跑了下去。

刘老五摔上铁门，坐回沙发。沙发茶几是从五间大瓦房里抬上来的。当年，不知村上从哪里搞来一车旧家具，十块二十块贱卖，他和桂花选了这件长条布艺沙发。那时候，这沙发缩在房子一角不显气，现在上了楼，咋看都不顺眼，几乎要把整个客厅占满。刘老五陷进沙发，点了根烟，想起那些心酸往事。

几年前，乐乐考了个不入流的大学。他一个农民除了在地里种庄稼，闲余时间还在黑石城里当装卸工，可是，下苦力挣的钱全叫儿子败光了。好不容易到了毕业，乐乐向家里要了二万块钱，说找工作需要请客吃饭买衣服，还要缴押金，搞长期投资。刘老五觉得时代不同以往，便相信了儿子。没想到那小子跑到武汉进了传销组织，一个劲儿给同学亲戚打电话，发展下线，巩固自己。后来警察把他们的黑窝点一锅端了，乐乐被遣送回来。大伙一看，好家伙，他哪是去上大学，看那长毛邪样，分明是去西北边陲流放了一回。刘老五狠狠教训了乐乐一顿，打得身上带了彩。刘老五说，叫你去念书，谁叫你去挣钱的。刘乐乐说，念书不就是为了挣钱吗，何况我一天挣的钱比你一年挣的都多，咱们不在同一个层次，我的世界你不懂。刘老五气得脸色发绿，举起的手又放下了。

那时候村子还未拆迁，狼狗阿龙还没被毒死，刘老五打儿子全村人都看见了。刘庄人大失所望，因为大家伙依稀记得数年前刘老五曾经当着许多人的面夸下海口。人生有四喜：久旱逢甘雨，他乡遇故知，洞房花烛夜，金榜题名时。如今儿子乐乐考上大学，了却他一桩心愿，他刘老五一生四件喜事皆占全了。有人提出反对意见，说，世有四喜，亦有四愁，那正是寡妇携儿泣，将军被敌擒，失宠宫女面，落第举人心。刘老五听了这话像吞了苍蝇一样恶心，不过很快又恢复亢奋状态，因为那天他在自家院子摆席设宴，请了乡里乡亲左右邻居来吃酒，别人心思腻歪，但咱要把咱的面子留足。

想到这里，刘老五觉得愧对祖宗。王香云撒手人寰，走得干脆，丢了个四喜在世上。他这事那事放不下，却是事事都管不了。看见电视柜上那兜钱镇长送来的火龙果在室内暖气的蒸蔚下变成黑色，刘老五才想寻找四喜的事不易久拖。不要叫钱多多等得火龙果都烂了。

刘老五一天几遍往外跑，到拆成空地的村子里，到四喜家，也到黑石城里的铺面走走看看。这几日，他总是想起以前的事情，想起刘老二，想起王香云，心情莫名低落，好几次在梦里惊醒，年轻时的美好与今日生活隔着一场物是人非的春秋大梦。想得投入，被一个人从后面拍了肩。是鬼一样的刘老九。

刘老九说："咋了，叫几遍不答应，二十万就把你压成这样子了？"

刘老五说："放屁，天塌了我都不愁。"

刘老九说："天塌了有大个子顶，你当然不愁。"

他们说起了乐乐的亲事。刘老五撩腿要走，刘老九扯住他问考虑得咋样，成不成嘴里吐个核，那边等话呢。刘老五还在生儿子的气，心里的想法直接涌出了口：去告诉朱时旺，叫她女儿另攀高枝。刘老九很意外，盯住刘老五看了半天，看到两只眼睛泉干水枯，看到一头乌发染霜落雪。刘老九突然嘿嘿一笑，问他是不是说气话呢。刘老五说没有。刘老九抖平脸说，兄长，婚配之事，男娶女嫁，如今是水也涨船也高，我这个中间人也就挣个千儿八百的茶水费，你别有意见啊。不过我要说，二十万，不高不低中间偏下，过了这个村就没这个店，现在是女娃稀缺男娃满街转，得个两相情愿不容易。别盯着个钱不放，钱这东西，东头借一点，西头挪一点，自己这里紧一点就出来了。娶个好媳妇，幸福三代人，给你端水洗脚的好日子还在后头呢。

“我呸！”刘老五说，“还指望小狗日的孝敬我，你以为是咱们那阵子的人了？”

给了刘老九一个难堪。刘老九挺挺胸脯说，算了算了，买卖不成仁义在，何必动那么大火气。儿大不中用，女大不中留，难怪你家乐乐跟你斗，你这当爹的尽了个啥责任。刘老九转身要走，刘老五觉得自己有些过分，想掏支烟缓解缓解，一摸口袋，只掏出一只打火机。这时候，刘老九主动敬烟，一人一根，刘老五一簇火苗给两人点上。刘老五吞吐几口说，老九，刚才那句话就当我没说。刘老九明知故问，兄长说的是那句。刘老五支吾一声说，朱时旺家女儿另攀了高枝，我怕我那个小狗日的一辈子讨不到媳妇，十六万就十六万，我心里有个数，合计个日子咱们上门说事。刘老九高兴地拍一拍他的肩膀说，这不就对了么。

刘老五继续找四喜，卖菜的花婆告诉他，看见四喜背着个蛇皮袋子往黑石城去了。那里有个废品收购站，想是四喜捡了破烂要去卖。刘老五有些想法在心底发酵，他想说给桂花，他不放心桂花，却十分想说给她听。

那日刘老五在刘十二的废品收购站找到了四喜。从刘庄往黑石城走，那条捣烂刘庄的公路两边建起了几十层的高楼，刘十二的场子就在路边高楼与高楼之间的空地上，拉着铁丝网，围着彩钢墙，东南西北四个角落各拴一只混血的藏獒。刘十二脑子有病，当年他和镇上人对着干，一把铡刃抡得像飞机的桨叶呼呼响。钱组长年少气盛，在路边搭腔，唉，老刘，你这是要刀弄枪练把式呢？秦剧团缺个唱关公的，赶明儿个我给你说说？刘十二提刀上来问，你就是那个拆了刘庄又要征地的钱多多？钱组长说，正是在下。刘十二说，我等的就是你。当时钱组长骑着摩托车，头上套一顶红色帽盔，掀上玻璃罩还未来得及脱掉，刘十二那把短柄宽刃的刀就砍了下来。那刀砍得钱组长很久都觉得自己的灵魂裂成了两半，当下就软坐在了地上，流了一裤裆腥臊的热尿。世上有这号神经病，二话不说动刀子，叫年轻无畏的钱组长着实长了一番见识。这一刀也叫钱多多成了全县征地拆迁领域的大英雄，报纸上刊登了一篇文章叫《宁肯帽盔留刀印，也要黑石换新天》，各种赞誉不绝于耳，各种奖励纷至沓来，一个人如果连死都不怕，还有什么考验不能通过。

钱多多休假疗养的时候，刘十二被武警押走了，后被判刑一年半，罪名是故意伤害。一个正常社会往往拿一个不正常的人没办法，但我们只看到了事件本身而忽视了最终结果。刘十二剃了光头吃牢饭，他那三亩胡麻地就荒了。征地的事拖了一段时间，刘庄的群众发现，刘十二的地荒着也是荒着，于是争先恐后地挖成许多小畦子种菜。等钱组长休养回来，他以命相搏取得进展的三亩土地早已被群众瓜分完毕。以前面对的是一个持刀砍人的刘十二，现在冒出来十几个扛着铁锹镢头的刘大妈刘大爷，那位早年离村现在省委公干的刘老十的瘸腿老爹说，这地虽然不是我家的，但也不是公家的，要想收回，就先赔偿我们的损失。你们这些干部是吃草长大的？咋就容不下我们在荒地上种菜呢？钱组长被骂得毫无脾气，一脚踩燃摩托车的油门，把帽盔儿往头上一扣说，算了算了，惹不起咱还躲不起吗？

后来刘十二刑满释放，那片菜地连夜收割，到了天亮一根黄瓜都没留下。刘十二顺利接手地块，扎起围栏，养上獒犬，开始收购废品，俨然成了一个独立王国。

刘老五看见四喜在刘十二废品收购站硕大的台秤旁指手画脚觉得纳闷。以他对四喜的了解，傻子只有与人起了冲突才会有此举动。他从公路上跑下去，看见门墩后面闪出了刘十二。刘十二从废铜烂铁里抽出一根细长的铁杵，仿佛拔剑出鞘，借助身体的冲击，顺势往四喜的头上抡下去。

“嘿!”刘老五愠怒地大叫一声，刘十二抬头看见公路上跑下来一个人，扔掉手里弯曲变形的铁杵走回了院子。四喜半边脸是血，抱住头呜里哇啦乱跳。刘老五跑过去，看见四喜斑驳的脑袋破了一道口子，血涌不止，把一只手都染红了。他掏遍口袋也没找到止血的东西，急忙从地上抓起一把黄土捂上去。血从指头缝里渗出，把黄土洇染成了一棱黑泥。

傻子死了娘，被人打就打了，没人疼他，也没人为他出头。刘老五心里涌起一种未曾有过的情感，如果是一只猫一只狗也就算了，但四喜毕竟是自己的大侄，脑子坏成了混瓤，也是能感知疼痛冷暖实实在在的一个人。刘老五丢开四喜，冲进大门找刘十二理论，那小子自从劳教释放办废品收购站当起了破烂大王，就变得认钱不认人。刘老五责问他凭啥打人？刘十二梗着脖子说四喜抢他的钱。刘老五说，我不信，四喜从来不偷也不抢。刘十二说，是你大侄你当然护着，不信你问问，都说四喜脑袋不开窍，我看不一定，混瓤咋知道钱大钱小，就他那点破纸箱，我顶多就挣他五毛钱。

原因就这么简单。四喜卖掉的废品总共就值一块四毛钱，但他抢人家手里的百元大钞，难怪刘十二要打他。

七

刘老五给傻子讲镇上的意见——当然主要是他的想法。

“从今往后，我——刘老五——你的堂叔就是你的监护人，谁敢欺负你我就揍他，还有，要给你找个地方住下，给你饭吃，给你烟抽，知道不知道？”

“不知道。”

“不知道没关系，以后见了面要叫叔，我和你爹是兄弟。”

“我爹叫刘铁汉，他杀了我舅。”

“别管这个，叫我一声叔听听。”

“叔——”

“再叫一声。”

“叔——”

“好样的，以后别回家，听见了吗，你家那间破屋子要拆掉啦！”

“不，我要陪我娘。”

“你娘死了，以后要听我的话，知道不知道。”

“不知道。”

“我看你真是个混瓤——给，这个给你。”

刘老五丢给四喜一包烟，四喜抓在手里嗷嗷叫了几声。刘老五一摸口袋，摸到了那份钱多多给他的拆迁协议，心里想，哄个傻子容易，堵住全刘庄人的嘴却难，这事还得按正常手续办。于是，刘老五决定先带傻子去村卫生所包扎伤口。

四喜黑豆一样的眼珠子把他翻了一下，刘老五这才第一次认真地去看那孩子的脸。当年英气蓬勃的刘老二的后代，面皮皱瘪，鼻翼肥大，下颌宽阔，嘴巴凹陷，像一条晒干的蛤蟆。英雄的刘老二如若在天有灵，看到儿子这副孬样一定会难过地大哭一场。

刘老大经营的村卫生所在刘庄新村楼下，店铺前坚硬的地砖上，不知谁泼了一盆洗过衣服的脏水，还没有结成冰，散发着肥皂的气味。带着四喜经过那群闲汉时，刘老五故意放慢脚步，刘十二说得对，四喜是他的大侄，他就是要叫全庄人都意识到这一点。

“老五，傻子头咋烂了？”

“破烂大王打的。”

“你带他上哪？”

“包扎，别叫风钻进去了。”

“香云死了，你接管傻子了？”

“不管不行，谁叫我是他叔呢。”

他们走进村卫生所，当年上吊自杀的赤脚医生就是刘老大的父亲。刘老大为傻子清洗伤口，洗了一盆暗红的泥汤血水。刮去头上的毛发，用酒精棉球擦拭消毒，用碘伏止血，露出一个婴儿嘴巴似的伤口。敷药，最后用一团纱布把半个混瓤的脑袋都给包了。四喜歪咧着嘴，小眼睛里挤出一行泪，不知是感激还是疼痛，很配合医生的治疗。刘老五告诉刘老大，药要多上一些，布要缠厚一层，叫全庄人知道四喜的伤有多严重。刘老大说，伤口愈合必须透气，这样刚好，不然会化脓。刘老五没有再说啥。临走要给钱，刘老大剜了他一眼。刘老五把一张一百元的票子搁在柜台上，四喜上去一把攥进了手里。刘老五叫他还给刘医生。刘老大不喜不悲地说，叫四喜拿着吧，不用钱。刘老五不好意思地说，这怎么能行呢。刘老大说，这怎么不行？我爹当年为了他能活下来，连命都搭上了，要是为钱我就不给他包扎。刘老五说，大牛叔两命换一命，保下来一个傻子，可惜了。刘老大说，不可惜，都是命，又有什么可惜的。

两人出了门，一前一后走。四喜头顶雪白的纱布在冬日灰黑的光景里分外耀眼。冬闲时节，庄里人无事可干，加上外出务工人员返乡，闲汉队伍日益壮大。刘老六手插裤兜嘴嗑麻子，嬉笑着问：“老五，四喜这是给谁戴孝呢？”

刘老五心里盘算着快点把拆迁协议签了，朝那堆乌鸦一般聒噪的人群甩了句话：“只要是刘庄的老少爷们都给戴，没死的抓紧时间。”

闲汉们不满意这样的回答。刘老六喷出一嘴麻子皮，仿佛怀孕的母鱼释放出一团鱼卵。刘老六说：“老五啊，你还真说我心坎里啦，我是想上吊没绳，想跳河水浅，我是想死都死不掉呀。”

错过身子，刘老五说：“死不掉就好好活着。”

告别一堆插科打诨的闲人，刘老五带了四喜回到刘庄新村的单元房。桂花生气他事先不打声招呼，嘟嘟囔囔说一个乐乐娶不到媳妇都发愁，你这是要把四喜领回来当儿呀。刘老五拽了桂花进了卧室，神情严肃地告诉她四喜家的拆迁款可以暂时支应乐乐婚事的彩礼，这钱咱就算借。桂花之前对那钱也有想法，听了刘老五的话，一下子高兴起来，雨过天晴一般，在衣襟上擦了两把手说，我这就给咱做饭去。

客厅里，刘老五坐在几日前钱镇长坐过的位置上，掏出征地协议，展开来放在眼前。又从茶几低处的抽屉里翻出一盒干巴的印泥，歪歪扭扭地写上监护人的姓名，工工整整地押上指印，那一刻他几乎想不起自己的名字叫刘铁牛。刘老五郑重其事地告诫四喜，下半辈子叔就把你的生活接管了，只要在纸上按个手印。

四喜听不懂，看见白纸上的红色手印，傻子想起当年枪毙刘老二的刑场。他缩进沙发角落，像一只受了刺激的鳖。刘老五说，怕啥，叫你摁手印又不是要你的命。刘老五硬将四喜拽过来，把他干枯的爪子从袖管里剥开，抓一根指头狠狠地戳在印色里，又在征地协议的乙方栏里拓了一下，纸片上就留下了一枚货真价实的四喜的指纹。刘老五说，不签名字了，镇上没要求，其他的，你叔我就替你办好了。四喜惊恐地呜里哇啦乱叫，血——血——杀人——我爹杀了我舅——砰——砰。刘老五佯装生气地说，哪里是血，这是钱，四喜，你到底是个混瓢呀。

房间里很快传来炒菜的油烟和饭香味道，桂花端上来一盘番茄炒蛋，一盘腌辣椒，盛了三碗白米饭。四喜不习惯坐在沙发上吃饭，当乞讨和受人凌辱习以为常，饭来张口在他混瓤的世界里就成为一件十分吊诡的事情。不是不识抬举，他是怕呀，这么多年来，除了母亲王香云没人关心他的生活，也没人为他烹饪过一顿热饭，任何无端的施舍都叫他心生恐惧。四喜双手搂着肩膀，龟缩着脑袋，不时用那双老鼠一样的小眼睛偷偷往外瞧。桂花到底是个女人，心软下来，在米饭上分了一些菜，端到四喜面前。桂花说，四喜啊，别怕，我是你婶，吃饭吧，以后没人再敢欺负你了，看把我娃吓成啥样子了。四喜不理她，桂花把饭递到跟前，香味儿在空气中游荡，钻来钻去。四喜一把将白花花的米饭和黄灿灿的鸡蛋打翻在地，碗也摔碎了。

刘老五张手就是一巴掌，打在四喜的脑瓜上。没想到他的脾气这样暴躁，打下去又后悔了。四喜抱住脑袋，哇哇地哭起来。刘老五看见那颗缠着纱布的脑袋像一朵盛开的百合，突然想起闲人刘老六说的四喜这是给谁戴孝呢。

丧气，真他妈丧气。桂花哭了，眼泪哗哗的。桂花说："傻子呀，唉，你就是个傻子，分不清好歹，但饭还是要吃的呀。"

从那时起，刘老五和桂花决定把四喜安置在地下室里。这家他没法住。

地下室狭窄逼仄，暗无天日，走道里的灯泡坏了快半年没人换。桂花每天捏着手电筒去喂鸡，只要听到脚步声，鸡们会一齐拥到门口，拍打着翅膀，争啄撒在地上的玉米。可是好景不长，因为长久处于黑暗之中，鸡们内分泌失调，神经紊乱，最近连蛋都不下了。每天吃饱了就站在架上，站成了几具鸡尸，桂花推开门，十只母鸡死了八只。

桂花怀念那群鸡，没有鸡就没有蛋，但正好给四喜腾出了一个独立的空间，从此傻子吃喝拉撒全在里面。刘老五清理掉里面所有能用和不能用的东西，重新安装灯泡，支起了床板，桂花铺上被褥，插上电热毯，给四喜安置了一间能遮风挡雨的去处。如此，他白天出门流浪，晚上进门歇脚，也是尽了做叔做婶的一番心意。可是地下室的条件毕竟有限，前日刘老八牵来一只大黑狗，在门厅垒了狗窝，那畜生没日没夜地叫，加之楼道有回音，一声狗叫扩出八九声，简直能吵死人。还有刘老十的瘸腿老爹总捡一些柴柴草草的东西回来，堆得楼梯口严严实实，过去个人都要侧着身。安全员米大姐警告了许多回，他反倒以死相拼。

也该出事，就在那天晚上，四喜的新家刚刚布置妥当，鸡窝狗舍还都在场，突发的一场大火，把刘老十瘸腿老爹辛辛苦苦捡回来的柴草烧了个一干二净。

“四喜——四喜——”刘老五站在院子里吼。

浓烟滚滚，火势逼人，大家各喊各的人。住在一楼二楼的人像烟熏的鼹鼠从窗洞里逃出来，沿着救命的木梯爬下，落到院子里哭天抹泪，一副死里逃生的狼狈相。更高楼层的人下不来，打开窗子哭爹喊娘，桂花叫老五，乐乐，刘老五站在院子里喊四喜，四喜。

消防车赶到时火烧得正猛。刘庄新村的院子里到处堆放着老宅的废旧物件和破烂家具，消防车根本无法靠近。幸亏人多力量大，众人浇水水汪洋，火很快就扑灭了。消防员撩开青白色的烟瘴和热雾在地下室搜寻伤员，没有发现四喜，却意外地找到了几只烧鸡和一条烤得焦煳的烹狗。

对于刘老五，这个结果已是不幸中的万幸。

八

四喜那晚回老宅去住了。他将烟头扔到了刘老十瘸腿老爹码放整齐的柴草堆里引发了一场小型火灾。当然这是大伙后来的猜测，刘老五拒不承认。

第二天，刘老五打电话联系了钱多多，然后带着四喜到镇上办理手续。镇长到底是镇长，一个电话调动了五个干部，派出一台装载机和两辆翻斗车，直扑刘家小院。刘老五坐在镇长办公室的人造革沙发上不停抽烟，他在等一个消息，这消息就像当年射穿刘老二脑袋的子弹一样，一锤定音，一击致命。

他感到恍惚，往事像镜子一样照着他，让他形影毕现。他仿佛回到当年，独自伏倒在刘庄田野的那棵小白杨树上，等着村里人带回一则残酷的消息。那个消息与杀人的子弹有关。刘老五惶惶不安，那夜与关砣青年的交涉，本来他们已经握手言和，但喝了太多的酒，场面就不受控制了。黑暗中，他手里的木棍抡下去同样有种打碎瓦罐的感觉，震得虎口隐隐发麻。他丢了棍子，却也被人敲晕了过去。枪决刘老二那天，他不敢去看，就在无人的田野坐着，直到暮色掩映，地上起了一层薄雾。天空暗蓝，山影幽黑，星辰离离，他抬头，看到一颗拖着尾巴的流星掉在了南山头上。

他不能说出来，亦无法置身事外，愈挣扎愈深陷，唯有痛苦，叫他的内心得以安宁。他一直在想子弹击碎脑袋的感觉。后来，刘老二在梦中告诉他，那一刻，咚的一声，就像叩开了一扇沉重的门……

漫长的等待中，刘老五看钱镇长办公室里阔气的摆设。他屁股搁在一小块皮革上，周围还有一圈沙发，胡桃木的办公桌暮气沉沉，桌面上竖着一截亮灿灿的水晶杯，钱镇长坐在大老板椅上腆着肚子看文件，嘴里偶尔骂一句。身后的墙上挂着一幅书法，大楷书写着“勤政为民”。刘老五认得那几个字，他突然觉得这地方不该是他一个农民进来坐的。刘老五把房内的摆设看了一遍，又盯住眼前盆栽的绿植看，那是一棵橡胶树，南方人把它种在公园路边，北方人却把它养在花盆里。显然那是一棵被人精心打理过的树，叶片油亮厚实，枝干端正挺拔，一只臭虫的尸体仰面躺在黑色的土壤上，旁边是一堆新鲜的犹如动物粪便的残茶。他看得入神，看得自惭形秽，心中泛起久违的感觉，仿佛一条水蛇游进记忆，叫他的心情陡然紧张。但毕竟时间太久，关于刘庄当年的往事缥缥缈缈，很快又如烟雾散去。

钱镇长的电话响了又响，四十分钟后，尘埃落定，当年上演四喜临门的神奇老宅被夷为平地，刘庄最后的堡垒被攻破了。

钱镇长说话算数，指派小王会计跟他去大街上的储蓄所兑现钱款。刘老五给钱镇长敬了一支烟，钱镇长说他不抽。

办理取款的手续很顺利。出乎意料的是，刘老三也来了。

刘老三腋下夹着黑色皮包，刘庄人都知道里面装的是村委会公章。刘老三闪着两颗金牙说：“贤弟，你就是打我一顿我也要来，我这是受镇长钱多多的指派，公事公办。”

刘老五问：“什么意思？”

刘老三把自己指一下说：“本人是村委会主任，来作个见证，如今这啥事能不经过村上。”

刘老五听明白了，是钱镇长叫刘老三来监督他的。刘老五说："别动不动说村上，就说是你刘老三。你要什么心眼我还能不知道?"

确实，十万块钱不是个小数目，用来压咸菜也有些斤两。镇村来人当面签字见证，柜台里边那位长相俊的年轻女服务员查看了刘老五和四喜的身份证，拍照录像之后，从小王会计递进去的一张绿色的存折上提出十捆崭新的百元钞票。那钱仿佛早春的桃花，红艳艳的，散发着馥郁的芬芳，令人心旌摇曳。"这么多钱是我的了?"刘老五拿起钞票一掂量，就感到手指抽筋，冷汗直流，一种从未有过的惊慌失措与兴奋不安相伴着从他的心底冲出来。他感到周围的一切都在旋转，整个世界变成了黑白两色的陀螺。他只想赶紧把钱拿回去交给桂花，叫她仔细数一遍，锁到箱子里。越快越好。

刘老五沉浸在美好的遐想当中，女服务员提醒他还需要什么帮助。刘老五要了一张报纸，利索地把钱裹起来，回头向坐在椅子上的四喜挥挥手，喊他走。

这时候一直在旁边观察情况的刘老三走了过来，像只楔子插在他和四喜中间。

"贤弟，就这么走啦?"

"不走还等人家管饭?"刘老五觉得头晕目眩。虽然十分反感刘老三，但人家是一村之长，管辖全村的大事小事，偏就在这窄处等着人。刘老三毫不避讳地说："这字我是签了，责任我也背了，钱就没我的份了?"

刘老五心中的怨气咕咚咚冒上来，说："有你个屁。你是见钱眼红了。"

刘老三没想到刘老五会说这样不近人情的话，左右看看，讪讪一笑，说："你等着!"

本来以为刘老三要扬长而去，走到储蓄所外头，却又上来搭话。

"贤弟，做人要讲个义字，我刘老三的名字再不值钱那也不是随便给人往纸上戳的。四喜傻，村上还有个监管的义务，别以为你是他叔，就能把好事包揽，把坏事推掉，你要这么弄事，咱们就走着瞧。说句不客气的话，你把村上当瞎子，难道刘庄人就不说话了?大家眼睛都亮着呢，都盯着你呢。"

"我是他叔，谁有个屁放上。"

刘老三哼哼鼻子说："是叔也是两家人，你就这样把人家的钱白拿了。"

"谁说我要白拿？香云死了，房子拆了，没人看着，你叫傻子一个人在世上晃？你说村上有监管责任，村上能管了他的一日三餐？能管了他的生老病死？"

刘老三咳了一口浓痰在嘴里转转，酝酿半天，啐到马路牙子上。他真后悔不该按钱多多的意思当中间人签字，办了公事没讨下个好，还被刘老五日噘一顿。刘老三说："老五，今天的话先搁这，我看十万块钱你给傻子怎么花。"

"想怎么花就怎么花，我呀，还想给四喜娶个媳妇呢。"刘老五随口这么一说，却觉得这句诳语说得很不是地方，尤其是对刘老三。

刘老三吃了哑巴亏，瘦小的身体在刘老五跟前丝毫不占优势。他盯住刘老五看了半天，指头指了指，想说什么却一句也说不出。

刘老五转身走入人群。耳边传来音乐，他看见傻子在街对面的化妆品店门口手夹香烟孑然而舞，身体竟也不由自主地飘浮起来。三年前，为了村子拆迁，刘老五跑到刘老三家里，一拳砸掉了他的两颗大门牙，为此戴上大铐坐上警车，被拘留了十五日。刘老三不是个省油的灯，他呀，被直接送进了医院，而且这救护车还是刘老五打电话叫来的。刘老三要死狗，躺在黑石医院里不出来。他放出狠话，一颗门牙五万块，刘庄人谁要不服，欢迎来砸。都啥年头了，还提着拳头弄事，吃不了叫你兜着走，这次不放点血，往后我这村主任不被人打死了吗？拳头硬，总有你软的时候，我还就不信了。十五日后刘老五回来了，刘老三还在医院里打吊瓶呢。桂花给人家端吃端喝伺候着。没啥毛病，从头到脚检查一遍，每日挂一些营养药品，重要的是他要求医院为他镶了两颗美国进口的金钯合金烤瓷牙。

桂花跑回来跟刘老五闹："我把攒下来给乐乐娶媳妇的钱都拿出来了，五千块交给了拘留所，三万块交给了县医院，你倒好，躲了十五天清闲日子。那刘老三是好惹的吗，人家和社会上的人有来往，大清早一开门，门口挂着三个大花圈，几个混混胳臂上文着青龙白虎，跑到家里来，我不给医院拿钱能行吗？乐乐被打了一顿，几天都不敢回家，那几个混混还说要割掉他的两只耳朵，你听听，人家不是明摆着要给刘老三报仇吗？拆了刘庄，大家伙的房子都扒了，又不是我们一家。你当什么英雄逞什么能耐，全刘庄人都不管，就你爱做出头鸟。走吧，今儿个随我去医院，做兄弟的给老三低个头，叫人家早些出来，省得把咱的钱糟蹋光了。”

大瓦房外的杨树上，夏蝉无休止地叫着，正午的阳光落在院子里，仿佛倾了一地水银。屋子里黑沉沉的，刘老五看见桂花疲惫憔悴的脸上泪珠晶莹。

“好他个刘老三！”

“我看你是想把我们娘儿俩都害死。”

“从今起，别去医院，你们待在屋里，我看谁敢来寻事！”刘老五眼里冒着凶光，这时候有个人他都敢杀。

桂花哭着说：“老五，你这人就吃亏在了脾气上，啥事不能好好的？刘老三该打，全村人都看出来是他在捣鬼，可谁说了？都在心里装着，都装傻子。我这辈子跟了你，还以为你会打我，可你一辈子都没动过我一根指头。”

刘老五搂住桂花，他的心何尝不是肉做的，又何尝没有委屈。他想哭，却不能哭，动情地叫了一声桂花。

桂花破涕为笑，不好意思地推开他，“抱啥抱，年轻时都不抱。你回来就好，你回来日子就有了胆。”

拆迁组上门做工作，刘老五第一次见到钱多多。钱组长年少气盛，但没有那种盛气凌人的感觉，说话之前先笑笑，总是用一种商量的口吻与人交谈，想发火都发不起来。钱组长来到家里，也不客气，婶子长婶子短地称呼桂花，对刘老五又是一口一个叔。他来时手不空，拎两瓶酒，说是来看看老叔老婶，其实他们心里都清楚，还不是为了拆迁的事。但人家不明说，咱还得安礼数来。桂花钻进厨房做饭，钱镇长嚷嚷着要吃饸饹面，三五个干部就坐在刘老五家的沙发上喝茶看电视，等着一顿下午饭。吃完面再喝酒，你来我往，微醺之后，钱组长支开旁人，开始谈正事。

钱组长试探道：“叔，咱省掉那些大话套话直接说实话吧，拆迁的事不能太落后，你说对不？”

“对，你们不是有句话，叫前头的下馆子，后头的挨板子么。”

“瞎说。呵呵，不过是有那么一句话。正好二万块钱在我手里攥着，啥时候要，我给你送过来。”

刘老五吃惊不小，“不是说是五万块钱吗？”

“叔，你是不知道，这两万元是搬迁奖励，最早搬迁的十户人都有。本打算早点给您，您却去了一趟那里，耽搁了些时日。”钱组长用指头一比画，意思是进了拘留所。

“不义之财，不要！”刘老五喝了一杯酒。

“不要白不要！”钱组长跟了一杯，赶紧斟酒，说：“名声都出去了，全刘庄人都知道您得了搬迁奖励，你要觉得不方便，我就跟桂花婶子说，跟乐乐说。”

“不要，拿了这钱就等于把刘庄出卖了。”

钱多多又喝了一杯，刘老五要陪，被他阻止了。钱组长说：“叔，喝了这杯，我说句话，不管是对是错，我喝酒在先，请您包涵。这钱必须得拿，像你这样重义气的人全刘庄也没有第二个，我说得对不对？你凭啥为了他们苦了自己——不值。你去听听人家怎么议论，人家说你想当宋江，他们不跟你干。呵呵，我还是头一次听，你们这小小刘庄还成水泊梁山了。眼下刘老三还在医院耗着，这点钱够支应这件麻烦事了。你不该揍刘老三，你一打就把这黑锅背了，人家以为你俩为了钱才闹开的。”

“宋江？”刘老五轻蔑地说，“我他娘是宋江就好了。”

“叔，您别介意，这钱接过去，了结完医院的事，咱给你走个人情关系，以后公寓修起来，给你弄个好楼层，刘庄拆迁铁板钉钉，与其这样耗着，还不如早做打算。”

刘老五异常清醒，他知道钱组长也没醉。钱组长的话没错，如今莫说拆迁的事，一个躺在医院的刘老三都够他喝一壶的。刘老五说：“娃娃，看你年纪轻轻，见识不浅。不过我刘老五一条道走到黑，不撞南山不回头，你的好意我心领了，谢谢你来陪我喝酒。”

后来几天，家里再也没进来过一个人。手机也沉寂了，没一个电话打给他。桂花站在门外的大杏树下望着村口，骑电动车开三轮车的人打门前走过，桂花有意搭讪，别人匆匆敷衍一句，目光怪怪的。村子没拆，大伙就别扭上了，这是哪门子事呢。

桂花不理解，我家老五这是得罪谁了！

那天晚上有月亮，他俩躺在炕上想心事，要是没有刘老三那档子事，拆房就拆房，别人能行，咱就能行。可眼前两件事一件都安顿不下。

“几天了？”刘老五问。

“啥几天了？”

“我回来几天了？”

桂花心里数数，男人回来的第三天晚上钱组长来喝酒，宣传车停在村口哇哇响。钱组长走后也有四个夜晚了。桂花说：“七天了。”

“七天？”

桂花又是长叹一声，“咱的三万元扔进河里还有个水花，这事拖下去也不是办法啊。”

听得院子里狼狗阿龙嘶嘶呜呜喘气，刘老五突然说：“桂花，以后上楼阿龙也得跟着咱们去。”

桂花说：“没见过哪个住楼房的家里养一条大狼犬。”

刘老五支起耳朵听了听说：“不对，阿龙的声音不对——院里有人！”

“啊！”桂花一骨碌坐起来。刘老五摁住桂花说：“你别出声，我去看看，院里是有人。”刘老五穿条大裤衩，光着上身，跳下炕趿着鞋，他想从屋里寻件趁手的家伙，找找，没找到，最后从里间的案板上掂了一把菜刀。刘老五拉开门，外面落了一地月光，院子里亮堂堂的，他看见一道骇人的黑影骑在院墙上，刘老五惊叫一声：“谁！”那黑影被吓到了，“啊呀”一声，像一截木头栽下去，把一汪清浅的月光砸得水花儿四溅。

刘老五大喊：“日你娘的贼——”他手里的刀子闪着银白的光芒，仿佛撷了一道月光。

“刘老三，你狗日的来呀！”刘老五撵出去，拉开大铁门叫嚣，那道黑影已经跑远了。刘老五追了十几米后突然站住，他看见那道黑影跛着脚，要追也能追上。

后来村里人说，那天晚上，刘老五拎着菜刀追砍蒙面黑衣人，黑衣人是飞檐走壁的江洋大盗，专来盗窃刘老五家里的五万块钱，结果出师不利，反被刘老五狗撵兔子似的赶出了刘庄。可阿龙还是死了，是被黑衣人下了药。桂花把阿龙埋在村子后面的半山腰上。她越想越害怕，黑衣人潜入她家要干什么，既然毒死了阿龙就说明还有下一步的动作，难道要杀人？桂花紧张起来。她望着山下，这时候村子已经开始拆迁了，刘庄小学烂成了一块疮疤，刘老四和刘老七的宅院连在一起，被捅开一个不大不小的门子。刘庄保不住了！桂花仔细看了一眼尚且完整的村子，就觉得黑石城里竖起的高楼像一片污浊的巨浪拍下来。

桂花决定去找刘老三私了。她先找到宣传车，找到钱组长，要回了那二万块钱。钱组长问她怎么了，想通啦？桂花说想通想不通就那么一回事，谁跟钱有仇啊。你不是叫我和你说吗，现在我就来和你说。钱组长说，婶子，你大仁有大义，女中真豪杰，这事你跟你家刘老五商量好，免得以后一家人说两茬话，为难我这个办事的。桂花说，商量好了，他为刘庄背了个坏名声，这钱不要白不要，刘庄拆迁，我刘老五家算一户。

隔日去医院，桂花叫上乐乐，还特意买了一箱牛奶。

一箱牛奶才值几个钱呀。但这是个态度，咱低头认错，他还能赶咱出门？借坡下驴，估计他刘老三住医院也不好受。桂花又想，万一刘老三死拗住不放，进门就翻脸，那咱也要忍着，顶多那三万元打了水漂，只要了结了这件事。她怕乐乐到时会受不了，特意叮嘱了几句。乐乐不耐烦地说他啥世面没见过，不就是两颗牙吗，眼下重要的是房屋拆迁政府赔偿，大买卖还在后面，别捡了芝麻丢了西瓜。

刘老三背靠窗户打电话，看见桂花和乐乐走进来，瞅了一眼他们手里的东西转过身去。桂花站着，尽量表现出一副可怜相。乐乐叫她坐，她不敢坐。

刘老三挂了电话，说："来稀客了，我还以为你们一拍屁股走人，把我晾在这了。"

桂花刚要赔不是，被乐乐抢了话。乐乐把他的长头发一撩，露出阴鸷的小眼睛说："刘主任，我怕是要叫你一声三叔，今儿个是来请你出关。"

刘老三哈哈一笑说："小子到底是大地方混过的，嘴巴比你爸能说。去把你爸叫来，这是我们兄弟之间的事。"

桂花撒谎说刘老五正在黑水河边给车装砂，暂时来不了。

刘老三挥挥手，做出送客的动作说："那就改天。"

桂花眼里喷出了泪水，说："哎呀，三哥，我们娘儿母子来求你，总该有个话吧。你兄弟是个啥性子你能不知？儿大由儿，乐乐来了就顶了当爹的，你都躺进医院大半个月了，有钱咱吃掉喝掉穿掉，躺在这里活受罪。医院花多少，我们出多少，就别在这折腾人啦。”

刘老三得意地说：“不是我要折腾，看看，伤残鉴定二级残废。”刘老三故意呲着两颗与众不同的洁白假牙。

这时候乐乐跪在了地上，连桂花都没想到儿子会出此一策。乐乐跪下来磕了一个响亮的头说：“三叔，晚辈替我爸向您叩头谢罪。我爸不识时务，但你不会没有先见之明，刘庄要拆，大伙都等着你主持公道。他们没见过世面，就知道乱嚷嚷，你可要为咱刘庄争取更大的权益，南方大城市，多少人一夜之间拆成了富翁，这对刘庄是千载难逢的好机会呀。”

桂花也想跪，但膝盖弯不下去。她想说什么，却说成了男儿膝下有黄金，乐乐这一跪也够意思了，再这样下去，怕对谁都不好。刘老三说他要的就是这个效果。

过了几天，刘老三不得不离开医院，因为村子拆迁发生了一件大事。

钱组长在电话上说，刘老三，你他娘的关键时刻躺在医院吹凉气，拆的是你们刘庄还是我们镇政府？老子差点被那个硬脖子刘十二当成葫芦劈成了瓢！亡命之徒，简直脑残……你要再敢耍滑溜奸不出面，叫拆迁组当敢死队，镇上就撸了你这村主任。三条腿的蛤蟆不好找，两条腿的村干部还不好找吗？钱组长死里逃生，情绪无处发泄，这串话说出来就像打了一通机关炮，吼得刘老三耳膜扩张，从此不管听啥，耳朵里总像钻了一只嘤嘤嗡嗡的苍蝇。

如今刘庄拆了。如果没拆，村子就像一株大树，每家每户都是筑在树杈上的巢，人就是站在枝丫上歌唱的雀雀。一旦大树倒下，鸟儿就四散乱飞了。

还好，镇上修了刘庄公寓，钢筋水泥的大树拔地而起。修公寓的时候，刘老四要求把他家院里的一棵碗口粗的蟠桃树留下，做个念想。可是，等大家住进去，换了环境长在楼下花园里的桃树叶子却枯了，第二年春天再也没有发芽。神仙树死得不明不白，但终究是有原因的。人怕酒肉灌心，树怕屎尿浇根，刘庄除了一群人，什么也没剩下。

他们开始新的生活了。

九

刘老五突发奇想，他要带四喜过正常人的生活。

经过几日前的那场大火，住在公寓里的刘庄人终于意识到米大姐的担心并非杞人忧天。楼道的环境是该整治了，镇上趁机开展了一场安全知识进社区活动，院子里乱堆乱放的情况毕竟收敛了一些。刘老五重新布置了地下室，有股鸡粪烧焦的味道久久不散。他买了腻子粉，刷白了墙壁，并把从老宅里拆下来的王香云的遗像钉在了墙上。刘老五知道，傻子不能没有这个。

春节快到了，刘老五带傻子来到黑石城，在服装市场上买过年的新衣服。花了一百元，从头换到了脚。他又买了香烟送给四喜，傻子很高兴，叫了他一声叔。

刘老五从来没有这么开心过，他问四喜还要什么，吃的喝的，喜欢啥尽管说。傻子就背书似的说起了那四句话：抽烟要抽那中华烟，捡烂要捡那黄金砖，跳舞要跳那的士高，娶女要娶那小凤仙。刘老五嘿嘿笑了，说他也喜欢，全世界人民都喜欢，但这个嘛办不到。

傻子一路说着这四句话。冬日里，叔侄二人行走在黑石城通往刘庄的那条乌黑笔直的马路上。周围是刘庄的土地，以前种麦，现在荒着，被围墙围住，等待开发。围墙建起来有些时日了，墙面被人胡写乱画，墙角下人和野狗一起撒尿。黑石城是座挖煤诞生的城市，很多产业都与煤炭有关，煤价下跌，楼市萎靡不振。

刘老五问："四喜，你多大了。"

傻子说："不知道。"

刘老五说："你离你爸时差不多四五岁。"

傻子说："我爸杀了我舅，砰——"

刘老五说："走吧，叔带你洗洗垢圿，换上新衣服，过完这年你就三十五了。"

刘老五带着四喜去刘老七的洗浴店。刘庄楼下聚集了七八个晒日头的闲人，叔侄二人从他们眼皮底下经过，嗑麻子的刘老十袖着双手站在人堆里，看见刘老五很不服气。刘庄拆迁时，刘老十钻政策空子，硬往自家屋顶上架了一层板房，得到的赔偿款就比别人多很多。那时候，刘庄人住进了公寓，谁家没个二三十万元的存款。黑石周边的职业赌徒嗅见铜臭，半夜在山上设起场子。他们的把戏相当高明，荒山野岭上带着发电机、帐篷、方便面、矿泉水，当然也带着赌具和刘庄人一辈子也没见过的大捆现金。这些人先是自个儿玩，玩得风生水起。为防止警察突袭，他们找来当地人望风，放哨，把守路口，还找人端茶递水，做些内勤应急的活儿。他们组织严密，神出鬼没，打一枪换一个地方，所有人单线联系，连黑石县公安局的门口也派人盯了暗哨。

刘老十在赌场里是个类似服务生的角色，很快与这帮专业赌徒混得半生不熟。据说，他是临时接手一位当晚手气极佳却突然内急的赌王的牌，一夜之间用一千元赢了十万块。我的天爷！十万块啊，当场刘老十疯魔了一般。以前和刘庄一帮老少爷们玩牌，为一两块钱都要争来吵去的。如今鬼使神差赢了十万，这让刘老十深感白活了四十年了无生趣的前半生。隔日，他又用十万块钱赢了五万。第三天第四天继续只赢不输。刘老十心里愈加欢喜，暗骂那些人，站在刘庄的山头上和我赌，也不看看地下面埋的是谁家的老祖宗，是保佑你们这些王八蛋还是我刘老十。终于在一个杀红眼的晚上，刘老十孤注一掷，把家里的赔偿款以及所有积蓄全部背到了山上押作赌注，决心咸鱼翻身，一夜暴富，创造一个刘庄史无前例的神话。结果——结果可想而知，既然天上能掉馅饼，当然也会掉铁饼。这是个圈套呀，刘老十，俗语说旁观者清，但你这个当局者也应该有所防备，你就一点也没看出来吗？人家大老远跑来不是为了搞扶贫，也不是为了搞人道主义援助。刘老十输光了所有钱，那帮人丢给他两包烟说，抽几口缓缓神，人在江湖走，哪能不湿鞋，有赢有输很正常，别往心里去，明天换个红色的裤衩继续玩。刘老十说，我他妈能不往心里去吗，四十万呀，我是把老祖宗的宅子卖了才得到的四十万呀，怎就叫你们两包烟就给糊弄走了。职业赌徒说，你老小子赢钱的时候咋就不说这话了，难道俺们的钱就是狗屁眼里拉出的屎？

如今，刘老十已经从那段噩梦中走了出来。他站在刘庄公寓楼下看刘庄，看到刘老五和四喜格外刺眼。刘老十挑衅说：“刘老五你过来。”

刘老五说：“有话就说，叫我过来做什么。”

“你这买卖做得大呀。”

“什么买卖?”刘老五问

“傻子的买卖，十万块钱就给买身衣服。”刘老十刻薄地说，“要是我，就给侄儿娶个媳妇。”

刘老五说：“去你娘的，看我不揍扁了你。”

一群人盯着刘老五不怀好意地笑。有人说傻子娶媳妇没用，老五是想给自己采朵十八岁的花。

刘老五骂了一句就走，走到刘老七的洗浴店门口回头喊四喜快点跟上。他看见闲人们往这边瞧，心里多了一丝宽慰。傻子没来过这地方，刘老五也没来过。刘老七以为他们来串门，得知要给四喜洗澡，说话的语气就有些轻蔑。

“啥？四喜洗澡，开什么玩笑，我这又不是福利院，脏了水别脏了池子。”

“老七，”刘老五打断他说，“你不要看不起人，四喜再傻也是咱刘庄的种子，放一池水，我给他洗，钱一分都不会少，卖面的还怕人吃三碗呀!”

刘老七说：“好好好，你要不怕花钱，我就给你上道硬菜。”往里间喊了一声，喊出一位身材肥胖描眉画眼的坐店小姐。刘老七说：“我知道你刘老五这几天手头宽裕，怎么样，别人一百，傻子二百，叫你和四喜好好享受享受。”

刘老五蒙了，赶紧扯着四喜走。

那小姐说，你这是要老娘呢……我呸！不要脸。

四喜用他蝌蚪一样的小眼睛看了看，摇摇头说，嗷……不凤仙儿。

这件事刘庄人很快就说开了，说刘老五带着傻子找小姐。桂花问是不是这样，刘老五如实说他没想刘老七的店里不干净。桂花说她搭眼一瞧就知道那些整天露着大腿的女人不是什么好货。

刘老五心里毕竟愧疚，他想用各种方法弥补对四喜的亏欠。但一个傻子能理解吗？那天刘老九又来了，把门砸得咣当响，桂花在房间里心惊胆战。开门看见是刘老九，心落回了肚子。自从得了傻子的钱，他们总感到不踏实，睡觉也睡不好。刘老九无事不登三宝殿，说马塬村的朱时旺捎来话，叫年前把乐乐的亲事定下来，否则过完年他就要另做打算。刘老九把嘴巴搭在刘老五的耳边说，其实朱家也是听说他这几日得了十万块钱，怕夜长梦多，逼他早做决定呢。刘老五纳闷。刘老九说，择日不如撞日，赶紧备齐四色礼，咱现在就动身。

刘老五面露难色。桂花说，如今这结婚的彩礼一年一个价，过完今年说不定又要涨，既然女方传话，那咱也得表个姿态。

于是刘老五和桂花穿戴一新，携儿乐乐在媒人刘老九的带领下，挈着烟酒糖茶四色重礼到马塬村拜访朱时旺。乐乐和朱家女儿早有联系，急事急办，当天就找了个乡下的菜馆，包下一桌酒席，把这桩婚事给定了下来。彩礼谈到了十六万，朱家人大气，退还两千，十五万八千元，数字十分吉利。这些钱包括了四喜的十万元拆迁款，若非钱财到位，两相情愿的好事又怎么能一纸成婚呢？

解决了压在心头的大事，桂花高兴得不得了。晚上睡下，椽棒一样粗的胳膊就压在了刘老五的脖子上。几十年过来，两个人早已熟悉得像一双手，用手掌摩擦拳头，除了庞然的感觉就是热。那时正是伏天，两个油腻腻的肉人，毫无激情和美感可言。两个人很快就背对着陷入一种无端遐想的平静状态。他们都快一年没有亲近过了。

沉默了很久，桂花说她要早知道情况就把订婚的事往后拖拖，压压价。刘老五问啥意思。桂花说，未来的媳妇肚子大了，朱家人急，乐乐也急，就把咱老两口哄了。刘老五问她咋知道的。桂花说，媳妇儿给她敬茶的时候就看出来了，崽子至少四个月大了，都是过来人，她绝对不会看错。刘老五有些疲惫，懒懒地说，时代不一样了，只要两个孩子有感情，难怪朱时旺那个老家伙催得紧。

一声长长的鼻鼾，桂花故意咳一下，刘老五又醒了。刘老五迷迷糊糊问："桂花，你说那十万块钱咋办呀。"

桂花说："不是说算咱借四喜的吗？"

"不行！咱不能占傻子的便宜。"刘老五坐起来说，"我得给人家打个借条。"

刘老五从烂笔记本上撕了张白纸，用一只干涩的圆珠笔写字。笔不经常用，书写起来有些困难。刘老五在嘴里哈哈气，下足劲给四喜写了一张借条：今借侄儿刘四喜现金壹拾万元整，空口无凭，立此为据。

刘老五说四喜傻，叫桂花妥善保管。

十

腊月二十三是灶王爷上天奏事的日子。

四喜晚上住地下室，第二天一大早就不见人了。刘老五想了个好办法，他往刘十一面馆门口搁一捆烂纸箱，或者摆两个空酒瓶，过不了多久四喜就会出现，将废品拿走。而刘十一这时候会给他打电话，告诉他情况。有了这个办法，刘老五找四喜很方便。

那天，桂花买了一顶棉帽，叫刘老五送给四喜。傻子这几天有些反常，手里经常拿些印刷逼真的冥币往山上跑。刘老五在刘十一的店门口见到四喜，他脑袋上的纱布已经脏得像一团浸润了黑色机油的抹布。把棉帽给傻子套在头上，刘老五掏出手机拍照片。他觉得，傻子戴上帽子就不那么傻了，样子还挺可爱。

刘老五给四喜递烟，四喜接在手里说凤仙、凤仙。

刘老五说："凤仙个屁，这世上即使有凤仙也轮不到你刘四喜。"

四喜不高兴了。刘老五想逗逗他，就用手机放了一首曲子，叫他跳舞。四喜不跳，盯着手里的冥币看。刘老五以为傻子肚子饿，带他进刘十一的店里吃面。

刘十一老实本分，属于傻精傻精的那类人。他的面馆生意好，可地方狭小，只有一间门面房。晚上打烊之后，这家伙偷偷在地下掘土，准备扩大经营场地，改造两个吃饭的包厢。上周的时候，饭馆里来了一对假夫妻，人家刚捞了一筷子面条提溜到空中，地板却突然塌陷了，人从黑窟窿里掉了下去。女的擦破了额头，男的闪了腰，差点没把刘十一吓死。赶紧跑过去，探头往下看，看到一对苦命鸳鸯紧紧抱在一起，泪眼摩挲地与这个世界告别呢。他俩以为世界末日到了，生不能在一起，死也要永相随。

后来两人弄明白了一切，从地下爬上来，死里逃生似的，扔了一百元就走。刘十一追出去找零钱，一对男女已经爬进了小汽车。

刘老五给四喜要了一碗饸饹面，傻子吃了一半不吃了。四喜瞪着黑豆眼说："钱，钱。"

什么意思，钱？刘老五说："你要钱？"

四喜说："我要我的钱，十万。"

刘老五吃惊地问："谁叫你要的？"

"刘刘刘——"

"刘什么？"

"刘刘刘——"

"你他妈真是个傻子。"

刘老五不理四喜，独自抽起了烟。四喜说："钱好，钱能买到凤仙。"

刘老五明白是刘老三背后撺掇，摸摸傻子的头说："四喜，你的钱算叔借你的。"他拉拉傻子身上的衣服，"你看这袄子是叔买的，帽子也是叔买的，还有，你吃的面也是叔拿钱买的，钱呀，早就花光啦。"

四喜好像听懂了他的话，低下头喝汤，喝得很香的样子。

第二天，四喜又跑到家里找刘老五，要他的十万块钱。往常傻子脾气好，被人打了都不还手，但这次，一说到十万块钱四喜就张牙舞爪，眼睛冒出凶巴巴的光。刘老五给烟，四喜不抽，给水，四喜不喝，站在门口一副不达目的誓不罢休的样子。他的帽子丢了，给刘庄人顶白戴孝的那团肮脏的纱布也不见了，露出一块剃了头发粉白色的头皮，缝过针的伤口仿佛一只黑色的蜈蚣。

"帽子哪去了？"

"钱——钱——"

"要钱是吗？"刘老五说："谁叫你向我要钱的？说！"

"我爹刘铁汉，我娘王香云，我舅王大奎，呜呜，钱——"傻子忽然变得像正常人一样。

刘老五浑身起了一层鸡皮疙瘩，但立刻又明白，一定是刘老三教傻子这么说的。刘老五说："傻子，钱长在苦柏树上，只有吃过苦才能拿到——"

四喜伸出黑色的爪子说："钱，我要钱。"

“滚，你这傻子，哪有钱给你。”刘老五想推开四喜，但傻子力气大，赶他出门并不是件很容易的事。四喜像一截压缩的弹簧撞在刘老五的怀里，蜈蚣一样的伤口，针脚处渗出几粒珍珠一样的黑血。刘老五感到脸被刀剜了一下，疼得跳了起来，便看见傻子洇染了一嘴鲜红的牙齿，脸上露出诡异的笑。

老五觉得被自己领养的一条狗咬了。

后来傻子三番五次来砸门。桂花学会了在猫眼里看人，看见是四喜，就和刘老五悄悄躲起来，任由四喜在外面胡闹腾。傻子敲不开门，开始在楼道里拉屎撒尿。

欺人太甚！狗日的刘老三，教傻子整人算什么本事。桂花拽住刘老五哭。唉，到底是个傻子，混混沌沌一个人，你就是打他又有什么用呢。当初就不该染手这件事。桂花絮絮叨叨，毕竟不是咱亲儿子，要是乐乐就好了，你打他骂他都行。撵不走的亲外甥，喂不熟的白眼狼。

刘老五想这是个什么事呀。要是傻子上次被大火烧死，谁还会和他计较这些钱。要是傻子是正常人也好，咱讲道理，借你十万块钱迟早还你，连本带息一个子儿都不差。可傻子就是傻子，傻子现在找上门来了，后面还站着一个坏人刘老三。刘老三黑白两道都有人。整天这样躲着也不是长久之计。如果把傻子关起来呢，那还要自己养着，就像那群鸡，就像刘老十瘸腿老爹养的那条狗。刘老五开始琢磨，要不就去向老三低个头，叫放自己一马。

不行。刘老五立刻否定了这一想法。刘老三不是为了一句道歉的话，他是为了钱。而钱对刘老五来说，已经像涝坝里的水，见了底了。

第二天就是年三十，刘老五包了几个桂花刚煎好的油饼去找四喜。鞭炮声里，他看见四喜独自蜷缩在刘庄公寓底下。街道上没有几个人，几乎所有店面都关门歇业了，家家户户门口贴着红纸黑字或红纸烫金的对联，喜庆的气氛笼罩着整个刘庄。那些闲人懒汉也不见了，窗户里飘出酒肉的香味儿。刘十一餐馆门口写着：走遍五湖四海，吃尽南北东西。好大的口气呀！

刘老五递给四喜油饼。傻子说：“钱——钱——”

刘老五掏出几张红色的钞票给他，傻子很高兴，与口袋里的冥币叠放在一起。刘老五给傻子点了一支烟。刘老五说，四喜，钱在苦柏树上，吃了油馍，抽完纸烟，叔带你上路，去山上找吧。不要怪叔，你一个混瓢活到老还是个混瓢，逃了这世苦，来世再做人。

傻子把油饼塞进蛇皮袋子，摆出那副潇洒的姿势吸烟。刘老五突然发现，四喜抽烟的动作确实很神气，嘴巴品咂香烟，食指和中指始终错成一个标准的胜利者的手势。那一刻，仿佛有什么东西撞到了刘老五蚌肉一样柔软的心，一阵抽搐。他抬起头，凝滞的阴云压下来。新年就要到了，有多少人走向幸福，有多少人窥见了希望，又有多少人守着似乎永远也不曾改变的生活迈向生命的终点。刘老五的眼睛潮湿了。他，幻起幻灭。他，形影相吊。在一种凝滞的令人窒息的空气里，他看见四喜从袋子里掏出母亲王香云那张本该挂在墙上的遗像，用一簇火苗点燃了真假掺杂的红色钞票。

傻子跪在刘庄楼下坚硬的水泥路上祭奠死去的母亲。照片立在墙角。王香云还是年轻时的样子，向着人世间的刘老五蹙眉一笑。风吹过，旋空的纸灰犹如几只黑色的蝴蝶，翩翩飞舞，又很快破碎了。

（原载于《飞天》2018 年第八期）

安　口

一

不知是哪天，也不知是哪个人最先发现安口窑的大烟囱不冒烟了，怪模怪样的，像根巨型木桩戳在天上。

许多年了，人们早已习惯一抬头就看到它口吐黑烟，激起大半个天空的污云浊浪。而此刻，它已然寿终正寝，静静矗立在镇子中央，让人们隐隐觉得某种厄运的降临。

第一天，人们还以为是国营陶瓷厂临时停产，但到了第二天第三天，依然不见起色。大约在第七天的时候，厂务会正式宣布工人放假，于是安口窑的人们终于明白，这个全镇最大的国有企业要倒闭了，这才是大烟囱不冒烟的真正原因。

是啊，光是这个直插云霄的怪物就足以令人心惊胆战的。类似的事件是，许多年前，我老家茜家沟的田野上，一夜之间竖起了许多黑色的木桩。它们排列有序，每隔五十米就有一根。我那个读了几年私塾又在黑石城郭记典当行当过账房先生的老祖宗怒不可遏，他认为这些黑漆漆的烧火棍子指了天，对上苍不敬。于是他掂着一把老镢头挖倒了三根电线杆子，就被背枪的民兵扭送到了公社主任面前。他口里振振有词，头顶三尺有神明，如此行径简直令人发指，是不可饶恕的罪行。因为太过愤怒，他的山羊胡须不停抖动，眼睛充了血，看上去一点都不像个温良的耕读之人。之后，一种叫作“电”的东西沿着木桩之间的胶皮线路流进村子，黑夜顿时变得亮如白昼，正应了老祖宗经常挂在嘴边的古老预言：灯头朝下，铁牛犁地，时代变了啊。

大烟囱不冒烟了。那时候，我和父母住在离此不远的一家食品工厂的筒子楼里。一个月前，黑石县商业局把厂子卖给了财大气粗的安口窑信用联社。据说，人家要在这块地皮上建两幢家属楼。上级下了命令，食品厂的工人必须在三十天内搬离厂区，免费住公家房子的年代一去不复返啦。工人们坚持了一段时间，然而等来的却是拉闸断电的粗暴驱赶。几个小青年敲碎窗户上的玻璃以发泄心中不满，还有人在宿舍里放火，烧毁了一些垃圾余孽。但更多人选择接受现实，他们摘走了房间里的灯管，拆除了公家置办的窗帘，还用虎头钳子拔下窗格子上的小铁钉，把那些沾染岁月风尘的玻璃用旧报纸包起来，塞进行李袋中。他们清楚，下一步另谋生计，留着这些东西，省得到时候再破费。

工厂大院里有个裹着砖墩的公用水龙头，一年四季都在嘶嘶漏水，像得了前列腺炎尿不干净的小老头。源源不断的水流汇聚成池塘，一到夏天，满是绿莹莹的浮藻和一团一团黑乎乎的蝌蚪。我经常跑到厂区外边玩耍，不远处就是宝中铁路。我曾经把一枚大钢钉放在铁轨上，被飞驰而过的机车轧成宝剑一样的锋刃。我也曾跑到灯具厂的生产车间，看工人们把融化的玻璃吹成漂亮的灯泡。而现在，这些快乐变得不值一提。每天，我都会站在楼梯口，看火红的夕阳从山头上一点一点掉下去。天色是很容易黑下来的，夜色来袭，我便陷入长久的黑暗中。

我不知道明天的事，没人告诉我，直到大烟囱像火把一样熄灭。

那天，厂长李红离开了我们。

李红的出走带有一些悲壮的色彩。有人看见他穿上十几年没穿过的黄布军装，胸前挂上二级战斗英雄的荣誉勋章，洗脸剃须，又给三接头皮鞋打蜡上油，把自己好好拾掇了一番。那是在傍晚时分，他背着一只军挎包，走进安口窑那条灯火辉煌、永不谢幕的街市，坐在摊子上独自喝酒。酒足饭饱，抽完一包香烟，摊主问他还要点什么，他哈哈大笑，一个劲地说："回不去了，回不去了。"之后，他摇摇晃晃走出街道，走进夜色，走上了通往山外面的公路，与所有人来了一场不辞而别。

人永远只有在事后才发现自己的愚蠢。李红的遭遇，我很清楚。厂里的女工阿蔡想调换个轻松一点的岗位，就去巴结厂长。女人若想靠近男人，最简单的办法就是利用姿色，而这个阿蔡长得确实还不赖。之前，她是怎么勾搭厂长的，没人知道，倒是女工们私下议论李红和我母亲陈阿萍之间撇不清的关系。无疑，我们两家做了十年邻居，再加上李红孤家寡人，一些瓜长蔓短的闲话很容易叫人信以为真。

真正落下口实的是在一次全厂的职工大会上，厂长李红竟然当着二十多号女工的面，夸赞我母亲是女中豪杰。厂长的原话是这样的："你们这些只知道领工资不知道讲奉献的懒病秧子，不要以为国营工厂是养老的家属院，本厂长不管你是哪个书记的老婆，还是哪个局长的大妹，只要在我手下干事统统都是我的兵，溜奸耍滑不出力的，本厂概不欢迎；还有，如果你觉得庙小神大，伺候不下，请随时走人；你们也不看看人家陈阿萍，缝纫机踩得当当响，凭本事吃饭，多劳多得，你们呀，出了这个厂就得端个碗去要饭了。"

本来，这样的会就是老生常谈，念念紧箍咒，强调一下纪律，伤不着谁的。可是，那天阿蔡存心要给厂长找难堪，她从人堆里站起来说："李厂长，好歹咱也是名正言顺的国家工人，也是无产阶级的先锋队，我们活儿轻松不假，但那是按劳分配，就是要饭，我们端的也是铁饭碗。要说那些个体户，就是穷极了逼上墙的贼大胆儿，抓一把算一把，抓不到了饿三天，这份事业呀，俺们还瞧不上呢。"

厂长没想到阿蔡会顶撞他，大声呵斥她坐下。阿蔡偏不坐，杵在那说："李厂长，今天你要不把我岗位的事给解决了，我就闹你的会场，凭什么别人干少我干多啊！"

阿蔡说这话的时候，把头发撩到耳根后面，神色微微有几分自得。他瞟了一眼周围，当时会议室里挤满了人，三五个女工在织毛巾，两个在剪指甲，一个年轻点的拿着小圆镜子描眉画眼，还有几个蠕动嘴巴嗑着香瓜子。这时候，突然有人带头给阿蔡鼓掌，她们都坐在一条板凳上捏面团子的人，谁管你讲的什么三大纪律八项注意。

厂长冲着阿蔡说："你这是什么思想，我看你呀就该老老实实在面点车间待上个三年五载的，歪门邪道，还想去那销售组干厂里的脸面活，门儿没有。瞧瞧你们糕点班昨日烤的那批面包，火色深得像包公的脸，扔到路上能硌车轱辘，不说手艺长进了，就光练了个嘴皮上的功夫。"

阿蔡酸酸地说："哎哟，李厂长，这话不妥吧，不过您的意思我懂，我们全厂女人都不如您心目中的穆桂英呀！"

这话直指我父亲，有挑衅的成分。他扭扭身子，脸红的像猴屁股。

"蔡朝霞，你什么意思？"李红问。

阿蔡斜睨厂长，回答："没什么意思。"

李红下不了台了，黑着脸，一拍桌子说："滚出去，你算什么东西。"

阿蔡也不是吃素的，回答："我就偏不滚。"

"不服管教，说你几句还想造反了？"

"谁说我要造反，我要告你乱搞男女关系。"

众人哗然。李红站起来说："你哪只眼睛看到我搞男女关系了？告诉你蔡朝霞，你那一套在我这里吃不开。"

阿蔡估计心里阞了，想溜，撂出一句狠话："这班，老娘还不上了，看你能把我怎么样。"阿蔡踢翻一条板凳扬长而去，留下满房子惊愕不已的人。李红追着说："我看你还能上了天，离了狗粪还不种胡萝卜了，你去呀，去呀！"

自那以后，阿蔡就再也没来上班。李红说，旷工十五天就要开除，阿蔡的行为严重违反厂规厂纪，一定要严肃处理，以儆效尤。大伙掐着指头计算阿蔡离厂的天数，猜想她什么时候回来，和厂长较量一番。可是，少半个月过去了，没等回阿蔡，却等来了关于食品厂企业改制的红头文件。那时候，安口窑的大街小巷已经在播放《从头再来》的歌曲，一位明星在电视上声嘶力竭地唱，有那么两句歌词是：心若在梦就在，天地之间还有真爱，看成败人生豪迈，只不过是从头再来。

很快，县上的工作小组进驻厂子，三五个人，有男有女。人们这才觉得大难临头，改制要改到自己头上了。那天，厂长办公室里传出激烈的争吵，李红在我心中的形象一跃高大起来，十足的英雄好汉，他敢给县上来的人称老子。你听他是怎么说的：

"老子到了这个岁数，黄土早把蛋埋了，咋个叫从头再来？"李红的声音很硬实，像是用锤头敲出来的。

"你要理解，像阿蔡这样好吃懒做的人都是喝社会主义血的蛀虫！"这是一个温和的声音。

“谁要从头再来谁来，反正我是不来了。”

“李厂长，一厂之长你就这点觉悟呀，你不想从头再来，我也不想从头再来，但厂长这个字你必须得签，谁叫你是工人身份，你要是干部，连你一根汗毛都撞不上。”

“就是枪毙，老子都不签这亡国奴的字，当屎干部，老子就是个兵。”

一切都很明白，厂长不同意卖厂。我亲眼所见，来人将盖有鲜红印章的封条贴在车间的门板上，结果被李红一把撕掉，揉成纸团，扔在地上，还踩了几脚。李红抓住那人的领口，威胁他胆敢在这里撒野就要砸烂他的狗头。那人双手捂住李红醋钵大小的拳头，微屈着膝，作揖告饶似的说了一连串好听的话，还赔上了一张光彩夺目的笑脸。

这件事僵持住了。其间，三番五次有人去县上闹，也五次三番有人到厂里做动员工作，但都没有实质性的进展。直到上一次，工作组带来了蔡朝霞写的举报信，原文如下：

尊敬的组织，我向您反映我厂的一件怪事。我们黑石县安口窑副食工厂在李红的领导下企业经营每况愈下。举一例子：去年夏天，李红突发奇想，竟然从外地请来一个冒充食品专家的江湖骗子，言之凿凿地表示能用西葫芦和白砂糖制作出一种营养价值很高的食品。李红受到蛊惑，聘其为技术员，带领全厂职工开展产品研制，他们既不用面粉也不用大米，而是把西葫芦去皮后切成条状，蒸熟，油炸，涂上糖汁，一共用了十一个白班外加三个夜班，耗费西葫芦一千二百公斤，白砂糖一百五十公斤。可是这种散发着猫屎味道的糖条只卖出十二袋，收回资金二十四元，其他产品最后都被当作过期食品由社会人员毛小娃拉回家中喂了猪。我特此检举李红玩忽职守滥用公权，致使国有资产流失，职工怨声载道。

他们找到了击败李红的办法。他们也一定研究过，李红是无法乱搞男女关系的。当年在收复者阴山的战斗中，他带领一个连的战士。退伍后，组织照顾他，安排他到安口窑当工人。关于这些，李红的档案上写得清清楚楚。

来人像审判席上的法官，摆开架势说：“厂务公开，大家监督，到底有没有这件事?”李红的眼睛像两团火焰熄灭，说有。来人说：“骗子和你啥关系?”李红说没关系。来人呵呵一笑：“没那么简单吧，怎么会没有关系？没关系你能叫他占这么大的便宜?”

李红说卖厂就卖厂，别来这一套，要不你们免了我的厂长职务吧。来人说，我们说了不算，这须要组织决定。

二

我永远忘不了在我五岁那年母亲带我去探望父亲的那个遥远的下午。大烟囱冒着滚滚黑烟，没有风，烟柱像乡下十七八岁姑娘粗壮的辫子。母亲牵着我转过一幢巨大盐库的墙角，开阔的大场院豁然呈现。荒芜的角落长满齐腰高的野草，院子里污水横流。我看见那幢后来我们住了十年的红砖大楼，底层的厂房前，三个衣着邋遢的装卸工正在从四轮货车上往下搬运口袋。袋子里装的是面粉，也可能是砂糖，这是我后来想到的。他们的眉毛和胡子全是白的，我定定地望着他们，却见一个工人神色慌张地将一把糖粉填进了嘴巴，然后拍拍手，若无其事地走开了。空气里弥散着令人心肠痒痒的香气，那是烤熟了的黄油面包的味道。

起初母亲并不打算常住。我父亲来安口窑立足未稳，又添两个吃闲饭的，养活不了一家人啊。于是，我们在一张九十公分宽的单人床上凑合了三天。第四天一大早，我听见父亲对母亲说，带着孩子回茜家沟吧，城里开销大，眼睛一睁就要花钱。

母亲拖着我就走。我们步行，正如来时的情形。那时候，人们到镇上赶集大都靠两只脚，情况好的骑自行车，只有去县里才有搭乘的班车。我问母亲，爸爸是不是不要我们了？母亲蹲下来，掏出手绢为我擦了一把鼻涕说，傻孩子，怎么会不要呢。我们走在安口窑黑乎乎的街道上，自行车的铃声清脆悦耳，比村里山雀的叫声还要好听。马路两边的建筑，低矮、灰暗、陈旧，人们的衣服也是清一色的灰蓝格调。抬头的一瞬间，我看见大烟囱冒出的烟尘犹如一条飞扬的马尾。路上，我们还遇到了一群学雷锋的少年。少年们脖子上系着红领巾，拿着水桶、扫把，有几个手里攥着冰棒，一边走一边吃。我问母亲，那些哥哥手里拿着彩色的冰块！

应该说，正是我的这句话刺激了母亲。她决定留下来，即使日子再苦，也要让我和城里的孩子一样。她认为，一根冰棍对孩子的启发会影响他的一生。

母亲买了一根雪糕给我，而她是舍不得吃的。卖冰棒的女人穿白色条纹衬衫和蓝色咔叽布裤子，衣服很不合体，但很新，胸膛上吊着一只大木箱子。母亲递给她钱，女人羞涩地低下头，没敢看我们一眼，那样子就像大姑娘下了花轿，要面对所有人的不怀好意。后来，母亲也学那女人卖冰棍。她来安口窑最早的营生就是卖冰棍。

安口窑是一座靠挖煤发展起来的镇子，煤窑开办的历史可追溯到元代。第一座煤窑取名安口，意思是走南闯北的人，到了这里总能安家糊口。后来这里又烧制一种黑瓷，据说曾经向乾隆皇帝敬献过几次，还得到了老人家的封赏。现在的安口窑在陇上的名气就更大了，在窄得像女人裤衩一样的山沟里，驻扎着几十家国有大型工厂，瓷器厂、水泥厂、灯泡厂以及七八家大大小小的煤矿和附属企业，以至于进山拉煤的司机朋友只知道这世上有个安口窑，却没听过管辖它的黑水县。因为地处陕甘宁三省交界，人们便给它起了个唬人的外号：金三角。

这是我长大后才知道的情况。当年安口窑有一万多名工人，两公里长的街道，到了晚上灯火通明。工人们大都三班轮换作业，下班后在澡堂里洗去一身煤尘，头发上挂着水珠子，耳蜗里藏着黑泥，然后三五成群地跑到街道上吃喝玩乐。那时候，卡拉 OK 刚开始流行，霓虹灯下穿连衣裙的陪舞女郎宛若夜莺，她们拉住过往男人的手，又是挤眉又是弄眼，风情万种地邀请他们进去唱上一曲。还有摆着条凳满地瓜子壳的录像厅，大喇叭架在街面上，总播放打打杀杀、枪声不断的香港电影。这看似是在招揽生意，实则是为了掩人耳目，因为过了午夜，关掉外音，就要播放一些少儿不宜的片子了。有一次，一家录像厅的老板犯糊涂，忘记了自家门口还挂着个广而告之的大喇叭，结果泄露了天机，一夜云雨高唐，淫声浪语几乎要把这个小镇掀翻了。据说，那是安口窑历史上夜市散得最早的一天，商店关门，饭馆打烊，旅社客满，连往日里鬼哭狼嚎的卡拉 OK 厅也陷入寂静。人们早早地回家“歇息”去了，出门在外的单身汉带走了歌舞厅里所有花枝招展的女郎，全城宵禁，整个安口窑的街道空无一人。

当然，见得最多的是天南地北的人，他们坐在饭摊前喝酒划拳，放肆地大笑。口音也是天南地北：来来来，喝酒喝酒，出门在外，走哪算哪，你老家再好，还不是要跑到安口窑吃这碗饭……

那天，我母亲对我父亲说她不想回家种地了，留在安口窑，照顾我读书。孩子到了上学的年纪，不能被乡下的先生给误了。父亲反问她一家人都挤在这，吃啥喝啥？母亲说，两个人挣钱，不信能饿下一家人的肚子。她之所以选择卖冰棒，是因为那是个不摊本的买卖，只需做一只木箱，而冰棒则可凭借我父亲的面子先赊后卖。可这两件事在她面前却成了难题。首先是一时半会找不到做箱子的木匠。这个好办，她把一条毛巾洗得干干净净，包住冰棒，勉强可以起到隔温冷藏的作用。关于赊账，她想叫我父亲出面给李红厂长说一声。

父亲嗔怪道：“我是会计，你这不但难为李厂长，还叫我犯错误!”

母亲生气地说：“一次赊二十个冰棒、十个雪糕，下午还钱，有什么难的!”

母亲一气之下去找厂长。李红说芝麻大点的事，进冷冻车间随便捡，那么大的机器，管子里漏出来的都够你卖上一年。李红还当着母亲的面数落我父亲，说他这个会计当得太小心了，改个数字都要哆嗦半天。

之后，母亲就经常挎着篮子上街卖冰棒。那会儿，我们的生活里连拥有一只木箱都成了奢望，好在每天一两块钱的收入让她很满足。这样坚持了一段日子，生活的改善十分明显。她付清了我的学费和课本费，还为家里添置了几样东西：棉纺的床单，三人用的炊具，四只小方凳和配套的餐桌。她看见镇上的孩子衣服新样，就从地摊上买了小孩的警察服，让我穿上，精精神神地去上学。但是，这点微薄的收入只能贴补家用，却无力对生活做出建设性的布置，我们全家人就一直住在父亲那间差不多只有二十平方米的单身宿舍里。生活空间的压缩，锅碗瓢盆，磕磕碰碰的，这里不动那里就响。

那些年，我经常和父亲发生冲突。有天晚上，我们三个人一颠一倒挤在一张床上。对于往后的生活，心里确实没底儿。卖冰棒的生意虽说来钱容易，但有淡旺季之分，终究不是长久之计。生活一思考都是问题，他们说话说到深夜。我大概还在梦里和父亲较着劲儿，他把脚伸过来，竟然被我咬了一口。

我和父亲在梦里爆发了战争。我的号叫声惊醒了母亲，她赶紧拽亮灯泡，看见我满嘴是血。做母亲的吓坏了，一把抱住我，她当时一定产生了各种可怕的联想，边哭边问，小武你到底咋了，你咋了呀！我半张着嘴，哈拉着舌头，说不出话来。父亲爬起来，脸色苍白，看到我的样子，打了个冷战说，小子怕是把舌头咬烂了。他掰住脚，趾头上有一圈青紫的牙印。母亲骂他脚上带刀子，一点分寸都没有。

我依然沉浸在睡梦中，或者说眼前的现实是梦境的延续。父亲傻了，不说话。他总是嫌把家搞得像个猪窝。本来一个人住的宿舍突然填进来三个人，他一时半会还不能适应。他是个特别爱干净的人，弄乱了房间的摆设，或者床单上皱了一道褶印，他都觉得是对他单人空间的侵犯。有一次，他从市场上买了两只生猪脚，用钢精锅煮熟了准备拌菜，结果被我偷吃了。人在吃的问题上是最自私的，这话不假。因为这件事，我挨了一顿打。这事叫我母亲对我父亲有了看法，生活了这么久才觉得他是一个在感情上极度自私的人，为了两只猪脚，对儿子动武，这怎会是一个父亲的所作所为？但经过这次误伤事件之后，父亲对我们的态度发生了一百八十度的变化。他不是自私，而是走不出一个人生活的世界。

父亲抱起我去卫生院求急诊。那是我童年的记忆里与父亲最亲密的瞬间。由此，我记住了安口窑那晚的夜色：月亮红猩猩的，像抹了血，几颗星子扑闪扑闪；街市正热闹，各式伞帐下灯泡拖着密如蛛网的电线，亮晃晃地照耀着食客们千面百孔异常逼真的脸；摊贩们目放精光，不时抬头甄别路上行人就餐的可能，笼屉冒着热气，肉串烤得滋滋流油。夜风有些冷，空气里飘着孜然粉的味道。

那一年秋凉之后，母亲的冰棒生意就到了头。有一天，母亲对父亲说，她想在副食厂找个打杂役的差事，好歹挣几个柴米油盐的钱，这样闲下去也不是办法。如上次一样，母亲想让父亲出面找厂长。父亲像是被针扎了一下，撇撇嘴巴说："要找你去找。"

母亲正在掏炉膛里的煤灰。来安口窑快半年了，日子还是这般没有起色，就拿做饭来说吧，没有厨房，我们就在楼檐下搭了生铁炉子，每逢下雨，雨水都能掉进锅里。兴许是她对生活抱有太高的期望，以至于父亲的这句冷冰冰的回答立刻令她愤怒不已。她转身质问父亲："刘国铭，你还是不是个男人?"

父亲也生气了，说："我一个人养活你们母子，你说我是不是男人。"

大清早的，两个人乒乒乓乓地吵了起来。楼廊一侧是职工宿舍，窗户下靠着一个个削了烟管的小火炉，底下安着鼓风机，上面坐着铁锅烧水，鼓风机一开，仿佛引燃了烟幕弹。几个女工掀开帘子，探出脑袋，吸了一鼻子煤烟。母亲说，他李红又不是天王老子，说一句话能杀掉你的头呀?

父亲把母亲搡进宿舍。他想息事宁人，低声说，我就不信李厂长是那样的人!

他们的争吵没有任何实质性的内容，却句句不离"李红"。吵了一会儿，李红来了。他是个单身汉，就住在楼梯口的厂长办公室里。李红背着双手，踱着方步，穿过乌烟瘴气的楼廊，走进我父亲的宿舍。李红面无表情，看了一眼我母亲，然后把目光停在父亲的脸上。李红说，大清早的你们吵啥吵，还一口一个"李红"，既然你们这样张罗，我就过来瞧瞧你们到底喊我做什么。

父亲和母亲都哑火了。李红复员不久，三十来岁吧，矮胖墩，四方头，后颈上三道肥肉褶子。母亲语气温婉下来，赶紧让座，又泡了一杯茶水。她开始说她的无奈，说她的痛苦，想在厂里谋个临时工作，没办法了才向领导提要求，希望组织予以考虑。

李红点点头说："我堂堂一厂之长，名字是你们站在楼道里大呼小叫的吗？芝麻大的事，能憋出个屁憋不出一句话。"他故意盯住支支吾吾的我父亲说，"刘会计啊，你媳妇想当临时工这个事你清楚吧。"

"清楚，厂长。"

"明天叫你媳妇去面点车间帮工。"

"这这，不妥吧……厂长……"

"这什么这，老子在前线没挨枪子，厂里的事就是我说了算!"

能领到一份公家薪水，我母亲开心得不得了。可紧接着厂里发生的一件事，改变了他的决定。女工小孟跟着外地的卡车司机跑了。小孟是高干子女，家庭优越，人也长得漂亮，总烫着一头时髦的卷发，尤其是那双电眼，迷得镇上的小伙晕头转向。追求者站在一起，恐怕比安口窑拉煤的车队还要长，追不到手就给她起了个外号“孟姜女”。可谁也没想到，这个众人眼里的“糕点西施”竟然连铁饭碗都不要了。小孟与卡车司机私奔前是有预兆的。那天下午，她请我母亲在小摊上吃了一碗麻辣粉。原本她们之间没有很深的交情，可人家来请了，也不能不去。小孟幽幽地说起自己的心事。两年前她和这个四川小伙好上了，每个月见一次面，她觉得不能被这么个吃不饱饿不死的工作拴在小镇上，往后牛郎织女天各一方。

“咋办呢，嫂子，全厂就数你最有主意。”小孟询问我母亲的意见。

“你还年轻，出去闯闯未必是件坏事。”母亲的回答几乎是不假思索的。

小孟真的走了。母亲听到这个消息担心了好一阵子，她后悔自己说了这样的话。也许她预感到十年之后，即使那座象征着国企辉煌的大烟囱也会像老树一样枯亡。

许多改变人生命运的重大决定都是在不经意间决定的。一天，她看到水泥杆上贴着一则招工启事。县里的服装厂招收学徒工，包吃包住，每月还根据计件数发点零花钱。她报了名，刚开始，她还只能干些提水扫地的力气活儿，可三个月后她已是个拿着剪刀，把一匹长布庖丁解牛般裁剪得当、游刃有余的大师傅了。

那是一九八八年，全中国都在发展个体工商户，政策十分宽松。母亲准备单干。后来，主要的问题集中在铺面上。工商所来人在街市边上规划了场地，拿石灰粉撒了白线，限十五日之内把铺子建起来。那几天，我母亲一日三叹，急得头发都白了。

母亲与李红的暧昧不清就是从这时候开始的。在我的童年里，李红是我们家的恩人，是我心中的英雄，在我们来安口窑的那一年，他帮我家建起了一座铁皮房子，因此母亲对他的感激一生无以为报。

那是个适合谈情说爱的黄昏，工厂大院里，太阳落下去了，把人留在了暮色中。他们靠在楼廊边上，满天空的燕子擦着房檐盘旋，呢呢喃喃，赋予了这场谈话轻松浪漫的色彩。

“小武妈，学会个翻跟头就想驾那筋斗云了？”

“李厂长，你真会说笑话。”

“不好好当你的家庭妇女，瞎折腾啥！”

“李厂长，咱过的这啥日子，连你都这么说。”

“呵呵，杨宗保没死，我看你这是穆桂英要挂帅了。”

母亲赧然一笑，清瘦的轮廓从灰白的天光中突显出来。

“俊俏的媳妇，我看像你这样的人儿就该有个丫鬟伺候着，你倒跑前跑后办什么缝纫店。”李红突然抓起我母亲的手。

母亲被吓到了，心里传过一阵惶惶而不可言说的电波。

“妹子，没别的意思。”李红将一个厚实的信封塞过来，“这钱先拿着，我知道这几天你盼这个——哎哟，生了双面一样软的手，却要抓握铁一样硬的生活，真叫人心疼。”

“厂长——”我母亲内心激动，因此声音有些颤抖。

“别叫我厂长。”李红咳了一声，吞了口唾沫说：“我也帮不了啥忙。你呀，若是个男人，恐怕这世上大半的爷们儿都要给你提鞋哩。”

三

据说，安口窑国营陶瓷厂生产的碗罐很受欢迎，产品覆盖西北、辐射全国，最远还卖到了非洲的坦桑尼亚。但在一九九八年的五月份之后，这一切都将成为历史。大烟囱高高耸立在厂区上空，像一座海岛上废弃的灯塔，没有海浪拍打礁石，也没有飞鸟掠过天空，一切都死气沉沉的。它或许会在某个风雨交加的夜晚轰然垮塌，或许会毁于将来的一场地震，还说不定它建在了一只沉睡的乌龟的背上，但现在，大烟囱坚固如初，没人知道它命运的归宿。

我们要搬家了，母亲四处打听房屋出租的消息。我设想住进一套带着厨房和卫生间的公寓，可以洗澡，每日坐在洁白的餐桌前享用早饭。更好一点，能拥有一间属于自己的卧室，心情不好的时候可以把门关起来。我已经迫不及待想要离开这里了，但母亲没有找到中意的房子，我们只好按兵不动。

我们不愿搬家还有另一个原因：母亲舍不得丢下工厂后院的菜园子。一九九八年，气候真是怪异，前半年几乎没怎么下雨，庄稼蔫不拉几地趴在地里喘气儿。麦子是很耐旱的，但也像是对日子愁极了的汉子，在青丝乌发之年早早白了头。到了端午以后，麦子大面积干黄，比照往年早熟了近一个月。母亲开垦了一畦菜地，种一些平常的蔬菜。她从工厂大院的水龙头上一桶一桶给菜地浇水，水滚在地垄上，就像土层下隐藏着无数张饥渴的小嘴巴，“咕咚咕咚”一饮而尽。她又给即将挂果的番茄搭架。母亲不知从哪弄来许多稍带弧度且粗细均匀的枝杈，三根凑在一起，埋地的一端像香炉的三只脚；上端交叉，又与枝蔓不紧不松地捆绑起来，让翠绿的菜苗往天空的方向生长。

“一个篱笆三个桩！”母亲擦去额头的汗珠，稍歇片刻，她准备在菜地里扎两个草人，防止觅食的鸟儿破坏果实。地边是一排玉米，已经窜出半腿高了，还有豇豆、大葱、辣椒、瓠子等，都在母亲精心的呵护下蓬勃生长。那会儿，有股风旋过来，菜苗儿打了个激灵越发精神抖擞，母亲觉得那风像一只狗的热烘烘的舌头在舔她的脸。她的身体已被汗水浸透，热浪夹杂着麦汁烤熟了的味道，似乎还带着扎人的麦芒和微微的尘土，直扑过来，那种令人舒爽的清凉立刻把她紧紧裹住了。风在一点一点变急，发出一阵呜呜的口哨声。她抬起头，看见本来晴空万里的天气忽然变了颜色。“风卷残云”，母亲触景生情，捋了捋手里的布条又想到一个颇具文学色彩的词语。风确实起得毫无缘由，在这样一个骄阳似火的午后，吹来几疙瘩乌黑的云，堵住了母亲头顶那朵不管人间疾苦的烈焰。

雨珠子很快砸下来，地面的浮土被砸出密密麻麻的小坑，冒着灰白的热气，空气中立刻充满了呛人的尘土。母亲很希望这雨能美美地下上一场，但她也清楚，这几天的雨水对麦子的抢收毫无裨益，看看天就知道这是一场“地皮湿”。乌云投下的阴影像一口巨大的锅，反扣在金黄的麦田里。

那会儿，我突然担心起了我们的菜园子，我怕暴雨将它们摧毁。我没有多少生活经验，跑进雨景之中，头顶那朵黑云像成群结队的乌鸦偏过了太阳。金光漏下来，碧绿的菜叶上坠着晶莹的雨露。云带着雨走向远处，所以在那个下午，我看到了“东边日出西边雨”的奇异景象。

我跑进我家的菜地。几乎每天放学之后我都要来察看蔬菜的长势，每次总有新的发现。比如，昨天瓠子的幼叶还包在菜心里，今天再看时已舒展成一枚可爱的叶片；比如豆角的藤蔓，它只要找到攀爬的依靠，就毫不犹豫地吐出丝蔓缠住不放；最难伺候的是番茄，须要摘心，去除顶端优势，给果实的生长成熟留足空间和养分。我在园子里视察了一遍，发现那根黄瓜顶着小黄花一夜之间壮大了，而就在昨天它还隐藏在叶片下面，仅比铅笔粗不了多少。母亲曾经说过，无论哪种果实，在孕育之初是不能贸然指指点点的，否则它们会脱落夭亡。

我把那根翠绿的黄瓜逮在手里，想用到手的果实证明母亲的话并非完全正确。那时候，我真希望所有蔬菜一夜之间成熟，这样我们就可以搬家了，不用夜里点着蜡烛，忍受黑暗的痛苦。筒子楼里只剩下我们一家人，其他房间空空荡荡，满地都是遭人遗弃的垃圾。窗户上的玻璃被人拆走了，没有拆卸的也遭到了破坏，一到晚上，整个大楼就发出令人毛骨悚然的哭泣。我再也不想留在这里了，如果能找到理想的公寓，那将是一件无比快乐的事情。

墙后面传来机器轰鸣的声音。那是一家港资企业的胶带厂。有一年，一场滂沱大雨冲垮了胶带厂仓库的后墙，露出它的真面目。天哪，那里面不光有塑料制品，还有堆积如山的香烟和名酒。后来厂方把大仓库拆除了，建了一道砖墙，与这边的食品工厂划出明确的界线。此时，机器怪吼一声，在母亲目瞪口呆的注视下，一辆小型装载机举着蟹钳一样的铲斗，戳破墙体开过来，停在了我家的菜地上。一个头戴安全帽的年轻师傅吐了吐舌头，带着歉意的微笑从驾驶室里跳下来。母亲心中一阵害怕，要知道墙上那个尘土飞扬的豁口离我差不多只有四五米远。母亲说，这边有人，咋就这般冒失，干活儿也不事先打声招呼。小伙子低头检查了一遍车胎，拍拍手上的土说，没事就好，有事我就得把机器卖了。经过短暂交涉，我们才知道信用社把两个厂子的地皮都买了下来，已经开始进行三通一平施工。小师傅说，给你们半个小时抢救菜地，有值钱东西赶紧拿走，要不然我们就铲为平地了。

雨过天晴，一切都那样美好，两只小白蝴蝶在菜藤间颉颃调情。

我痛恨他们鲁莽的举动，上前揪住开铲车的小师傅，要他赔偿我们的园子，那样子像一只布拉塞尔犬咬住了翻墙入室的小偷。

母亲制止了我。小师傅说，筒子楼要拆，大盐库要拆，院子里所有的东西都得统统拆掉，要修的住宅楼很大，还附带了广场和花园。

这一晚，我们在父亲的宿舍里最后一次点燃蜡烛。父亲坐在沙发上不说话，母亲打了一盆热水叫他泡泡脚。母亲说，你又坐了一天，后院的菜地都被人挖掉了。父亲心思重重地脱掉袜子，把瘦长的脚泡进水里。盆子是十年前母亲刚到安口窑时用卖冰棍的钱添置的，白地红花的搪瓷脸盆，上面印着双喜字，很好看。但现在旧了，经常漏水，修理过几次，盆底上留下了一圈铝锡纸的补丁。

“咱回老家吧。”父亲开口说话了。

母亲一阵怅然。这几天，他一直等着我父亲做决定。父亲伤心地说，不如回家种地，地不亏人，撒一把种子就长一簇苗。命里没有这碗饭，当了十年工人，到头来却什么也不是。母亲很失望，责问他，农村的苦日子还没过够吗？父亲双手抱住脑袋，把两个胳膊肘支在膝盖上，说他都四十岁了，工地上扛水泥都没人要了。

人生哪有回头的路，母亲态度坚决地说：“不能回去！”

母亲的心里抑或是想着李红的，从柜子里找出一瓶柳湖春，走到我父亲面前说：“厂长走的时候就该喝了这瓶酒，我做两个菜，为他送行，可他走得急，一句话都没留下。”

父亲说：“咱们也该走了。”

母亲说：“山东远吧，他这样走肯定是伤了心了。”

父亲说：“谁知道呢。”

母亲说：“现在的人啊，都不讲良心了，那个阿蔡，怎么就能落井下石，害了好人呢？”

母亲取来两个小酒杯，斟了酒，对我父亲说：“国铭，陪我喝几口吧。”

父亲想起他们结婚的时候，也是这样的夜晚，点着蜡烛，相敬如宾。父亲苦笑着说：“当年喝的是茶，这会遇了事，倒喝起了酒。”

母亲明白我父亲在说什么，她用不容辩驳的口吻说：“你还记得那会儿，那会儿咱俩是怎么说的。今晚喝醉了，明天就搬家，无论如何也不能回去，小武要念书，我们就得留在安口。”

母亲和我父亲换盏带有某种仪式感。他们告别过去。借助一点酒兴，他们说起当年的故事。这些事情过于陈词滥调，但在我的想象里，却有着温暖的色彩。

我父亲刘国铭在安口窑读高中，毕业后回到茜家沟当农民。经店坊坡的石匠马三爷介绍，父亲认识了后来做了我母亲的陈阿萍。母亲是那种很有主见的女人，啥事都有自己的一套想法。结婚那天，娶亲的自行车头顶大红被面绾成的绣球，驶进姥爷家三孔窑洞的大场院，我母亲正赤着脚端着半豁的瓷盆给猪喂食。她对即将到来的婚事准备得很不充分，以至于我本家的人，在等到日上三竿之时心情无端地沮丧起来。娶亲的人们蹲在姥爷家的大门楼子下，焦急地抽完了两盒纸烟，才终于等到穿戴一新、披上纱巾盖头的我母亲。母亲人高马大，长得并不出众，穿着蓝色裤子和红布罩衫，一双红色绒面的白底布鞋款款迈过姥爷家半尺高的门槛。她没有流露出任何难分难舍的虚情假意，也罔顾了上马离娘的传统礼仪，双脚一点地便侧坐在了我二叔驾驶的彩车的后座上。二叔当年还是个半大的小伙子，浑身有使不完的蛮劲儿，但母亲身体的重量在转移到车尾的瞬间，还是让他双手把持的车体差点失去平衡而倾翻在地。二叔脸蛋通红，急忙推车滑行，才勉强稳住了阵脚。姥爷衔一支烟锅在后面骂：“好一个不知教养的狗东西。”二叔已经推着载有我母亲的自行车扬长而去。

嫁出去的女如泼出去的水。姥爷钦慕我本家祖宗在村子里积攒起的名望，他一生最引以为豪的便是给我母亲寻了个好人家，因此在这件事上没做过多拦挡就匆匆放了人。娶亲的人们纷纷寒暄告辞，五辆自行车鱼贯驶离。姥爷家那条忠诚的大土狗阿花追着他们到村口，摇着尾巴，狂吠不止。

我常想，当年我父亲派出的车队丝毫不逊于今天的奔驰宝马，一路浩浩荡荡，载着妖娆的母亲行驶在秋景萧瑟的山梁与明水蜿蜒的河畔，惹得路人驻足观望。出发前母亲用昂贵的皂角粉洗了头发，湿漉漉的，搭在背上，把棉布罩衫打湿了一片。她嗅见这种令她为之骄傲的香气，氤氲在狭小的盖头布下。她突然心血来潮，在朦胧的轻纱下面左顾右盼起来，窥视着犹如晚霞一般通红的山峦飞快流动。她感到微微的眩晕，额头上渗出涔涔冷汗。二叔完全没有怜香惜玉的细腻心思，借着一股子傻劲，载着我母亲冲锋陷阵，把一行娶亲的人撂在了后面。母亲忍受着他癫狂的骑行，车座硌得屁股蛋子生疼。她端坐在上面，紧握车座如同抓着一棵救命的稻草，然后心惊胆战地飞向了我父亲的怀抱。

他们的婚礼很隆重，请了城里的电影放映队，这在一九八二年的山区农村可是一件了不起的大事。全村男女老少把我家门口的麦场围得水泄不通，像是观看一架外星飞船光顾本村。人们在焦急地等待，伴随着机器嗡嗡的蜂鸣，灯泡里的钨丝闪了几下，颤颤悠悠地亮了起来。紧接着，一束亮光打在雪白的银幕上，就把嘈杂的人群给镇住了。新房内，母亲端坐在炕上。烛火摇曳，母亲落落大方，妩媚动人，她认为不需要扮出一副封建小娘子的模样，故作娇羞之态。她喜欢我父亲，她中意这门亲事，她受了父亲那张白脸的迷惑，笃信父亲和村里的男人不一样。因此母亲一进门就哧哧地笑，瞅一眼我父亲就笑得分外精神。父亲则一脸茫然。

门外的喇叭呜呜囔囔清晰起来，他们同时支起耳朵，正好听到一句激昂的台词：反动派的枪声就是我们结婚的礼炮！

“听，果然是《刑场上的婚礼》。”母亲说。

“怎么能放这种电影，老徐也太不够意思了。”

“恐怕就这一个现成的片子，也不怪他。”

“人家办喜事他唱丧调，还不如不放。”父亲懊恼地说。

“倒挺有意思的，咱们这才叫作革命的友谊嘛。”

那天，他们在“敌人”的枪炮声中洞房花烛。蜡烛不能吹灭，否则会招来一些好事者。他们沏了两碗酽茶，情投意合地聊天。说到人生和未来，竟然有说不完的话。这是他们对往后家庭生活建设性的想象，好像那天就在不远的地方等着。母亲说人不能一辈子拴在土地上，走出去才有机会。她的一个姑舅黑石解放前家里穷得揭不开锅，大小伙子了还和兄弟穿一条裤子，没事不出门就趴在被窝里。有一天村里过队伍，他实在不想受穷挨饿，便偷了衣服跟着部队走了，后来到了一九五六年回来省亲，你猜人家当啥官？你肯定猜不到，人家在南方的一个县当了县委书记，坐着小汽车回来，离开时还把一家人都接走了。

父亲点点头，妻子的话正说到了他的心坎上。眼下的日子要好好过，正如他们革命的友谊，需要一种精神力量的支撑。

蜡烛换了几根，快要燃尽了，可他们依然没有睡意。两碗茶水冷成了黑汤，电影散了场，外面静下来。夜已然很深了，不知谁在外面喊了句："人都走完了，还不睡？夫妻恩爱，细水长流，留着今晚的话后半辈子说吧。"

人生美好，良夜春宵。我的父亲和母亲一时噤若寒蝉，讪讪而笑，紧紧地携起了手。在一种甜蜜的、快乐的、温暖的、爱意流淌的情感交融中，他们神色仓皇地吹灭了案头的烛火，然后沉入到渴望已久的人生新境界。烛芯上飘出一缕游魂般袅渺的轻烟。暗蓝的夜空中正悬着一轮皎皎的明月，把故乡终日喧闹的黑水河映耀得波光粼粼——我把父亲和母亲的故事想象得十分美好，但我始终无法知道，我的那些年轻的父辈、祖辈们是怎样度过羞臊而神秘的新婚之夜，然后开启了走向艰苦岁月的人生旅程，他们的生活全部内容无非是生儿育女，一生耕耘。

后来我出生了，我在村子里长大。有一天，我看到母亲为父亲准备出门的行李，那是一个黑色的提包，装着雪白的衬衫，还有纸笔、粮票和三十块钱。母亲拿出一双新布鞋叫他穿上。父亲转身走了，又回头抱住我狠狠亲了几口。

四

我很失望，我们并没住进带浴室和厨房的公寓，而是搬到了503厂家属区的一处小庭院内。503厂是一家生产子弹的军工厂，二十世纪六十年代搞三线建设迁到安口窑，很有些神秘色彩。厂区和家属区严格分开，中间墙上架着铁丝网，大白天厂门紧闭，还设置了岗哨和警亭。生活区就随意多了，人员自由出入，不受身份限制。房东叫曹大海，齐齐哈尔人。他认为两间房子的庭院太空旷，自已住一间，剩下一间资源浪费，便寻思着找个可靠的人选，把房子租出去。可是曹大海又很挑剔，最近两次都是他把租客给赶走的。第一次房子租给了一对在夜市上卖麻辣烫的年轻夫妇，两口子很勤快，但经常三更半夜吵架，声音特别大，用的是谁也听不懂的四川方言，唱曲儿似的。后来我听父母说，原来男人好赌，经常十块二十块从家里偷钱，女人一旦发现，便要从上三代骂到下三代。男人真正做到了骂不还口打不还手，而且又死不承认，女人就一直骂，骂到自己轰然倒下酣睡为止。第二次房子租给了一位安徽人，此人是个走南闯北的锔锅匠，平日话不多，而且别看他是个下苦的手艺人，却特别爱干净，每天都要把两家共用的院子扫一遍。锔锅匠说他走了大半个中国，从没见过像安口窑这样繁华的镇子，要补完全镇的破锅烂盆恐怕得花一年时间，于是便十分干脆地付了一年房租。可是，慢慢地，问题也出来了。锔锅匠人老心不老，经常招惹一些不三不四的年轻女人到家里过夜，弄得家属区的人对曹大海意见特别大。

曹大海把房子租给了我们，一个月后，又同意把院子里的厨房让出来，两家共用。我们家从此结束了没有厨房的历史。我也渐渐熟悉了这里的环境。小庭院与陶瓷厂隔着一条街，站在院子里一抬头就能看见那座大烟囱。它孤独、忧伤、惹人垂怜。到了晚上，周围安静下来，大烟囱笔挺的身影像一艘沉船露出水面的桅杆。夜风拂面，我觉得它有话要对我说。

那是一艘乘风破浪来自遥远大陆的巨船，宽阔的甲板上张着高大的白帆，在暴风雨来临之前船上的人们各自忙碌：船长拿着望远镜眺望远方，大副正在查看航海地图，厨师专心烹制着摘自岛屿的新鲜水果，水手们喊着号子绞动缆绳，观测员站在旋转的风向标下抄写数字，医生在给一位右臂受伤的木匠包扎伤口，或许还有两三只惹是生非的小狗和一群跛脚的鸭子在船舱里逗留。所有人都不知道灾难即将降临，他们以为日子既然这样过来，也应该这样过去，今天的太阳和明天的太阳又有什么区别呢。

暴风雨说来就来。天边的黑云抖出一道金黄的闪电，飓风掀起百米高的巨浪。世界上没有一条船能与大海抗衡。它沉没了，触礁沉没，只剩下一根孤零零桅杆诉说着不幸的故事。

我十分享受这样的想象，不至于让我觉得生活糟糕透顶。我盯住大烟囱看，大烟囱也在凝视着我，我们相看两不厌，直到母亲唤我：“小武，该上床睡觉了。”我在梦里仍然想象那几百名水手的下落，或许是那位医生，也可能是大副和几个普通的船员，他们幸运地抓住了一根漂浮的木头，最终逃出生天，漂流到了一座无名的海岛上——或许那是人类从未发现的新大陆。至于船长，我不敢报以乐观的想象，因为在传统的习惯里，船长要和他的航船共存亡。

肖明亮就是那个幸运的人。

父亲下岗后跟着肖明亮摆摊卖水果。他们每天凌晨两点出发，拉板车去十公里外的黑石县，在早市上批发一车新鲜水果，八点之前赶回来。肖明亮是父亲的表弟，我叫他表叔。他曾是陶瓷厂的工人，前几年工厂效益不好，停薪留职出来做生意，卖过布匹和百货，这次正赶上下岗，但他不在乎。他们凌晨出发，赶的是夜路，运煤汽车打着远光灯从身边擦过，夹杂着粉尘和煤渣的气浪，能把人卷起来。每当这时候，两个为生活奔波的人总会唏嘘一番。

肖明亮兴奋地说他当年过五关斩六将，却绝口不提眼下的夜走麦城。

陶瓷和煤炭是安口窑的特产。康明斯卡车轻轻快快跑进山，司机们只要看见那座浓烟滚滚的大烟囱，就知道到了安口窑。卡车在黑乎乎的煤场里排起长龙。选煤楼跟个漏斗似的，车屁股塞进底下，就像往冰激凌的甜筒里挤奶油，一股脑儿，煤炭就在车厢里冒了尖。出山时，司机们还不忘在车厢两侧的煤面上捆上大缸小缸、坛坛罐罐之类的东西。卡车跑一路，便把安口窑的陶瓷满世界炫耀一番。陕甘宁交界一带，没有人不用安口窑的大缸小碗。可是不知到了啥时候，这种产品就卖不动了，整齐有序地摆放在工厂的后院里，如此肖明亮的工资也就没有了保障。肖明亮吹牛说，当年他卖塑料脸盆，那东西又轻巧又便宜，真是讨人喜欢呀。但大黑瓷盆还是有人要的，他便偷偷跑到厂里，拿几个出去卖掉。他不知偷了多少，总没人发现。可是有一天晚上，他摸黑进了后院，发现一道光束扫来扫去，还有人拍照，"咔嚓咔嚓"，闪光灯像闪电一样，爆出灼眼的光芒。他知道那些人不是简单的市井小偷，也不是穷凶极恶的江洋大盗，而是台湾派来的武装间谍，因为美国卫星拍摄到安口窑的山沟里有很多导弹发射井，几千几万数也数不清。于是便派了间谍渗透进来，化装成走街串巷专给人拔牙的游医，目的是现场勘查这些天井里的导弹到底有没有带核弹头，不想那天晚上叫他撞了个正着。他肖明亮生在新中国，长在红旗下，干的虽然是偷鸡摸狗败坏厂风的事，但谁要出卖祖国出卖人民他坚决不答应。那一刻，怒从心头起，恶向胆边生，黑暗中，他抄起一把厕所门口的烂铁锨，悄悄靠近，就往那道闪电猛拍下去。那个窥探祖国机密的间谍分子闷哼一声，当场晕厥，另一个把风观望的同伙掏出一把小巧的勃朗宁手枪对准他的胸膛。他一点都不害怕，枪声响起的同时，他一个后空翻踢，子弹擦着鼻尖飞过，他清楚地看到子弹上写着“USA”三个英文字母。他一脚踢飞手枪，间谍见势不妙，往后跳出三米远，撒腿就跑。他正准备追，却想起毛主席说过穷寇莫追的道理，又想起老人家说一切反动派都是纸老虎。确实是这样，现场人赃俱获，犯不着再为一个逃犯葬送了到手的战斗果实。眼前这一切足以说明问题啦。

他坐下来等着厂里的保安围拢上来，可枪声闷哄哄的，像谁放了一个响屁，始终不见增援的队伍。前面三百米开外就是保卫处，他突然想起效益好时厂子里有十二个胖胖矮矮的保安，现在却只剩下一个看门老头王大鳖了。他大声喊道：“抓小偷，抓小偷呀——”可转念一想，这不是贼喊捉贼吗。他又喊“抓间谍呀，抓台湾间谍呀——”又想，他妈的，还是贼喊捉贼。一旦间谍被抓，他的小偷身份也就败露了，再说好汉做事从不问姓留名，于是他便摔烂一个陶罐，用瓦片棱子在厕所的砖墙上写了一行字：抓一个，跑一个，间谍分子永远逃不出人民战争的汪洋大海。然后他跑到保卫处，敲敲玻璃，隔着窗户向王大鳖报信。

肖明亮细着嗓音模仿当时的情景：“王大鳖，老肖我在后院抓到一个间谍，还缴获了一把手枪。”

车灯从身后照来。我父亲放慢速度，落在肖明亮后面，追问：“王大鳖怎么说？”

肖明亮说：“那老狗日的正睡觉，炸了一声呼噜响，哼哼问道，是男的还是女的？我故意说女的。王大鳖咀嚼了一下嘴巴，问漂亮不漂亮？我说漂亮，像张曼玉。王大鳖激动地一骨碌坐了起来，迷迷糊糊地说，那就给她两个盆。”

说到这里，父亲哈哈笑出声来，在艰难的日子里他很久都没有这样开心过了。几年前，安口窑陶瓷厂确实发生过类似事件，但绝对不像肖明亮描述的那样逼真有趣。

父亲说："当年的陶瓷厂也是安口窑数一数二的大厂。"

肖明亮心中怨愤，咬牙切齿地说："大个屁，婊子卖馄饨也就大了个名声。"

原本愉悦的气氛被肖明亮的一句牢骚弄得荡然无存。我父亲面皮薄，不好意思再问下去。车队呼啸着从身边驶过，像钢铁怪兽，震得山摇地晃。父亲心里一紧，突然意识到生与死的距离靠得如此近。思想上跑毛，眼看车灯打出的光飘远了，路面恢复了平静，两个人又并肩拉车行走。

夜色如墨，凉气逼人，一声乌鸦凄惨的啼叫，让他们感到生活的沉重劈面而来。眼前的路是黑的。走了一会儿，肖明亮说，我接着给你讲吧，两个间谍跑掉的那一个回到台湾后，写了个报告，惊动了美国国防部。报告称目睹了咱们全民皆兵的最新成果，安口窑的农村，家家户户的院子里都发现了这种导弹天井，有的排成围墙，有的安装在厕所四角，报告上说咱们蹲坑都防着美国人的飞机呢。

肖明亮的笑话讲得有些刻意。快乐一旦被驱散，便很难找回来。父亲苦笑一声。肖明亮想打破尴尬的场面，一时又找不到话题。冷场了，好像这时候不说点什么是不对的。过了一会儿，父亲先开口了。

"往后的日子有什么打算？"

"没什么打算。你呢？"

"挣钱，把小武养大，看着他上大学。"

"他妈的，总有一天，我要把狗日的陶瓷厂买下来。"肖明亮喟叹一声。父亲觉得不可思议，明明是厂子解散，他下岗了，反而口出狂言。

"表兄，你不信吗？"

"信，那需要多少钱呀。"

"几百万吧。"

"那么多钱，几辈子人都挣不够。"

"吹牛又不上税，我就随便说说，表兄你真是个老实人。"

他们继续往前走。天就要亮了，地上起了雾，天色由黑转蓝，山显出轮廓，树有了影子。肖明亮思谋良久说："表兄，有件事我知道你为难，能帮就帮，帮不了我也不怪你。你买断工龄的两万块钱能不能借我周转一下生意，我准备买辆车在黑石县跑出租呢。"

父亲支吾一句，看见肖明亮从晨雾里钻出来，站在他面前，正用期待的眼神望着他。他立住了，一摸头发满是露水。肖明亮说，就当我没说吧。

那天，他们似乎变得陌生起来，说话格外谨慎。黑石县的水果早市五点开张，他们批发了二百公斤富士苹果，趁着朦胧的天色又往安口窑的方向赶。

父亲拉的板车是食品工厂清理资产时买下的。二十块钱，图个便宜。车子是铁制的，比肖明亮的木制车子气派。以前，食品厂的女工拉着这辆车在安口窑的街道上批发糕点，挨着门市询问，送货上门。车子长年累月拉运面包和点心，铁皮遭清油浸润，泛出油汪汪的蓝光，散发着一股哈喇味儿。缺点在于这车太沉，每次父亲拉上水果返程时，总落在后面，而表弟肖明亮从不等他。

肖明亮是个精明的生意人，他有他的打算。

这天肖明亮表现得十分殷勤，路上说，换了车拉吧，表兄你从前是个拨算盘珠子的人，吃不下这苦。我父亲心理惭愧，又于心不忍，最后说："借钱的事还是问问你嫂子吧，她要同意，我这里没问题。"

肖明亮很意外，连忙说了一些感谢的话。而当他表达完感激之情，又岔开话题说，卢庄煤矿宿舍区的东门口是个好地方，那里住的全是些二十大几的姑娘，买起东西从来不问价。

果然如肖明亮所说，父亲在卢庄煤矿守了一天，到下午五点，一车苹果全卖完了。往常他在下午六点去市场的小摊上用水果换一碗酿皮吃掉，晚上还要赶一赶夜市。他逐渐适应了这种生活，他惊奇地发现，每天最大的希望就是卖掉最后那一堆被人挑剩下的歪瓜裂枣，由此产生的快感让他觉得时间过得飞快。

这天他比往常回来得早，进了503厂的小庭院看见肖明亮坐在屋内的沙发上。

"表兄，今天的生意咋样?"肖明亮见到父亲赶紧迎出来。

"还是你有经验，卢庄那里水果卖得就是好，这不早两个小时回来了吗。"

"往后，那地方你一个人去，我的地盘让给你啦。"

“这怎么能行呢，走，进去说话。”

两人坐下，胡乱唠叨了一阵生意。饭菜端上桌子，肖明亮艰难地说起借钱的事，父亲搔搔头发说，还是先吃饭吧。

肖明亮执意不吃，他来不是为了吃饭。母亲这时候也不客套，在借钱这件事上她始终态度坚决。母亲说：“不是不信任你，是我们都指望靠这钱过生活哩。”

肖明亮走后，母亲责备父亲：“你表弟是个什么人，难道你不知道，十年前就因为盗窃罪进过监狱。”

母亲的担心不无道理。可即便如此，几天后，父亲还是鬼迷心窍似的把自己十年的血汗钱一个子都不剩地借给了这个嘴巴上抹了蜂蜜的远房表弟。作为感谢，肖明亮告诉他，天冷了不如去修理厂弄只大煤油桶，改造成泥炉子卖烤地瓜。这生意来钱快，比在大街上揽树叶子还容易。

五

还记得那个铁皮房子吗？这十年，食品厂的效益越来越差，发不出几个钱，而正是母亲的缝纫店补给着全家人的生活。学校里各种名目繁多的收费，我不好意思向父亲要，我找母亲。母亲会从她缝纫机的小抽屉里拿出一块两块的票子，额外还会给我一点小小的奖赏。父亲的工资是要用来办大事的，到了月底，他列出一个单子，比如置办一套像样的茶具，或者更换烧坏了的水壶，买米买面，从长计议。有一次，我向父亲要一本集邮册，父亲答应了，但申明需要过一段时间。我知道，十块钱要进入父亲工资的开支计划。等待的过程相当漫长，简直叫人望眼欲穿，直到后来父亲告诉我，钱是不能乱花的，十块钱够买十几斤大米，也能买一袋子土豆。

眼下，随着父亲的下岗这种计划不再有了。我们的生活陷入了一种无序状态。电视上满是解放军抗洪救灾的镜头，南方发生了百年难遇的大洪水，长江流域一片泽国。工人大面积下岗，人把钱捏得更紧了，揣兜里舍不得花；街道上的运煤卡车也少了，原因是煤炭滞销，各大煤矿的生产放缓；最明显的变化要数街道上下馆子的人，不如从前那般财大气粗，当堂呼天喊地。常见的是两三个工友点几盘小菜，安安静静的啜着小酒说话。安口窑的街道一下子变得萧条了，像一个去了势的土财主，病恹恹地等着咽气呢。

这是父母对局势的谈论，也夹杂了一些我的想象。

时间来到腊月，天寒地冻的，房檐下的烟囱管子吊着乌黑的尖冰溜子，吐一口唾沫都能冻成个钉。安口窑的工人要回家过年，扎堆赶制新衣。裁缝的生意进入旺季。有一次，道班站给工人办福利，定了八套西装，要求十天交货。母亲从早到晚一头扎在店里，竟然三宿没有合眼。夜里，铁皮房子冷成了冰窖，指头冻得伸不开，又麻又痒。实在冷得不行，她就到同街“万元户”老万的门市部买一瓶本地产的头曲喝下，浑身的寒冻才能驱散一点。老万吓到了，说：“嘿，女人家还喝酒!”母亲没工夫跟他扯，转头说：“现在社会，女人连飞机都能开。”

一个飘着雪粉的早晨，店里来了一位奇瘦无比的女人。她看起来好似大病初愈，脸颊上的肉瘪下去，眼窝深陷，脖颈细长，有点像维吾尔族人。她揭开棉布门帘探进半个身子，以为走错了，又退出几步抬头看了看门头上的招牌。确认一遍后，才走进来。她来加工两套平领西装。布是深蓝色的上等毛料，用打火机燎一下布头的毛边，有股焦臭味儿。她还带来了一套旧衣裤，叫我母亲照着尺寸裁剪，肯定没有问题。

女人名叫杨静，母亲因为她的瘦记住了她。

到了约定取衣服的日子，杨静带来一个梳着分头高高大大的男人。母亲一看，这不是房东兼邻居曹大海吗？曹大海笑呵呵地拱手作揖，用东北话说，他要和杨静要结婚了，到时候一定去喝他们的喜酒。听那口气，真有点不容商量的意思。

杨静是个苦命的女人，就在大烟囱不冒烟的两个多月前，她的丈夫死了。那是安口窑一个叫作马鞍梁的煤矿，她的丈夫红生和六个同乡下井，结果就再也没有上来。那天的阳光像鸡爪子踩烂的雪，矿方找到她，告诉她人已经死了，要她节哀顺变，配合矿方做好事故的善后处理。这消息一下子把杨静打蒙了，很久，她都只看见来人翕动的嘴巴而没有听见他们在说什么。周围的山在旋转，树在旋转，眼前一切都在旋转。她麻麻木木地坐在当院的石头上，清晰地想起男人离家时的那个惨淡的晌午，白白亮亮的太阳光刚刚拐过屋脊射到院子里。红生走出大门，太阳把他的脸照得比白纸还白。她有些意外，问男人，红生你的脸咋了，白森森的，有点儿不对劲，你是病啦？男人微笑着向她道别，开玩笑说他天天钻在阴曹地府，不人不鬼，见不得太阳，早晨被阳光一照，阴气就冒出来了。杨静的心扑棱一下，身体打了个激灵，骂他胡说，又说早晨起床右眼皮直跳，叫他别下井了，请个假，今儿个是她生日，陪她上街找个裁缝把那件红色的真丝面料做件衬衫。红生懒懒地打了个哈欠说，旷一个班罚款两百，请假也要扣八十，不划算，还说那件料子是他托人从兰州买回来的，做好了衬衫穿起来让他瞅瞅……

想到这里，两行眼泪从杨静脸上爬下来，半晌，才哇的一声哭出了声。来人说，屋里的，现在就靠你主事了，要坚强啊。这是二十万元的赔偿款，按理来说，十六万就是人命价的上限了，马鞍梁煤矿的赔偿从来没这么高过。杨静说，活着我要人，死了我要尸，你那二十万能换回我的红生吗？

来人拎过来一个帆布行李包，放在她的眼前，“吱”一声拽开拉链，仿佛把一具死尸开膛破腹。她轻蔑地瞅了一眼，不就是钱吗，人都死了还要钱干啥。来人说，井下瓦斯爆炸，蒋红生就在爆炸中心，尸体炸飞了，找不见了。另一个人不满意同伴的表述，掀开他，屁股上添了一脚，上前对杨静温声细语地说，大嫂对不起，救援队还在全力搜救，说不定很快就能找到蒋红生，但是需要时间，也需要您保守秘密。这么大的事，如果被外面人知道了，非但二十万的赔款拿不到，还要牵连另外五人。初步查明，蒋队长属于违规操作，那五个人也跟着他送了命。杨静说，这时候了我要那钱有啥用，一个大活人呀，那可是一个会说会笑的大活人呀，你就是把金山银山搬来，也没有我那一口人了。来人唉声叹气地说，世上事谁不想求个人财两得，可事到如今，咱也得守住一头吧。

一个人的生命到底值多少钱呢？她在那座青山下建了一座无碑的坟，埋葬了那只从事故现场捡回来的男人的皮鞋。矿上人说，红生就在那山下面，少一只鞋，黄泉路上走不快，来生转世说不定是个瘸子……

关于曹大海的遭遇，我们之前听到过一些。他原来的妻子是江西南昌人，跟他是大学校友。曹大海学的是弹药爆破，冷门专业，但就业有保障。毕业后，他被分配到大西北的安口窑503厂，而他的女朋友只能返回原籍，当了一位历史老师。按常理，两个痴情种子相互写几年信，感情也就淡了，然后各自身边有了人，结婚生子，再无瓜葛。但事情不是这样的，他女朋友跟家里大闹一场，与父亲断绝了关系，然后跑了几千里路来找曹大海。当年他俩的事迹把全厂人感动得热泪盈眶。他们举办了简陋的婚礼，媳妇就在厂子内部开了家小卖部，经营一些烟酒糖茶之类的小商品。人年轻时情感充沛，喝口凉水都觉得有滋味。但是几年前，一件事情彻底打破了他们的生活。曹大海是厂里的试枪员，偶尔犯浑，会把枪带出靶室，只好第二天再交回去。因为是空枪，大家都不在意，儿子曹星星经常拿它当玩具。那天，他又阴差阳错地把枪带回了家，也许是工作大意，弹夹里还藏了一枚没有消耗尽的子弹。曹星星拿着手枪玩，还约了他的同学。两个人一个跑一个追，就来到了家属院后面的山包下。曹星星追上那同学，用枪指着脑袋叫他别动。那孩子哪能不动呢，咯咯笑着又跑。结果“警察”的枪响了，“小偷”应声倒地。那是一把黑沉沉的磕掉漆皮的五四手枪，子弹是503厂生产的合格产品。子弹击穿了那孩子的脖颈，前面一个小洞，后面开了花。曹星星当时肯定蒙了，但他没有报警也没有大喊大叫，而是把刚才还活蹦乱跳的小朋友拖到附近的一条旱渠里，找了些废砖烂瓦把人给埋盖了。

警察是从课堂上把曹星星提走的。这小子被带去指认现场，曹大海才知道儿子闯下大祸。

你说这事，简直就是天下奇闻。曹大海两口子商量了一下，居然想到了假离婚，叫当妈的带着儿子去江西姥姥家待一段时间，换个环境，以便曹星星忘记这件事，重新开始生活。于是，在完成对死者家属的赔偿后，十几年的夫妻也分手了。他们天各一方，不再飞鸿传书，而是打电话，有事了赶紧说两句，没事了就各自生活。直到有一天，江西那边的电话打不通了，紧接着寄来一封信：大海，咱们各过各的吧，你工作好，在镇上找个年轻的女人不是问题，我这边也有人了。钱是你的，娃我带走，孩子需要好好调适，帮他走出阴影，毕竟大城市的条件要好一些。对不住了！

结婚的那天晚上，曹大海喝醉了。年轻的工友来闹洞房，有人找了一根毛线拴了颗水果糖，提溜到半空，叫曹大海和杨静用嘴咬，谁先抢到谁当家。闹洞房的人也是过分，不晓得两个过来人的别扭，故意让他俩出丑，押着曹大海抢糖果，那姿势就像批斗一个犯了错误的五类分子。

他们忘记了理智，快乐也变得纯粹起来。不知谁手贱，在新郎后脑上拍了一巴掌，阴阳怪气地说："曹大海，今儿个你结婚，喝得像根面条一样软。晚上给你个肉靶子，就怕你那枪打不出子弹。"

众人肆无忌惮地大笑起来。曹大海的身体抖了一下，吸了口气，像皮球鼓起来。无疑，是"子弹"这个敏感的字眼刺痛了他，被酒精麻醉的意识复苏了，他便落回到现实的痛苦中。他慢慢转过头，用空洞的醉眼盯住那人，表情严肃地说："都他妈给我滚，打不出子弹才好，要是打不出子弹，我这辈子也不用跟第二个女人睡觉！"

闹洞房的人骂骂咧咧地走了。母亲做了两碗汤面条送进他们的婚房，这时候她更多扮演的是亲人的角色。新房里的两个人别扭上了，曹大海梗着舌头说："安口，安口，一辈子就被这两个字给糊弄了，当初毕业就不该到这鸟不拉屎的地方来，503 厂连个能记住的名字都没有，就一个 503 厂。十几年啦，每天就试试那些子弹能不能撞响。砰——"他比画了个拿枪自杀的动作，"那颗子弹到底是怎么钻进枪膛的，它要是颗废品多好啊。你们觉得我曹大海，不，曹科长——我是质检科科长，你们觉得平日里我曹科长人模狗样像那么回事儿，其实我他妈什么都没有，我他妈放屁都能砸到脚后跟。"

曹大海哭了。母亲教训他："大好的日子，说这些话干什么？谁不羡慕你，全安口窑的工人一半都下岗了，就你们 503 厂是铁打的秤砣，风吹不进去，雨下不透，工资旱涝保收。你看我们老刘，早晨四五点起床，晚上八九点收摊，为那两个钱儿，简直是拼了命了。我们有什么？不是连住的房子都没有吗？你就别想那么多了，今儿个是好日子，早点休息吧。"

说完这些，母亲拔腿往外走。曹大海难过地说："我真羡慕你家老刘，我要是他，就把地瓜摊子搬到江西去，还能天天见到我儿子曹星星。他妈的 503 厂！我他妈要离开安口窑！"母亲走到屋外，把门带上。天太冷了，窗户里透出的亮光好像被冻在了地上。室内火炉的热量令她双颊发烫，在蹚过那片冰面一样的亮光时，她感到清冷的夜晚如此令人舒爽。

屋内传来争吵的声音，继而有什么东西摔在了地上。

六

父亲在菜市场卖烤地瓜，用大汽油桶子改造的烤炉像鬼子的炮楼。即使是干这种粗活儿，父亲依然保持着仪态上的体面，经常穿着母亲缝制的翻领西装，戴一双白线手套，看起来像个勘验现场的法官。肖明亮说得没错，这生意确实赚钱。早晨洗一袋子生地瓜，拉到市场上，一个个塞进炉膛里，用炭火慢慢熏。等到开锅出炉，那些生瓜蛋子就变得外焦里嫩，蜜汁横流，撕一口，就像撕开一个蓬蓬松松的大棉桃。人们吃过一回，就认可了新师傅的手艺，因为这家地瓜不但口味好，还没有泥斑，更干净。

那天曹大海骂他："别傻了，哪个卖地瓜的有你这么好的心眼，地瓜皮都被你搓掉了。"曹大海是看见我父亲在水龙头上洗地瓜，手冻得又红又紫才说这番话的。曹大海说，别人顶多用大水冲一遍，烤熟了还有什么泥不泥的，关键是把钱弄进口袋。父亲说，我洗三遍，吃的东西可不能马虎，就是费些力气，不碍事。

父亲很兴奋，他似乎第一次在事业上混出了成就感。但是，当他信心十足地想要投入另一种生活当中时，一场灾难也在不远处潜伏下来，等着他靠近。

父亲的同行中，有一个陕西的婆姨，勒着一顶绿色头巾，露出两个紫茄一般的脸蛋，整天坐在街对面的小马扎上，用一双阴鸷的小眼睛密切注视着我父亲的一举一动。女人口齿伶俐，说话一点都不客气："哎哎，老刘，国营工厂的会计你不当，跑到这来跟我们抢什么生意呀，瞧你把衣服穿得这样干净，是卖货呢还是卖人？草垛子底下日叫花子，你这是欺负额们这些穷怂哩。"

"市场经济，自由竞争嘛。"父亲说得理直气壮。他们妒忌父亲的生意，有人竟造谣我家的地瓜用肥皂水泡过，又用二氧化硫熏，所以烤出来皮白肉嫩，味道鲜美。如此一来，我家的生意就大不如从前了。

那天，父亲去黑石县买了一车生地瓜，拉车走到神峪峡。几辆拉煤卡车开过去，司机路况不熟，在弯道上甩了一下车屁股，几疙瘩炭块便从车厢里滚了下来。父亲想，炭块也是钱啊，一坨牛屎还有人捡呢。他就一路走一路捡，竟然捡了半蛇皮口袋。这些碳块，足够生意上两天的消耗了。为节省成本，后来父亲白天去卖地瓜，清早出门捡碳渣，多多少少总有收获。

说起来，捡炭块也是有先例的。以前人们在路上偶尔捡一块两块，谁也没想靠此发家致富，可慢慢地，有人起了贪心。他们在弯道搁一块石头，造成石头是从山上滚落下来的假象。司机遇到这种情况一般都会措手不及，习惯性猛打方向盘。出事的那天清晨，父亲拉着铁板车行走在神峪峡的大马路上，一辆卡车刹车失灵从弯道上冲了出来。他当时吓傻了，定定站在那里。卡车像一头饥饿的巨兽扑过来，他闻到了死神腐烂的气味。那一刻，他的头脑里没有任何想法，更没有时间去思考令他痛苦的人生哲学和诸多生活上的愉快和不愉快，他甚至连本能反应都没有。那辆失控的卡车眼看就要将他吞噬，却在十几米处拐了个 S 弯。怪兽滚烫的鼻息最终化作一缕凉飕飕的风，将他吹了起来。父亲觉得能叫他飞起来的强大力量来自手里紧握着的车辕。他飞到半空，努力想记住那辆逃之夭夭的卡车，却发现黑色的炭粉遮住了最关键的地方。看不清车牌，只记住了那辆钢铁怪物的屁股上长着一排红得滴血的眼睛。

尔后，他很快落回到地上，触地一刻他听到骨头铮铮断裂的声响。突兀的山峦像一群啄尸的秃鹫聚过来。他看到灰白的天空堵上一层一层的阴影，直到眼前漆黑一团。父亲想，他就是从车厢里滑落的炭块吧，四分五裂地散落在了荒草中……

生死是一瞬间的事，你永远无法知道意外隐藏在哪个路口。我父亲在黑石县医院的病床上躺了一个月。事故中，他摔伤了腰椎，我们县里的医生说，他后半辈子恐怕要在轮椅上度过了。那段时间，父亲的心情糟糕透了，每天早上喝一点稀粥就坐到窗户下的靠背椅上，一坐就是一整天。他嘴里反复嗫嚅着一句话："怎么会啊!"

父亲想不通这个问题：他平生老实本分，从不做伤天害理的事，命运为什么要叫将他推向绝境。我们安慰他，说疗养一段时间就会好起来。父亲说，我们都在骗他。我们确实言不由衷，只想为他宽心，让他好好活下去。有一天放学回家，我看见父亲头发蓬乱，眼神无光，像个骂街失败的泼妇，坐在地上一边哭号一边捶打双腿。曹大海站在身边，手指着他头发灰白的脑袋教训："老刘，你个混蛋，要死就死到外边去，你死在我房里，整我是吧？我前世又没欠你的，你的行为就是恩将仇报。"曹大海到底是个读过大学的人，骂起人来也这般斯文有理。确实，是父亲辜负了我们，他已然对生活失去了信心，所以才会选择自杀，以此结束他自认为平庸的一生。他性格中矛盾的一面在他选择死亡的方式上暴露无遗。为了不引起我们的注意，又或许他认为上吊是最节俭的方式，所以当我们不在家的时候，父亲就把一条旧床单翻出来扯成布条，搓起了绳子。他带着白线手套，这符合他的行为习惯，他把布绳搓得粗细均匀、光滑好看，这符合他追求美好生活的一贯做派。可是，当他准备好自杀的工具，却发现找不到一处适宜悬梁的地方。他在脑子里比画了又比画，最后勉强想吊死在门框上算了。

父亲想要杀死自己。他不准备见我们最后一面。那时候，他整个下半身几乎不能动，只好用两只手支撑着，挪动屁股。他打开门，再用一根木棍捅开上面的亮窗，门顶的横梁就暴露了出来。他把绳头丢过去，双手抓住绳子的两端，这时候他才发现自己遇到了一个无法克服的困难——打出的套索太松了，无法把他吊在半空。

父亲试了几遍，均以失败而告终。连杀死自己都不能做到，活着还有什么意义？父亲伤心地哭起来。这时候曹大海下班回来了，他看见父亲的狼狈相，明白了这个寻死者悲凉的心境。他骂父亲，恨不得打他几拳踢他几脚，叫他清醒起来。这件事情深深刺痛了我们。母亲流着眼泪对父亲说："日子不会把人逼到绝路上，好好活着，你死了，我们孤儿寡母在世上被人欺负。"

母亲逼着父亲答应她今后不再干这样的傻事，父亲仰着头，不说话，像个视死如归的英雄。母亲决绝地说："走，我带你上北京的大医院。"

母亲想到了肖明亮，想把两万块钱要回来给我父亲治病。

当年肖明亮买了车，风光了一段时间，后来全家人都搬去了黑石县。母亲按照地址找到一个叫红星巷的地方，那是个靠近东华煤矿的大杂院，主人在四周建了一圈房子，然后租给附近上班的工人。她穿过逼仄的门洞，站在天井一样的院子里。房东是个豁嘴的老头，穿着一件遭过狗咬似的棉线背心，侧漏出一枚平庸的小乳头。他摇晃蒲扇，指着一间挂粉色门帘的房子说肖明亮一家就住在里面。

母亲喊："明亮——明亮——"她撩开肮脏的帘子敲门。

过了十分钟，一个趿着鞋披头散发的小个子女人掀开门，没好气地说："敲什么敲？大清早的，阎王爷催命呢？"

母亲问："肖明亮呢，我找他。"

女人的样子像一匹狼，龇牙咧嘴地说："死了！"

这时候房间里传来婴儿的啼哭，女人破口大骂："哭啥哭，你老子欠下一屁股债跑了，丢下你不管，再哭，就把你扔进尿盆里淹死，我也活得烦透了，大清早就撞上了催债的鬼。"女人走进屋里，拿出一个小本子说："看清楚了，我跟姓肖的已经离婚，愿上哪告上哪告，反正我是一分钱都没有。"

女人摔上门，把帘子上两个凫水的锦绣鸳鸯夹在了门缝里。豁嘴大爷的蒲扇摇得更紧了，眼睛直勾勾往这边瞅。他索性走过来，做出一副和事的姿态问，肖明亮欠了多少钱。母亲无辜地说欠了两万，家里人下岗了，又遇上车祸，她想把钱要回去。

豁嘴大爷皱皱眉毛，龇着一嘴黄牙开始了混乱的叙述。

肖明亮跑了几天出租车，竟异想天开要开发房地产。他看上了一家倒闭多年的修理厂，好不容易把地皮搞到手，可买地的钱要么是银行贷款，要么就是从私人手里拿的高利贷，空手套白狼，他高估了自己的实力。原计划建两幢七层的商品楼，城建、土地、工商、环保、税务那么多单位排着队伸手要钱呢。后来，钱花光了，事却没办妥，肖明亮一看形势不妙就撂了挑子。这一表态，先前借给他高利贷的人急了，兄弟们都等着他起高楼，赚大钱，跟在屁股后面发财呢。眼下这情形，任由肖明亮再折腾下去，鸡飞蛋打是迟早的事。他们关系好的时候拍肩膀称兄道弟，天天混在一起吃香的喝辣的。肖明亮没钱了，就经常挨人家的打。他被打怕了，就丢下女人和小崽子跑了，去了哪里，谁也不知道。

七

一九九九年的秋天似乎没见过太阳，雨从九月飘到了立冬。安口窑的街市两边，树丫湿答答地淌着水，颜色墨黑墨黑的，叶子尚未凋零，密密集集罩在上空，因为遭雨水冲刷，洗去日积月累的煤垢和粉尘，露出一片生机来。人们这才发现，原来安口窑的树也是绿色的。雨下得呜呜咽咽，开始的时候，满街黑水横流。许多天后，河渠里的水清澈了，大烟囱不冒烟的安口窑变得干净起来。电视上解释这是一种叫作拉尼娜的全球性气候异常现象。以前大家听过西伯利亚寒流，知道受它影响一定会降温降雪，也听过厄尔尼诺，知道是它引发了刚刚过去的一九九八年的特大洪水。这次大家又明白了，原来“拉尼娜”才是阴雨不断的罪魁祸首。人们逐渐适应了安口窑多雨的天气，总比一年四季跟在大卡车后面吃煤粉好。

一天，工商所的王胖子找到我母亲，勒令我们拆掉铁皮房子。母亲与他理论，王胖子说，马上要到二十一世纪，中国的宇宙飞船都要发射上天啦，那些十多年前搭建的铁皮房子严重影响市容市貌。按规划，镇上准备在这里修一条香榭丽步行街。我至今记得王胖子当时嚣张的样子，他腆着肚子扬起三根手指说：“当年建铁皮房子是政府的主意没错，但那是十多年前的事了，那时候我老王还在乡下摸牛屁股呢。如今政府申明，土地属于某个集体，要收回处置，变为国有。让你白占了这么多年，也够意思了。哪个人胆敢站在历史的车轮前只能自取灭亡。”

于是，在一个阴雨连绵的午后，街上来了一群横声蛮气的公人，他们二话不说架起梯子，爬上房顶，揭去防雨的牛毛毡，拿扳手拧开锈迹斑斑的大螺帽，从角铁上剥离掉整张整张的雪花铁皮，卸掉门窗，然后再把作为框架的横杆立柱掀掉，先前还门脸整齐的铁皮房子便只剩下一圈废砖烂料，露出一坨干巴巴的地面遗址。

母亲拉着铁板车把店里杂七杂八的东西搬回来。杨静和曹大海都来帮忙。他们夫妻俩可真是好人，上次的事，他们并没有怪罪我父亲，也没有赶我们走。如果他们要这么做，那也无可厚非。曹大海一边帮我们抬东西一边说，当年他家里穷，兄弟四个，老爷子端一把土猎枪，在长白山下打狍子，一斤肉才卖一毛钱。现在还不都过来了。杨静阿姨嫌他多嘴，捣了他一胳膊说："干你的活儿吧，这大道理陈师傅能不懂？"她说的是我母亲，她称我母亲为师傅。母亲眼圈红了，心情复杂地说了句："谢谢！"

我记得那天晚上母亲抱住我痛哭流涕，"这辈子我和你爸，为讨一口饭吃，把日子过得混混沌沌。这么多年了，我们才发现，原来日子是没有希望的——日子的希望就是你啊！"我们一家人坐在昏暗的电灯下，流着眼泪，良久无语。

房顶四角布满了雨水洇湿的霉斑，空气潮湿而冰凉。我讨厌这样凄怆的雨夜，讨厌这个狭小的空间，讨厌他们无辜的眼泪。沉默了足够长的时间，坐在轮椅上的父亲说："我就是去卖血，也要把小武（上学）供出来。"我不知道为什么会突然发火，内心的委屈一哄而上，叫嚣着说："凭什么你们的希望是我？就这个破屋子，还有什么希望？"父亲不说话了，他觉得自己拖累全家而心存亏欠。母亲一把推开我，让我跪下。她的力气可真大啊，本来我们还好好地坐在我家那张弹簧冒了头的烂沙发上，她这样一推，我就从沙发上滚了下去，身体撞在床头上，地动山摇，眼泪就出来了。

事出意外，母亲故作镇定地说："就凭我和你爸养你吃了十六年的饭。"

我第一次意识到自己来到了十六岁的年龄。母亲又恨恨地下了一遍命令。要知道任何时候我都是不敢忤逆她的意志的。我便很不情愿地跪了下去，地面湿渍渍的，好像要渗出水来。她把挂在墙上的那块算盘取下来，上面一定落满了灰尘。母亲说，你该知道这块算盘是你爷爷和你爸爸用过的，给它磕头。我没有办法，不知道她安排这个陈旧的仪式到底是何目的，是有助于改善目前艰难的处境，还是她一时心血来潮。我心里憋着气，脑袋磕在砖块铺就的地面上，蛇吻一样冰凉。于是，在我后来的记忆里，这个阴暗、潮湿、坚硬、冷峻、无情的夜晚，仿佛是一堵无形的墙，我们结结实实撞在了上面。

雨没完没了地下着，下得人心里发慌。我身上起了一层湿疹，痒，不由得要去抓挠。大烟囱也好不到哪去，它是用红砖砌成的，被雨水淋湿，颜色变得黯淡，之后慢慢发绿，被一层藓衣紧紧裹了起来。第二天，我完全不知道是什么力量驱使着我，翻过陶瓷厂的围墙——大门处有个恪尽职守的看门大爷王大鳖。我知道，这里根本不可能有什么导弹天井。我亲眼所见，荒草丛生的后院里摆满了黑瓷大缸。枯败的蒿草淹没了我的身体，我仿佛穿梭在热带雨林，每走一步都要撩开湿答答的植物茎蔓。我守着内心的秘密亦步亦趋，委屈在一点一点放大。身上的衣服被雨水浇透了，母亲做的灯芯绒的布鞋磨开了洞，鞋窠进水，两只小船倾覆了，脚像溺水的幼兽痛苦地扑腾。那个年纪，同学们差不多都有一双胶底的球鞋，而我永远没有。我感到自己低人一等。就这样，我走到陶瓷厂废弃的车间前，呵——我觳觫一怔，大烟囱犹如一块肃穆的纪念碑，挺立在我的眼前。

它在纪念什么？那一刻，天空变得明亮，雨也停住了。

我围着大烟囱走了一圈，发现它是从工厂车间的屋顶上伸出去的，而且还有一条舷梯，一直通向烟囱口。我真是鬼迷心窍，竟然想到要爬上去一探究竟。

我顺利攀上楼檐，抓住生锈的梯子，一步一步爬上去。梯子很像是一条竖起的铁轨，贴着大烟囱伸向天空。我害怕极了，掉下去就会粉身碎骨。梯子上挂满晶莹剔透的水滴，每个水滴都浓缩了一个世界。我手脚并用，一点一点接近目标。手掌被铁锈染红了，仿佛涂满了鲜血。记忆又一次跳回到十年前那个遥远的下午，散发着面包香味的工厂大院，漂浮着青蛙卵块的肮脏池塘，擦着房檐飞旋的燕子，刷着巨幅标语的食盐仓库，还有那幢红砖红顶的筒子楼，一齐挤过来，堵得我气喘吁吁。

我听见了自己的心跳。

我咬着牙爬到了大烟囱的最高处，俯视安口窑芸芸众生的人间。在经历了七十七天的雨水洗礼之后，我的眼前呈现出一个全新的世界。我感到自己站在了世界的中心，在过去与未来的交叉点上振臂欢呼，这种感觉好极了。

我的心中充满了美好的情感。当年工人们把融化的玻璃吹成灯泡，就像舷梯的栏杆上挂着的一排水滴。若非亲眼所见，我绝不会相信世上竟有这般奇幻的事情。

我的思绪一不小心又划向了十年之后。十年之后是什么样子？十年间会发生多少变化？

我想，人生总归要有一个出口。那时候，大烟囱像荒野上一块无名的墓碑，要么就是玫瑰花上的巨刺。然而这种情况并没有持续多久，陶瓷厂就被夷为平地了。那是我从南京大学博士毕业，走下长途汽车的一刻，我惊讶地发现大烟囱消失了，耸立过大烟囱的地方崛起了一片小高楼。人群里，我看到了我的父亲和母亲。他们年轻，健康，漂亮，衣着得体，精神焕发。

我为他们带回来几样礼物：印度尼西亚的猫屎咖啡，法国的白兰地酒，还有一枚产自北美落基山脉的冰玉吊坠。虽然没有真正走入异国他乡，但世界已经装进了我的心里。

生活无心将人赶尽杀绝。父亲恢复健康简直是个谜，这要和我家一系列重要事件联系在一起。

千禧年之后，杨静阿姨用亡夫蒋红生的抚恤金买下了一处荒废的砖窑，与我母亲合办了红生蘑菇种植园。刚开始，她们还没有这么大的胆量，便在503厂的小庭院里用我家那些正待处理的铁皮搭起了一座小温室，废品利用，权当试验。菌棒是从市农科所买的，像一个个小枕头，母亲把它摆上温床，开始给予婴儿一般的照料。母亲年轻时有过在山上采摘野生蘑菇的经历，父亲也曾是食品厂的下岗工人，对于蘑菇的生长到底有一些了解。杨静阿姨问她，陈师傅，要是种不出来咋办？母亲风轻云淡地说，没有不发芽的道理，别人能做的事我们也能做。她是在电视上看到河北遵化的农民种植大棚蘑菇突发奇想的，而对生活一贯的信心则在这次创业中给了她莫大的帮助。

我家试种蘑菇一次成功，我也永远记住了那次我闯进铁皮温棚，看到的令人惊艳的一幕：枯枝般的菌棒上发出点点白芽，犹如梅花盛开。

“梅花香自苦寒来”，我把蘑菇当成了梅花。这样的心灵震撼，不啻当年我第一次闻到黄油面包的香味。

后来的事所知不详，因为二〇〇二年我考上大学离开了安口窑，家里的消息只能从宿舍楼下那台支支吾吾的公用电话机上听到一些。但无论怎样，关于母亲和杨静阿姨在窑炉里种植蘑菇绝对是那几年安口窑的一大新闻。她们被当作下岗创业的典型和巾帼妇女的标兵在全县宣传报道，事业也取得了超越经济意义的辉煌。我隐约觉得，这一系列家庭的变化与那个令人绝望的雨夜有着某种神秘联系。我们好似坠入了黑夜，但我们穿越了黑夜，从此便走向了新的明天。

有了钱以后，母亲带着我父亲四处看医生。她们去北京协和医院。在咸阳机场坐飞机，可能是我父亲这一生最开心的时刻。他没有想到自己有生之年会坐上飞机翱翔蓝天，心情显得格外愉悦。他是被我母亲和机组的乘务人员搀扶着走上去的。

飞机像箭一样斜射出去，父亲注视着舷窗外逐渐缩小的田畴和楼舍说："我一个残废，不能走路，反倒还飞了起来。"

母亲说："你的病不在腿上，在腰上，你的腰要是能挺起来，我也该歇歇了。"

"这几年辛苦你了！"父亲轻轻摁着母亲的肩膀。

"不辛苦。"母亲闭着眼，好像要睡着了。

"都是我拖累了你们——"父亲动情地说了半句就被母亲打断了："老刘，咱说点高兴的事吧。"

"高兴的事太多，倒不知要说哪件。"

他们靠在椅背上，母亲心事重重地想着父亲的病情，而父亲则像个出游的孩子兴奋地说起了以前的事情。他一提起李红就满脸敬佩，说起肖明亮又会扼腕叹息。"他们都去了哪，情况不知道咋样？"父亲对故人的回忆满含善意。

母亲说："肖明亮就差没把咱们害死。"

父亲好似有预感，十分肯定地说："他会回来的。"

我没记错的话，那是在二〇〇五年临近除夕，在将父亲送进协和医院之前，母亲推着他登上了八达岭长城。当时正好是旅游淡季，长城上的游客稀稀疏疏的，根本不像现在这般拥挤。他们在垛口前拍照留念，后来父亲坐在轮椅上的这张照片就夹在了我家最显眼的镜框里。照片上烫了一排红字：不到长城非好汉。他们圆了人生的一个重要梦想。紧接着，父亲被推进了手术室接受治疗。在全国最好的医院里，这种外力导致的脊椎骨变形矫正只是一台常规手术，但我母亲放心不下，找到主刀的孙医生，硬是往人家白大褂的口袋里塞了五百块钱。孙医生大概没见过这么明目张胆送红包的，看了一眼我母亲，便把被她捏得汗渍渍的钱卷子扔在了地上。孙医生只说了一句话：拿回给病人买点补品吧。

母亲心里忐忑极了，她怕自己好心办坏事，弄巧成拙，说不定人家是嫌少呢。早知现在，又何必当初。我想，在那段时间的许多个不经意的瞬间，母亲一定发出过这样的唏嘘和感叹。

母亲的心事一直到父亲出院才烟消云散。一周后，医生告诉她手术十分成功，病人可以回家疗养，以便让出床位给其他人，同时也可减少不必要的支出。于是，他们又一次坐上火车回到了安口窑。正月里，到处张灯结彩，那时距离父亲发生车祸整整六年了。

父亲是坐着轮椅回来的。不久之后，他突然站了起来，很有一些传奇色彩。

那时，红生蘑菇种植园规模扩大，窑炉的空间被充分利用起来，分隔成六个窑间。主要生产香菇，一年出窑二十多吨产品。我母亲负责技术和生产。有一天，窑间内温度跟不上，一个新来的被他们亲切称为吴秀才的工人不熟悉情况，自作主张在里面生起了炭火盆。最先是母亲进去的，一氧化碳中毒，晕倒了。那段时间父亲和母亲都住在厂里，父亲重操旧业，做起了厂里的会计。他恰好也在现场，预感到情况不妙，喊我母亲的名字，她不应，最后就喊救命，救命呀。也真是奇怪，那天园子里一个人也没有。父亲急得满头大汗，握住轮椅的两只扶手，像根木头竖起来。他艰难地迈开腿，以为自己会跌倒。他听到体内传来经脉绷张和肌肉撕裂的声音。身体生锈了，瞬间爆发的力量扯断了芜杂的野草，脊骨响了一下，仿佛扣上了一枚扣子。

父亲就这样站了起来，他的健康赋予了生活重要意义：他救了我母亲。

我想，这也许就是天意吧。

大烟囱终于倒掉了，那片小高楼有个时髦的名字，叫维多利亚港。据说，开发商在建设之初给小区起名世界之窗，相关部门的领导在讨论规划方案时全都投了赞成票，唯独对这个咄咄逼人的名字颇有微词。他们一致认为，安口窑的山沟沟太小了，无论如何都放不下世界的窗户，连世界的一块窗把手都放不下。

在哄堂大笑中，开发商肖明亮对着展示他半生心血的大屏幕自豪地说："各位领导，八年前鄙人曾想过在安口窑修两幢楼，可惜财力不足，失败了，饱尝人间辛酸冷暖。但是，失败是成功的妈妈，我当年抛妻弃子只身一人去海南岛闯荡，给人家开出租车，又遇上中国加入WTO，我做外贸服装生意，那钱是用秤称着往口袋里装。为什么？安口窑人擦屁股用胡基（土疙瘩）的时候，人家用的是纸，到了咱用纸的时候，人家坐在全自动马桶上用水冲用暖风机烘，等以后咱改用马桶了，估计人家发达得连屁股都不用擦了——你们笑什么笑？他们能建世界之窗，我们为什么不能？起码得搞个维多利亚港，与国际接轨，跟世界同步。”

这次肖明亮没有食言。一年之后，维多利亚港建好了。没有水，没有船，却有那么几幢影影绰绰的高楼。肖明亮开着宝马越野车来到蘑菇园找我父亲。父亲年过半百，俨然已老去。他对父亲六年的病痛折磨表示出极大的歉意。下车后，肖明亮轻轻敲开了我父亲办公室的门。

炉火正旺，房间内暖意融融。水壶里蒸气嗡鸣，云蒸霞蔚。

我父亲感觉有人进来了，没有抬头。肖明亮也没有打扰我父亲，悄悄坐在了椅子上。他不知要怎样开口。

“稍等一下。”父亲做完手里的账目，填了一个满意的数字。他看见肖明亮，并不十分意外。

“你来了？”

“是啊，表兄。还在拨你那羊粪球呢？”

父亲没答话。肖明亮掏出中华香烟，用一枚金光闪闪的打火机点上，吐出一口幽蓝的烟霞。他示意父亲要不要来一根，父亲摆手拒绝。

“表兄，我回来那么多人都追着我办事，你为什么不来，我借你钱，你反倒还清高起来了。”

“因为我知道你不会骗我。”

“你就这么信任我？”肖明亮狠咂一口香烟说，“当年我借你钱，一张白条都没打。如果我死在海口，你的两万元就打水漂了。”

“你现在不是回来了吗？”

那一刻，肖明亮的眼睛里似乎有泪光在闪烁。呆立几秒钟，他退后三步，给父亲弯腰深鞠一躬。

“表兄，都过去了，我要送你一套房子。”

“无功不受禄，还了我的血汗钱就好。”

之后的事情是，我们终于在安口窑维多利亚小区买下了属于自己的房子。我经常想大烟囱曾经的位置。没留下任何蛛丝马迹，这里比一个精心破坏的犯罪现场还干净。往事一旦陷入回忆就像爬坡的牛车一样艰难，当年我登临绝顶，看到过一个被雨水洗刷一新的安口窑。我清楚记得，烟囱最高处有一个不知是什么鸟筑的巢。它小巧、可爱，招人喜欢。它竟然就那样挂在梯子与墙壁焊接交叉的角落里，摇摇欲坠，却又坚不可摧。我无意破坏它。我突然觉得，这里一定飞出过一只漂亮的小鸟，在南方的温风细雨中骄傲地飞翔。

乔迁那天，家里来了一位不速之客。那人不说话，身上的旧军装黑垢垢的，好像很多年都没洗过了，胸前挂着十多个大大小小的战斗勋章。我第一眼没认出他是谁。父亲喝得醉气醺醺，跑出来一看，竟然是老厂长李红！李红还是以前的样子。时间没有穿过他的身体，像风一样吹旧了他的军装。当年食品厂树倒猢狲散，我们以为他回了山东老家颐养天年，现在才知道，原来他在山后面开了园子种菜，许多年了，一步也没离开过安口窑。

（原载于《飞天》2019 年第十一期）

风中贝尔果

一、别人说我们青梅竹马

订下单程机票，海棠才告诉我她要出国的消息。没想到去的是山地小国尼泊尔，我说，还不如去西藏，一个在喜马拉雅山这边，一个在喜马拉雅山那边，环境上没多大差异，又冷又荒凉，还缺少氧气，常年吹风晒太阳，小心被弄成两个红脸蛋子。我是戏谑着对她说的。海棠望着我，像欣赏一只陌生的动物，足有十秒钟。当然了，她有充分的理由做此选择：成都华锟公司来学校招聘，报名的人很多，大约十挑一的比例，而她正是那个幸运儿。

支教吗？我继续我的玩世不恭，据说尼泊尔语是世界上最难听懂的语言。

谁知道呢，她说，尼泊尔山区的孩子需要我的帮助。

我无奈地笑一笑，说，你有伟大的国际人道主义精神。她的眼神很无辜，当时，我确实从她的眼睛里发现了以前从未有过的东西，由此我想到她所描述的尼泊尔小孩应该就像她现在的样子。我说，你要想去，没人拦得住。

海棠的鼻子抽动了一下，可能是因为委屈、激动，也可能是在暗自哭泣。我把目光转向远方。说实话，我是心虚。这么随意一瞥，正好看到从绿岛驶来的3路公交巴士。海棠抱住我，我闻到她身上迷人的香气。她轻轻摩挲着我的背说，放心吧，两年之后我会回来的，先找个有意义的事情做着，别把自己废了。我的眼泪不知怎么就流了下来。两年时间，说得轻巧，如果我现在和她生个孩子，两年之后都能上街打酱油了。海棠的脸贴着我的心跳，安慰我说别这样了，都老大不小了，还是一副孩子气。我说，我不生气，就是舍不得你。

海棠的肩膀很瘦，我搂住她，像搂着一件空荡荡的衣服，看脚下芸芸众生的世界，一切都仿佛陷入静音。街道上的车很拥挤，3 路公交巴士被困在一堆小汽车中间，一点一点蠕动。前方的挡风玻璃上有一行模糊的发光字，红色的，两侧应该还有喷绘广告，一侧是锦绣花园城的售房海报，一侧是仁爱医院治疗妇科疾病的热线号码。我猜。我一直看着那台公交汽车像一团绿色的雾瘴飘过桥下，才松开手。我说，回去吧。海棠说，好。她没有哭，只是头发有些凌乱。

那天，我走出花田庵的画室，和她约好在学院路的人行天桥上见面。街道两边全是楼，我们好像站在大地的裂缝里，头顶是“一线天”，蜂窝一样的窗户密不透风，人在街上行走要克服湿热空气的巨大阻力，像在沸水中游泳，连呼吸都要张大嘴巴。她穿着白色 T 恤，浅色牛仔裤，鞋子也是白的。我仿佛看到一只站在铁丝笼外的鸽子，一扑棱，就要飞走了。

分别是最好的情药。当晚，我们陷入了久违的二人世界。先是在学校门口一个音乐教授开办的小酒馆里喝酒，喝的是四百九十八元一瓶的高价红酒莫兰汉尼。我知道比这个价钱高的酒多了去了，但作为毕业离校又未就业的穷学生来说，这已经是相当奢靡的消费。我们面对面坐在吊架上摆满绿萝的角落里，灯光昏暗而又暧昧，空气里弥散着女用香水的味道。穿着燕尾马甲的小青年十分卖力地拉着小提琴，演奏的是一首很耳熟但我一时半会叫不上名字的乐曲。舞池里没有人，大家都知趣地分散在各自的位子上，愉快地聊着天。这样的夜晚很适合谈情说爱，或者搞点小动作。但我和海棠例外，我们碰杯，喝酒。该说的话早就说了，我们仅仅是为了完成正式意义的告别。很快，我们就把那瓶酒喝得一滴不剩，由此引发的是脑袋像稻穗一样沉沉地垂下来。我快要睡着了，脑子转呀转，忽然发现自己是坐在酒吧里的，乍一下惊醒，看见海棠绯红的脸，像一颗成熟的果实。我说了声对不起（简直多余）。我闻到她嘴里的酒气，比美酒本身还要诱人。我看见她的唇像一颗草莓。她的身体发烫，一尺之外就感觉到温度。那会儿，我倒很想吻她诱人的嘴唇。

海棠问我去哪。我说，老张那里吧。老张的旅社住一晚上才二十块钱，有类似医院病号睡的那种床。我们在彼此需要的时候，曾经无数次去他那里过夜，加十元钱，还可以洗澡。然后进入也许只有四平方米的小房间。夜里我们折腾得时间久了，老张会叫他女人站在门外咳嗽，以示警告。如果女人的办法不奏效，老张就出马了。老张总是穿一双木屐一样的人字拖，抬脚往门板上踢两下，开骂道，二十块钱，你把这里当成你家呀。年轻人，我像你这岁数，早都不放空枪了，我孩子都两三个了。要再这样搞，下回收你二十五，你往天亮里搞。

海棠的身体烫烫的，酒精在体内燃烧。她说，今晚去住酒店。我心里反感，到哪都一样。海棠说，不一样，今晚是用来告别的。我懂她的意思。我们拦了一辆出租车，报站说去市里最好的酒店。司机师傅没吭声。我们滚进后排座子，关上车门。司机师傅从后视镜里盯了我们一眼，摁下计价器，车子便窜了出去。我嗅见淡淡的花香向我袭来。

我和海棠是在一个大院里长大的。童年的时光走得慢，回忆起来像慢放的电影，走走停停，总也演不完。站在二十二岁的夏天往前看，这样的记忆占了一大半。那时候，我经常上她家玩。她家有件唐三彩的大瓷马，有她爸爸收藏的集邮册，还有许多书，锁在一个橘红色的大衣柜里。有时候她偷了钥匙打开柜子叫我看，她家的书全是很厚的那种，密密麻麻的字。我便专挑有插画的书看热闹。四大名著是我最先从她那里听来的，她给我说林黛玉和贾宝玉，可我一点兴趣也没有。我喜欢听水泊梁山上的宋江，他杀了阎婆惜落草为寇当了英雄。

后来有一天，我再去她家时，衣柜上的镜子碎了，里面的书也不见了。我问她怎么回事，她说她爸爸和妈妈打架，把镜子砸烂了。我不关心镜子的事，只想知道那些书哪去了。她说是她爸爸亲手烧掉的，一张一张撕下来，边烧边哭，烧了整整一天。我说你爸真傻，书不要了可以拿去当废品卖，烧了多可惜呀。那个时候，她扎着马尾，年龄比我大，但个子比我矮，我们都在县城的纸坊街小学念三年级，对大人的事了解不多。她说你爸才傻呢，我爸好，我妈不要我了，我爸要我。从那以后我就再也没见过她妈。

海棠妈是我们县有名的大美女，大院里的人都知道她嫁给海棠爸是看上了人家有份稳定的工资。工人身份很吃香，海棠爸人长得不咋样，但天生有一副画画的好手艺。据说，他把市面上的东西看一眼，便立马能画出来，简直比真的还像。在照相技术尚不普及的一九八〇年代，厂里有了这根顶梁柱子，便省却了很多产品研发的经费，有时候让他去外边转转，逛逛百货商店，海棠爸就能把看到的桌子、椅子、红木沙发拆成零件，画成图纸，然后指导厂里的工人仿制。后来到了一九九八年，木器厂倒闭，海棠爸下岗了。厂里的师傅有的去街上摆摊，有的开了小饭馆，还有的站在马路边上专给人装卸货物，反正都有了自己的营生。海棠爸仗着自己有手艺，和别人不一样，每天待在家里抽烟，半年时间过去了，一事无成。海棠妈和海棠爸的关系就是在这个时候恶化的。那年海棠妈应该只有三十出头吧，少妇的妩媚刚到了火候上。我不知道她们离婚还有什么深层次的原因，但她的确扔下小海棠走了，海棠爸数日间头发全白，活活像顶了一朵大蘑菇。

海棠爸带着女儿生活，最先贩卖木头，过了几年开办了一家鞭炮厂。我上中学那会儿，她家情况好，海棠爸买了一辆枣红色桑塔纳开回来，停在大院里。院里的男生看稀罕，有的想上去摆弄摆弄，拽不开车门，就爬到引擎盖上。我围着车子转了几圈，最后把注意力放在两只长方形的大眼睛上。我觉得那眼睛一直盯着我。我对小伙伴们说，海棠爸娶了小老婆。伙伴们摇头，不信。我说，你们敢不敢喊，伙伴们说，喊什么。我说，等我想想。我想了几分钟，伙伴们开始催了。我说，你们就喊“老白老白白了头，娶了个媳妇才十九，买了个汽车溜墙走”。伙伴们都说好，纷纷喊起来。这时候，我跑到大院里的公用水龙头下，抓了两把稀泥，就把汽车的大眼睛给涂瞎了。

海棠爸姓白名勇。老白是我爸妈这样称呼的。海棠爸闻声跑出来，看见我们一帮孩子正拿他的汽车撒野，大喝一声。孙大头从引擎盖上跳下来，摔了一跤，我们边跑边笑，像一群麻雀飞了。海棠爸头发染得乌黑油亮，那时他已是我们县赫赫有名的暴发户，真可谓是鸟枪换大炮，旧貌换新颜啊。他围着汽车观察了一圈，猫腰把车灯上的黄泥捋掉，跺着脚骂。那骂声像鹰一样追过来，我们却一点都不怕，任由骂声在身上啄。

我心里正乐着，就看见了海棠。她站在爸爸身边，安安静静的，已是一副小淑女的样子。那种美，我平生首见，实在是惊心动魄。我的心里掠过一丝惭愧，以至多年后，每次回忆起这一幕，总感到自惭形秽。后来过了没多久，她家的鞭炮厂发生了大事故，爆炸掀翻了厂房，炸死了六个工人，伤者十几个。海棠爸戴上铁手铐，被警察押上警车，据当年的目击者称，海棠爸的头发乱如蓬草，黑是黑，黑得让人心生硌硬。再看那张脸，白得只剩下一张人皮，在烈日高悬的盛夏之际，竟叫人不由连打了三个寒噤。

我和海棠的正式交往就是从那时候开始的。那会儿，她家被索账要款和扬言报复的人盯上了，经常有人来砸门，喊打喊杀的。我母亲心善，便收留了这位小邻居。母亲给她穿我的衣服，为她办了休学手续，海棠每天就躲在我家的箍窑楼上。海棠恨她爸爸，海棠东躲西藏的处境不正是拜他所赐吗？况且，海棠恨他还有一个原因，白勇赚了钱之后找了个比自己小十几岁的女人。那女人给他生下个小崽子，也就是海棠同父异母的弟弟白小宝。跟所有功成名就的四十岁丧偶的男人一样，海棠爸几乎把所有的关爱都献给了后来的母子，他们一家三口住在一起，小日子过得很甜蜜。海棠一个人住，她就是个独活虫。

一声爆炸响彻半个县城，炸死炸伤工人的同时，也把那位年轻的女人炸出了白勇的怀抱。夫妻本是同林鸟，大难临头各自飞，她的举动很好地诠释了这句话。一夜之间，海棠的生活判若两个世界。她失去学业，失去了名义上的家庭，人身安全无法保障。我母亲把她藏起来，叫我每天送饭，至此，时隔几年之后，我终于又有了和海棠单独接触的机会。

直白地说吧，我喜欢海棠。我对她的喜欢起于童年时代，再到少年时的钦慕与爱恋，她的恬静让我年轻的心躁动不安，而这时候，她像一个落难的公主，走到了我身边，与我朝夕相处，我觉得我是一个幸福的人。有一次，我用钥匙打开门，海棠就那样呆坐着。母亲为防止她出走，特意把门从外面上了锁。我事先准备好了开场的话。我说，你郁郁寡欢的样子像林黛玉。海棠不回答。我把饭放在她旁边的床头柜上，安慰她："别担心，你学习好，落下的功课用不了几天就能补上。"没想到一说这话，海棠就哭了，眼泪从眼泉里溢出来，喷了花。我最怕见人哭，她一哭，我眼睛也酸。我说："吃饭吧，以后你住在我家，有我吃的，就有你吃的。"

稀饭盛在白瓷碗里，冒着热气。家里来了客人，这碗才可示人，平时我妈把它当宝。那几年，四川的腌菜广受欢迎，街市的调味店里必有几个黑色的大坛子，每逢过年过节或者宾客上门，腌菜是必不可少的。我妈特意买了大头菜，蒸了馒头，一日三餐专为海棠做。可她并不理会我妈的苦心，满肚子伤心事，泪珠从面颊上滚下，砸在我家的水泥地上，摔成八瓣儿。情人眼里出西施，即使她哭的时候，我也觉得美。海棠边啜泣边说，她想见见爸爸。我说，你不能出去。海棠央求我帮帮忙，看在同班同学又在一个大院长大的份上，否则，她就绝食，饿死算了。

我心里难过极了。我说："只要你吃饭，什么条件我都答应你。"果然，海棠的情绪好了很多，但以后的日子里我无时无刻不在想怎样完成她交给我的艰巨任务。作为一个十几岁的少年，我对这个社会的规则和关系压根就摸不着门道，只能从大人那里听说一些爆炸事件的进展。

他们对海棠爸的指责满含惋惜：白勇这个人，也太狂妄了，以前木器厂的白工多攒劲呀，现在倒好了，手里攥了六条人命，可惜啊，他这条命也怕是保不住了。

很快就到了案件开庭审理的时间。我把这个消息告诉海棠，问她，愿不愿意去。那段时间海棠读了一些法律方面的书，说话也变得专业。她说，作为被告人的家属，有出庭的权利，恐怕这将是最后一次见爸爸的面了。我说，去了不能闹，法庭是个严肃的地方。海棠冷冷地瞅我一眼，没回答。

当年该案是我们县为数不多公开审理的案件，社会关注度高，舆论影响广泛，开庭当日，座无虚席。海棠爸被两名高个法警押上来，关进半截囚车一般的被告席。他的出现引起全场骚动，受害人的家属控制不住情绪，冲过去要揍他，被警察拦住。一位上了年纪的老太太一屁股跌坐在地，拍着大腿扯开嗓子哭，令人心酸。"狗日的黑心老板，我儿才二十岁，性命断送在你的手上，你去死呀，死了十殿阎罗收审问罪，扒皮抽筋点天灯。"稍微理智点的人，举起拳头喊口号，要求判处白勇死刑。场面一时混乱不堪。散布在场地四角的警察立刻上去制止，法官敲着木槌，警告说，谁要不遵守秩序就带出去。结果，人们都哑言了。突然，一个矿泉水瓶子划出优美的抛物线，从某个群众代表的手里飞出去，砸到了白勇的脑袋。矿泉水瓶不是手榴弹，不会爆炸，但威力也不小。白勇挨了一下，把脖子挺直了。

全场人的目光都投向被告席。像是有一道无形的聚光灯照着，让海棠爸腐儒的形象暴露在众目睽睽之下。我这才发现，海棠爸的头发掉光了，脑壳秃秃的，像婴儿的屁股。当时，我和父母就坐在离他不远的地方，海棠和她年轻的继母坐在被告人家属的位子上，孤儿寡母的，难场得很。我不关心案件审理的结果，只关心海棠，在气氛凝重庄严的法庭上，她愈发安静了，像一朵白色的花。

海棠爸被判死刑，缓期二年执行，不出意料将会在监狱里了此残生。消息一经宣布，场面再次陷入混乱。人们认为，白勇判得太轻，一命换六命都便宜他了，竟然是死缓，如何对得起年轻的亡魂？海棠爸被两名法警架出半截囚车，匆匆押向他命运的归宿之地，此后，即使他千遍认错、万遍悔罪也改变不了残酷的事实，更别想和女儿见上一面。白勇快速走了几步，突然回过头来向人群张望，他没有去看那个给他生了儿子的年轻女人，而是一眼就找到了海棠。他的眼神透着一丝为父的仁慈与温柔，微微颌首，给了女儿一个比哭还要悲惨的微笑。海棠坐着一动不动，眼睛又大又明亮，保持着处子般的安静。在他们父女眼神的交流中，一切不快都将烟消云散，一切隔阂都将被思念所取代。此时的白勇，最放心不下的恐怕就是海棠了，这将成为他人生最大的遗憾。

海棠爸从两名警察的手里挣脱出来。大概警察知道他要干什么，没做过多阻拦。海棠爸双手合十，向那些骚动的人群低下头忏悔。他的眼泪已经流出来了，大声说，我对不起大家，这辈子欠你们的还不清了，下辈子变牛做马，任你们驱使打骂。人们安静下来。海棠爸失声号啕：冤有头债有主，我不敢祈求获得各位原谅，只希望你们能把这份仇恨记在我白勇的头上，莫要去骚扰我的家人。警察见状，知道不能再放纵下去，两边一用劲就把海棠爸提起来。海棠爸很懂规矩，立刻收住悲腔。但他甩了一下膀子，在女儿面前不能被人押着，作为男人这一点很重要。

两个法警追上去。那会儿，我觉得他很像个赴死的英雄。

我们住的那家宾馆叫洞山国际酒店。很多地方，只要冠名“国际”二字就一厢情愿地和世界接轨了。很牛，也很霸气，容易叫人产生非分之想。

我在淮南生活了四年，知道这座城市的历史。最早日本人开矿，把山凿了一个大洞，建起了全中国当时最早的现代化煤矿。后来我们自己搞城市建设，人们指着这座有洞的山说是洞山。好在日本人很注意保护生态环境，他们杀人如麻却对满山树木施以最大的仁慈，一棵也没有砍。现在的洞山林木苍翠，市里因地制宜，就把最好的宾馆建在了山脚下。

窗户外面满眼绿色，青藤从老旧的墙壁上攀爬上来，在玻璃后面开出一朵黄色的小花。我坐在单人椅上抽烟，酒喝得头晕，也有可能是昨晚消耗了太多精力所致。我已经穿好衣服，如此，对着镜子看起来更像个人。海棠钻进淋浴房大约有一刻钟了，她把花洒开得很大，水流声撞来撞去，玻璃隔断雾气缭绕。她的胴影不停变换，像一只泡在福尔马林中活过来的动物标本。

七月的江淮地区，到了一年中最热的时候。太阳照在窗户上，白晃晃的，扎人眼球，时间还未到中午，就已经显示出巨大的威力。再过几天，进入了梅雨季节，空气又湿又热，像我这样的旱鸭子会长一身痱子。

海棠湿漉漉地走出来，拿毛巾搓揉头发上的水，一块毯子裹住中间部位。几点了？她问。我放下二郎腿，摁亮手机。十点半了，我说。下午三点的飞机，时间有点紧张，她说完，急急忙忙背过身去换装。我续上一根烟，眼睛不由瞟过去。海棠的身体在我眼前晃动，一览无余。她的腿有点内八字，小肚腩也出来了，一弯腰堆出几个肉褶子。我认为，女人脱了衣服是无比丑陋的，衣服会掩饰身材上的缺陷。我不喜欢她的裸体，女人一旦在你面前毫无羞耻地存在，那将是美好爱情的终结。从前，我喜欢她，是因为她带给我像探索桃花源一样神秘的过程，让我一步一步走进她心灵的最深处，而此时，无异于她将整座山水置于我的眼前，那种感觉仿佛是以百米的速度撞在了一堵白色的肉墙上。太真实了，我感到眩晕，紧紧吸了一口烟。海棠丝毫没有意识到我对她赤身裸体的厌恶，她赶时间，担心飞机会扔下她飞去加德满都。除了这个，她完全可以将我忘掉，当我不存在。海棠穿上胸衣，扣好钩带，熟练地将一对乳房填进去，双手向上托了托，使两者达到最舒适的契合状态，然后套上一件青色的长裙。

女人不穿衣服真是大煞风景，我不堪说出丑陋这个词。海棠说，啥？我又说一遍，海棠说，你是看腻了，你们男人喜新厌旧。我说，你不应该在我眼前换衣服，尤其是今天。海棠坐在镜桌前化妆，噘着嘴涂唇彩。我说，真的，我突然就不喜欢你了。海棠说，你看着办。我说，你破坏了你在我心目中的美好形象，你原来也就那么回事。海棠说，我没工夫跟你讨论这个，以前你没见过我换衣服吗？我说，见过，但不像今天这样令人灰心丧气。海棠说，赶紧把房间检查一遍，卫生间有我的手机充电器，别落下了。

我的脑海里反复回放着她把乳房填进胸衣的画面，太粗鲁了，那么我是什么时候喜欢上她的呢？我想是当年她来到我家的那几个月吧。我们天天在一起，我给她送吃的喝的，传递外面的情报，和她并肩作战，对付我的父母。有一次，她让我打开门，放她出去。我坚决不同意，海棠说，你这叫非法拘禁，你们有什么权力关着我。我说，外面有危险，许多人找你爸报仇，见了你还不把你撕了，你再等等，我妈说了，到时候她会把你交给你小姨（白勇娶的那个年轻女人）。海棠说，那我情愿去死。

结果我还是抵挡不住海棠的软硬兼施，放走了她。那是她住进我家的第五天，我清楚记得她穿了一件黄色、蓝色、红色三种颜色的短衫。那时候，我们都穿校服，而她总是显得特立独行。我母亲是在做下午饭的时候发现她逃走的。我解释说海棠没有兑现承诺，她说会在三点之前返回。母亲急坏了，脸色一黑，我以为她会抽我，可她却说，你们这些瓜娃子，把自己照顾好就不错啦，指望你们给大人帮什么忙，还不快去找呀！

我骑上我爸的二八加重自行车在县城里找。我妈发动我爸也在找。那年头大人们的生活都不容易，我妈每天要去种植厂上班，采摘蘑菇，摆弄菌棒，干的都是体力活儿。我爸在厂里拨算盘子儿，是个点钞算账的会计。他们急疯了似的满街道乱窜，只为找一个跟自己没有半点血缘关系的小邻居。当时情况很紧急，这是我后来才知道的，因为爆炸案发生后，一位受害人的兄弟从新疆回来，扬言要叫黑心老板一家血债血偿。眼下，黑心老板白勇已经被抓进了看守所，他的妻儿遁地出逃，不予示人，唯独能偿还血债的人就只剩下了海棠。况且，县城这么小，出去溜一圈，谁不认识谁呀。我骑着自行车满世界跑，找遍了河滩、田野和背人的小巷，连几个大型的垃圾堆都翻了。我越想越着急，天也黑了，突然下起了大雨。我推着自行车回到家，灯亮起来，我爸站在门口见我回来，“嘿”的惊叫一声。他说，羊啃麦青派牛犊儿追，这下两个可都回来啦。我听出他话里的意思，问，海棠呢？我爸指着二楼的簖窑说，在上面呢，你妈也在。

我爬上楼梯，一把推开门。那一刻，我看到了令我毕生难忘的一幕。惊鸿一瞥，我的脸开始发烫，就怔在了那里。海棠仿佛受到惊吓的小鹿，身体微微颤抖，她没有刻意躲闪，而是慌慌张张地将我的白色 T 恤从头上套下去，露出两条细长的胳膊。我妈呵斥道：出去！我反应过来，意识到自己窥见了伊甸园里的秘密，如此，竟惶惶不安起来。我嗅见了淡淡的芬芳。我已经迫不及待地喜欢上她了。

海棠是在通往省城的 312 国道上被我母亲拽回来的。她孤独地走着，一个花季少女，将所有的绝望都抛到了身后的县城。母亲招手拦了一辆拉煤卡车，追上海棠时她已经走出了十公里远，她的样子很像一只从水里捞出来抖着绒毛的小鸡仔。母亲跳下车，半路拦截。母亲拽住她说，海棠，你要去哪?！海棠说，你管不着。母亲说，我是管不着，可你爸你妈管不上你，就是一个陌生人，也不会睁着眼看你走错路——快，跟我回去。海棠说，我就不回去。这时候我妈心软了，说，我也是一个做母亲的人，你爸的事我们看得明白，这和你没关系。等你家的事有了定数，你请我管，我都不管了。雨似乎在那一刻下得更大了，黑沉沉的天空像一只巨大的筛子，密集的雨豆子筛落下来。此刻，无论是谁，都会被这样的场景感动。母亲捋着脸上的雨水，拖起海棠往回走，路面上起了水泡，拉煤卡车在雨幕中亮着两只红色的眼睛。司机师傅喊，你们还走不走啦！母亲说，谢谢师傅，我把我女儿找回来了。

二、他最后看到那束蓝光

罗东明的店关得早。每天晚上九点，最后一班 3 路公交车停在门外的站牌下，车门弹开，有时跳下来几个行色匆匆的男女，有时虚晃一枪，例行公事一般。这声音传进店里，罗东明就会丢下手里的活儿。活儿是一把美工刀，一瓶强力胶水，或者是电脑软件上的画笔，用他自己的话说，咱也给他下班了。这时候罗东明会打发学徒球墩去买宵夜。球墩是个很胖的男孩，不到二十岁，脑壳圆圆的，戴一副黑框眼镜，镜框深深陷入面团一样的细皮嫩肉里，一笑，镜片后面的那双小眼就眯成了脚指头缝，让人觉得他真的是开心了。罗东明的宵夜很简单，一把鱿鱼烤串，或者半份酸辣猪肚。吃什么完全取决于球墩临场的置办，反正都是十块钱，他从来没有意见。

球墩去买宵夜，站在摊铺前不说话，伙计问他要什么，球墩就用下巴胡乱指一下。伙计从滋滋流油的铁砧板上抓起一撮事先烹饪好的食货，塞进牛皮纸包，再套上塑料袋，插上竹签，球墩便拎着慢慢悠悠走回去。罗东明吃着肉串还要喝酒。喝酒是对付失眠症的好办法，不需人陪，每天晚上一杯。他用啤酒杯喝白酒，等把胃腹款待舒服了，才把店交给球墩，然后带着微微的眩晕回家。但今晚注定要出事，罗东明心情很差，喝酒没有节制，半瓶酒喝完了，也没有离开的意思。罗东明看球墩的眼神有点歪，涨红着脸说："徒弟，今晚师傅和你一起挤店里，不要嫌师傅打鼾的声音响，凑合一下。"球墩一听这话急了，哼唧着说："师傅，你每天都回家里和我婶子一起睡呀。"罗东明说："今晚不回去了，我喝多了，你就照顾师傅一晚上吧。"

"不行!"球墩坚决地回答。

罗东明有点生气。照顾师傅一晚上，这个要求不过分吧，况且店是他的，难道他说了还能不算？球墩说："除非叫我玩游戏，我和别人约好今晚上华山寻玄女圣剑。"罗东明说："那就更不行了。"

球墩玩电脑游戏上瘾，按理说罗东明是不该管的，但他觉得对不住球墩的父亲茶蛋——怎么说呢，到了这时候他不该再叫老朋友茶蛋，而应该恭恭敬敬叫一声李总。可是，老子英雄儿子不争气，球墩高中没毕业就被学校开除了。老师暗示球墩性格有缺陷，狂躁症，别看平时憨厚无话，一生气啥事都能干出来。老师没有直说，反正球墩脑子里差了根弦，有次打一个女生，扑上去用大拳头砸她的头。同学们害怕了，什么深仇大恨，非要置人家于死地，原来不过是那女孩说她身上有股馊味，打完篮球不洗澡。李总来学校协商解决问题，他的一句话触犯了师生众怒。他说，球墩念不下书没关系，只要学会数钱就行，因为老子挣的钱几辈人都花不完。

球墩退学后李总让他跟着罗东明在美工店里学手艺。李茶蛋十万个放心罗东明为师的品行，他想球墩吃吃苦也好，免得把钱当成草纸，一伸手就向家里要。可他的想法还是落空了，自从球墩给罗东明当徒弟，每天除了通宵打游戏，其他啥事情都不干，唯一能做的就是买宵夜。

“今晚早点睡，要是再打游戏我就告诉你爸。”

球墩怔了一下，眼神中写满意外。罗东明还想再教训几句，思忖还是算了吧，毕竟是朋友的儿子，隔着一层关系。罗东明暗中观察球墩的反应。他用一枚长铁钩把钢皮门钩下来，立刻就把流光溢彩的街市隔在了外面。狭小的空间里，他看见球墩坐在电脑桌前，拿着一枚啤酒瓶的盖子，复仇似的，在胡桃木桌面上拉出一道白色的沟壕。罗东明一下子火了，现在的孩子都是怎么了，要是自己的儿子，肯定扇他几个耳刮子。罗东明头晕脑涨，加上空气闷热，尽管吊扇在头顶呜呜旋转，但丝毫没有给他一腔怒火降温。他冲过去夺了瓶盖扔在地上，指着挂了锁的店门说：“滚出去，瞧你那没出息的样儿，游戏里面有你爹还是你娘，不让你玩，手痒得要捉只蝎子。”罗东明的怒气撒到一半，心就后悔了，他不该这样骂朋友的儿子。他闭了嘴。他真没有让球墩滚的意思，这小子要是滚了，那可是做师傅的责任。罗东明呼呼喘着气，热汗从脖子上流下，脊背上水滋滋的。他一把拍灭顶灯，唯一亮着的电脑显示屏就成了狭小空间里最大的光源，照着球墩肉乎乎的脸，那两枚眼镜片里就有了电脑的屏幕。那是一只翱翔的老鹰。

罗东明走进里屋，关门之前回头看了一眼不明事理的徒弟。球墩一点儿变化也没有，还像刚才那样窝在椅子上，好似罗东明的生气发火是一个人的表演，与他没有任何关系。罗东明的身体被酒精控制着，脑子里有一丝明亮，他感到天旋地转，脸上浮上一层嘲讽的微笑，自己的事情搞得一团糟，还要充面子，给别人当师傅，管教人家的生活。罗东明在心里狠狠地把自个儿鄙视了一番。

他开始睡觉，佯装也罢，把自己丢到床上，床就变成了一只大转盘。他喜欢这感觉，人的一生不堪多想，活得太明白了徒增烦恼。可是这会儿，自己跟自己作对似的，脑窟窿里冒出无限多的想法，越是堵越是强烈越是清晰，反抗着他的意志。罗东明是自己精神空间的领主，可年轻女孩张璐从黑暗中跳出来，幽灵一般把她缠紧了。“罗叔，罗叔。”张璐跟她解释，罗东明一巴掌就打在她脸上。“贱人!”罗东明骂张璐的时候自己的心先疼了，真是辜负了这些年来的疼爱，一个女孩子怎么可以这样轻贱自己。张璐的面容变得模糊，仿佛打碎了春水里的倒影。罗东明调动所有记忆去寻找张璐，偏偏什么也想不起，那张脸仿佛一张白纸、一缕轻纱，没有了具体形象。亦真亦幻间，他又想张璐要和傻瓜徒弟球墩结婚了，老朋友茶蛋开着奔驰车来娶亲，吹吹打打的人群簇拥在店门口。球墩胖得像只大皮球，裹着黑色西装，手握廉价的塑料玫瑰。他大声说不行不行，这时候张璐的样子十分清晰地呈现出来：挽着发髻，两腮红粉，身材臃肿仿佛生儿育女的妇人。她的眼睛在脸上生动起来，长长的假睫毛，两只眼睛扑闪扑闪。店里不知怎么会有一只鹰，张嘴说话的时候变成了嘴巴弯弯的墨西哥金刚鹦鹉。鹦鹉说：欢迎李总，欢迎李总。罗东明憋了一肚子气，拿起钩卷帘门的铁钩打过去，没打中却砸坏了桌上的电脑。他威胁鹦鹉：连你们这些畜生都喜欢拍有钱人的马屁，他是茶蛋他是茶蛋，再乱叫就用万能胶粘住你的嘴。这时候礼炮响起来，那声音轰隆隆的像打雷，又仿佛是搅动的辘轳，有点儿熟悉。声音是从他体内发出的，巨大的鼾声把罗东明吵醒了。

他看见高窗外城市的夜空有一点彩色的光。没错，当夜幕降临、自然光线趋于黯淡之时，人造光源会四处开花，把城市里任何一个角落点亮。他看到店内诡秘的光线，蓝莹莹的，电脑屏幕上那只鹰早就飞得不知去向。罗东明的潜意识里，这里是他的美工店，三更半夜的，徒弟球墩还在那打着游戏。罗东明半睡半醒，喊：“球墩，打啥游戏!?”

“球墩，打啥游戏!?”这样喊过几句，他又睡着了。

后来罗东明再次被自己的鼾声吵醒，他依然看到那抹彩色的光。他想那可能是街对面的音乐餐吧的广告在闪烁，这个夜晚真是太漫长了。他迷迷糊糊发出警告，球墩没有理他，反倒显得他像那只多嘴多舌的鹦鹉。有一阵子，愤怒的火焰陡然升腾，他从床上跃起，梦游一般冲出去。店里的情况他太清楚了，当罗东明拔掉电源时，黑暗像一座山把他压在了下面。

最后他又梦见张璐对他讲，那只鹰生活在尼泊尔，从万米高空俯冲下来能抓碎一匹狼的脑袋。他在梦里问张璐，为什么喜欢鹰，一个女孩子应该喜欢猫啊狗啊温顺的动物。张璐说，鹰要飞到远方去生活。

梦境断断续续，毫无现实的逻辑。罗东明感觉自己掉进了一片汪洋大海中，憋得肺都要炸裂。睁开眼，才发现自己的双手正死死攥着球墩的腕子。

他用力地咳了几声，那彩色的光变冷，像月光，又像一枚寒光闪闪的刀子，又青又白，杀气腾腾。球墩立在床边，恶恶地说："为啥关我的游戏，我马上就要把宝剑搞到手了。"

罗东明挣扎着起来，猛力推开球墩。年轻人毕竟身轻骨嫩，往后一个趔趄。一阵惊天动地的声响，紧接着便听到球墩撒泼似的哭叫："叔，你凭啥不让我打游戏，你管得太宽了，你是太平洋上的警察。"罗东明并不理会，他看到了另一个世界，城里没有月光，霓虹之下是肮脏的交易，男盗女娼。罗东明感到脖子被什么东西蜇了一下，生疼生疼的，急忙用手捂住。"球墩，你要杀你叔吗？"

球墩学着电视里的台词说："谁要阻止我打游戏都得死。"

罗东明告饶："快把灯打开，叔受伤了。"

球墩说："我不管。"

血腥味立刻弥散开来。罗东明感到自己捂住了一眼泉，捂不住了，热热的黏稠液体汹涌出来。脊背开始发冷，呼吸变得困难，他想说话却仿佛被人扼住了喉咙。他想说的是，球墩，快叫救护车，救救叔。可一张嘴，气流就从指头缝里往外蹿，仿佛手里抓着一把泥鳅。

罗东明后悔了，跌跌撞撞往外走。他看到了不停变幻的霓虹定格为蓝色，女孩张璐的脸异常清晰起来。他想，他不能死，不能死。

洞山脚下有很多树。舜耕街两边的梧桐成了精，管城市的人便将它们断肢枭首，结果树们不但不听话，反倒更加飞扬跋扈，对过往的车和行人张牙舞爪，摆出各种奇异古怪的姿势。街的尽头是一个隆起的小山丘，路从两边绕着走了，留下一座"孤岛"，人们便把这地方叫作绿岛。罗东明的美工店就在绿岛下面挨着马路的地方。天刚亮的时候，练了二十年太极的张工背着宝剑准备上岛打拳，走到美工店门口发现暗红的血流像一条蛇从门脚下爬出来，此时血已结痂，一直到马路牙子上才盘成一团。张工心一紧，随即又和自己辩驳，不会是杀了人吧。因为急着要去打拳，他便跳过那条血迹走了。直到两个小时后，天已大亮，耳听着岛下马路上的汽车吵起来，他才像往常一样返家。那条红色的痕迹挡住了路，张工凭借六十年的生活经验果断报了警。

警察是在十五分钟后到达现场的。一辆警车上跳下来七八个人，警戒现场，把从梧桐树到卷帘门之间的人行道都封了起来。吴警官蹲下来察看血迹，在他的判断里，无疑门后面藏着一个可怖的凶杀现场。锁子很快被砸废了，卷帘门像狗舌头一样缩上去，露出黑洞洞的钛合金玻璃门。

罗东明的尸体横躺在地上，像一条弯曲的大虾，侧仰着脸，双目怒视着天花顶，眼球上粘着一块血斑，也许在他生命最后一刻看到了那束蓝光。周围一片狼藉，血喷淋得到处都是，有种鱼干发霉了的苦腥味。吴警官从没见到过这么血腥的场面，一个人的血流干了，衣服被污血凝固成了盔甲。年轻的警察咧了咧嘴，从兜里掏出口罩，抖开来戴上。吴警官让他们仔细勘验现场，随即咳嗽了几声。

店门口有只被做成毛绒玩具的墨西哥金刚鹦鹉。鹦鹉对吴警官说："欢迎光临!"

他的心情倒也不差，歪头看了一眼说，瞎多嘴，警察上门没好事，你个傻鸟。吴警官这时候才看见球墩，那家伙精赤着上身，光着脚蹲在旋转椅上，脖子伸得老长，面无表情地对着电脑屏幕快速点击鼠标。桌上的小风扇拼命摇头，一缕蓝色的烟游魂般缥缈游荡。

吴警官大声质问，你是谁，在这里干什么，叫了半天为什么不开门。

有人打开灯，大白天的，不见得起作用。几个警察迅速冲上来，有一个携枪的家伙摸摸大胯上的皮匣子，做出最坏的打算。球墩摆摆手说，等一下就好。他似乎是在完成一个保存游戏的操作之后才从椅子上下来，穿好拖鞋。

吴警官发现他还是个孩子，思想上有点松懈："死人了你不知道吗?"

球墩说："跟我有什么关系。"

现场的人除了对恐怖的案发现场很不适应外，主要还有当事人的陈述。球墩所说的话虽不能作为陈堂供证，但或多或少让人们了解了整个案发过程。匪夷所思的是一个十几岁的少年何以如此冷血，置师友情义不顾，让罗东明在动脉和气管割破之后痛苦地倒地挣扎了十几分钟，然后血干气绝而亡。这一切都是在球墩这个孩子的眼皮底下一秒一秒走过去的，难道受害者濒死之前的呻吟就没有令凶手动一丝恻隐之心吗？

球墩瓮声瓮气地说："人不是我杀的。"

吴警官追问："不是你杀的会是谁，昨天晚上这里有第三个人吗？"

球墩脸上闪现出一丝难以察觉的微笑说："我说了你们不信，我倒希望他死呢，死了才好。"

警察的办案是有一套程序的。球墩被带走了，目前他是最大的嫌疑人。命案必破，刻不容缓。况且光天化日之下，大街店铺门口摆着个蒙白布的死尸，血流得像小河，社会影响恶劣。所以对球墩以及罗东明的调查随即展开。

"我叔是个好人，每天晚上都喝酒。他白天干活儿太累了，晚上喝酒才能放松下来。这是我叔亲口告诉我的，他就是靠酒精支撑的，所以我才愿意每天去给他买宵夜，没有酒他什么都干不了。昨天晚上，他喝醉了，他是故意喝那么多的。他不让我玩游戏，我又不是他儿子，干吗啥事都得听他的。他是怀疑我姐跟我好，所以才处处管着我。"

吴警官打断他问："你说的你叔和你姐是谁，请准确表述。"

"我姐就是我姐！"球墩气愤地说，"我姐叫张璐，在学院路那边的师院读大学，是我叔的干女儿，有时候在店里做事。我叔罗东明疼爱她，想送她出国，她不同意，坚持要留下来。昨天在店里我姐跟我开玩笑，说要给我当小姨，问我想过没有。我才不关心这些，我只对电脑游戏感兴趣。这时候我叔回来了，他中午一般都会去西门坡下的老柳家吃炒粉，然后回来换我们出去吃，可他好像路上遇见了熟人，要回来拿样图。他进店时一点声音都没有，那个该死的鹦鹉也没叫一声，'欢迎光临'其实就是'有人进来啦'的意思。我们在里屋，我姐拧我的胳膊，我叔就回来了。"

"我叔很生气，脸都成了绿的，嘴唇上起一层干皮，看起来像几天没吃东西的饿汉。他把我抓开，甩了张璐一个耳刮子。我敢保证，我叔之前从来没打过张璐，去年有一次我姐夜里没回寝室，正好被学校的宿管科抓到了，电话打到我叔手机上。我叔急得头上冒汗，和我一起在大街上找，在学校门口的小旅馆查人家的登记本，结果正好在绿岛下面的小路上碰见了。张璐喝醉了，被一个男的背着，说是去岛上看星空，英仙座流星雨。那次我叔很生气，我看出来了，他看那男的眼神充满了敌意。”

现场的记录员是个警花，抬头看了一眼球墩。意思是，太啰唆了，拣重要的说。但她的意见没有得到吴警官的支持，只能低下头继续书写。吴警官说：“李晓敏，那男的你认识吗？”

“不认识，好像是张璐的老乡，甘肃那边的，好远。”

“说说昨天晚上在死者罗东明的美工店里发生了什么，不要说我叔，直接说罗东明。”

“我叔，不，罗东明是个好人，但我不喜欢他。昨天晚上他跟我发生了点不愉快，一张破桌子，划烂了买张新的，他那么激动干什么，我爸送他一个店，一张桌子他都跟我急。他睡着了打鼾磨牙，我踢一下桌子声音就小了，一会儿又像打雷似的，一惊一乍，还梦里跟我说话，吵得人心烦，戴上耳机都能听到。他吃错药了似的，夜里起来拔电源开关，我顺手拿起美工刀叫他把我杀了，他说他杀我做什么，他杀自已。他喝了太多酒，那会正醉着呢。罗东明过来夺刀，我便把刀给了他，我想你要死就死，挺讨厌这种喝酒撒疯的人，我就不信他能把自个儿over了。”

球墩说了个“死”的英文单词。现在的孩子总这样说，完全是出于一种流行时尚。吴警官请他继续，这会正到了关键处，他问没杀罗东明，怎么解释？

“我叔关了电源又去睡觉，电脑突然黑屏，游戏也没保存，我简直快要气炸了。黑暗中我静静坐了一会儿。我讨厌他，每天对我指手画脚，嫌这嫌那的，当时真是想杀他的心都有了。那会儿他的鼻鼾又续上了，真他妈吵，我一气之下就冲了上去，想把他掐死。我刚走到床边他就醒了，一把抓住我的手。我怀疑他根本就没睡，他说没人能把张璐带走。我不知道当时他手里握着那把刀，他哈哈大笑，说年轻人，你们太年轻，人生的痛苦还尝不到。他像僵尸一样坐起来，把我掀翻在地，一个劲地笑，笑得我头皮发麻。简直是神经病嘛。他骂这个社会，骂了一会儿我都烦了，他说张璐是个婊子。我吃了一惊，罗东明从来不会这样骂我姐。我看到他哭了，当时有一道光，把他的眼睛照得像两颗大钻石。然后他又骂我爸李金牛，说我爸是个无耻之徒，有几个臭钱了不起啊。我都没看见他是怎么抹断脖子的，他让我帮他，我说我不管。其实那时候，我是希望他死的。”

三、店里有只多嘴的鹦鹉

男人的妻管严是出了名的，每天晚上必须回家，这是妻子小瑛定的规矩。如果迟一点时间，她就要闹，问他到底干什么去了，和哪个野女人约会。罗东明解释说手头的活儿紧，女人不信，即使活儿再紧也紧不过她的心眼。五天前，他们刚爆发过一场战争。小瑛在家找到了一根三十厘米蜷曲的黄发，便认为家里来了女人。她的头发是剪短了的，又黑又直，简直就是铁证如山。小瑛气势汹汹地来店里抓奸，她的目标很明确，就是张璐。店里边有一间小仓库，兼做休息室，每天因为要制作各种锦旗挽幛、发光字、宣传牌之类的东西，场面显得凌乱不堪。小瑛像一只母猫四处嗅嗅，罗东明也不理她，坚信身正不怕影子斜。最后女人没有找到想要的东西，捏着一根十五厘米的黑发比较了又比较，然后才向罗东明摊牌。小瑛两个大如西瓜的胸脯起伏难定，脸变成罗东明下酒的猪肝。她的大胸脯简直就是她与男人对战的砝码，两人争执在一起，她便觉得瘦小的罗东明简直不堪一击。她的乳房配上一米七的身高和压垮一顶轿子的体重倒也相得益彰。

那天张璐恰好不在店里，男友过生日，她请了半天假。小瑛问罗东明把张璐藏哪了，叫她出来拔根头发看看。罗东明气得两眼冒火，说巴掌大的店你自己找啊，人家张璐清清爽爽的怎么会是黄头发。罗东明想起五月份的时候，女人参加广场舞大赛，头发烫过一回，整个人像金毛狮王。现场还接受了电视采访，节目播出之后，小瑛看到自己的形象，恼得直骂记者。她总算认清了自己，最后又把头发染成了黑色。妈生下来黑毛就是黑毛，学人家城里人，脑子全用在争风吃醋上，健忘了，竟然来兴师问罪。

他说你个母老虎母狮子，整天疑神疑鬼的，哪根神经错乱了，忘了电视里的鬼样子，能吓死人。

小瑛大概也知道自己是在无理取闹，但越是这样越要找到闹的理由。她扔桌上的东西，说罗东明嫌她丑，结婚那时候怎么不说，想离婚没门。

每次走到这个套路，罗东明都会闭嘴。他跟女人的正面交锋从来没赢过。他担心这样闹会影响左邻右舍，便主动退避三舍。砸吧，旧东西砸坏了买新的，日子过到这份上，谁还疼那几个钱？只求个耳根清净罢了。

他心里想着张璐。这世上就有一些不清不楚的关系，受人猜忌，遭人白眼，空负岁月韶华，即使最后什么也得不到。罗东明跟妻子的隔阂很多都是因她而起。

不得不从十多年前说起。那会儿罗东明受到老乡李金牛资助，在学院路开了一家广告店。大学里的青年成双成对，光天化日之下，拥抱，接吻，相互喂饭，仿佛相濡以沫的夫妻。罗东明是个心思细腻的男人，思忖人生的遗憾，缺少一场真正意义的爱恋。年轻时什么都不懂，他和小瑛的婚姻完全是受了媒妁之言的蛊惑，稀里糊涂的，两个人就睡到了一张床上。结了婚才发现，小瑛不会生养，而且脾气坏，恨不得把男人拴在裤腰带上，稍有不顺心的事，就摔碟子摔碗，整个一个母夜叉。这种女人搁在老家不把房顶掀了？罗东明带了他出来闯荡。他喜欢写毛笔字，有次买了两只湖州狼毫，没征询小瑛同意，女人问他花几十块钱买两根笔能吃还是能喝。这是最令他反感的，事事都用吃喝衡量，这世上比吃喝重要的事多了，但女人的心胸眼界就这么窄。罗东明对妻子的感情就像秋日里的一株银杏树，在生活的风雨里掉光了叶子，秃秃的枝干，毫无生机可言。但树还时刻扎在那，死了的爱情，迎不来第二个春天。

生活兵荒马乱。一个偶然的机会，他看到了那个女孩的照片。

大约是在深秋，女孩蹲在马路边写作业，旁边摆着一筐鱼。一个三四岁的小男孩在旁边低头玩耍，腰里系着绳子，绳子的另一头拴在女孩写字的四方板凳上。女孩十四五岁的样子，穿着绿格子外套，抬头凝望的瞬间被人拍了下来，照片发在《淮河早报》上。标题是：卖了这筐鱼就是学费。

罗东明好像被什么东西击中了，从那以后，他无时无刻不想着那女孩的下落，有没有将一筐子鱼卖掉？十四五岁的年纪，既要照顾弟弟，又要赚学费，生活的担子怎么会压在她瘦小的肩膀上。罗东明感到难过，又被女孩的容貌吸引，圆脸，尖颌，眼神清澈，眉梢有痣，如果再长大一些，完全符合他对一个女人热爱的标准。

罗东明决定去打听她的消息。他先找到报社，编辑果有其人。又通过编辑找到了照片的作者。那是个六十多岁的退休老教授，住在一幢贴满城市小广告的旧家属楼里。几年前老伴患癌去世，他独自待在家嫌闷，便一年四季在外面跑。他家里有七台索尼相机，十几个大小长短不一的镜头。他一个人的相机便是整个索尼公司的发展史。老者主要拍鸟，有次在去青海湖的路上，经过一个县城时遇到了卖鱼的姑娘。他远远站住，为她拍照，仿佛她是一只白鹭，一点动静都能把她惊飞。他拍了很多张照片，本想着给照片取名渔家女，但写着“鲜鱼”字样的牌子刺痛了他。干旱少雨的黄土地上，盛在筐子里的鱼怎么还能算作鲜鱼？老者走过去问女孩鱼怎么卖，他是想把鱼买下来，女孩便说了后来他做图片标题的话。老者连鱼带筐全拿走了，他告诉女孩会寄照片给她。

当然，他不会千里迢迢带回来一筐子死鱼。他把鱼撒在路边喂鸟，结果没有一只鸟飞过。老者哭了，他搞了一辈子摄影，行走了大半个中国，最好的照片是在他六十岁的时候上天赐给他的。那不是一只鸟，而是一个像鸟一样渴望飞翔的灵魂。

老者把故事讲完了。后来，他再也不拍鸟了。

罗东明有点晕，他不知道自己在干什么，恍如从梦中醒来。他几乎快要绝望了。老者说，寄照片是我们这行的规矩，她也应该收到了我的作品。

之后的好几天里，罗东明都在犹豫要不要给女孩写信，为了一个本不相干的人而牵肠挂肚。终于，他联系上了那女孩的父亲，谎称自己是慈善人士，愿意资助一笔钱，直到女孩大学毕业。女孩的父亲开始以为他是个骗子，后来又打电话过来表示自己无力承担女孩上学的费用，千恩万谢之后诉了一肚子苦水。

那是一个破碎的家庭，贫困的根源在于他爱上了一个给他带来厄运的女人。女人比他大三岁，带着两个孩子，嫁过来的第三天，五个鱼塘的鱼全死光了。虽然警察破案后宣布那是一起投毒的恶性案件，凶手也已绳之以法，但对女人的芥蒂从此深深埋在了他的心里。这只是个不祥之兆，随后他又在外出拉运水产的途中遭遇车祸，失去了一条腿。他的脾气很坏，无法原谅她带给他的一系列变故，他把这一切归罪于她的败夫之命。他希望她内疚，可她一点儿也没有，反而变得更加自私和贪婪，他始终没有得到任何感情上的补偿。这一度让他很崩溃，可他爱着她，为什么？因为女人长得漂亮，而他只不过是个为生活所迫的养鱼人。

这一席话是不可能随口编造出来的，如果电话那头是个骗子，那他一定有大智慧。

女孩名叫张璐，每个学期罗东明都会寄给她两千块钱，鼓励她好好学习。女孩属于认真刻苦却成绩平平的学生，她对罗东明很信任，愿与他倾诉成长中的秘密。高考结束的那个假期，张璐突然来找罗东明，令他措手不及。

那是个闷热的午后，一个开菜馆的四川男人要做门头上的发光字，正在店里喋喋不休。张璐出现在门口，守门的鹦鹉说欢迎光临，罗东明才注意到来人。女孩孤身一人，穿着紧身的牛仔裤和宽大的T恤衫，头发有点乱，脸上灰扑扑的，嘴皮干裂，额头上几个青春痘在流血。这一切都在告诉罗东明，她是坐了二十五个小时的火车长途跋涉来找他的。

四川人的双手还在飞舞，罗东明一眼就认出了她，惊叫道："张璐？"

罗东明讪讪一笑。以前他们用QQ聊天，他告诉张璐他是个生意人，每天看到大学里出出进进的青年。他把大学说得像天堂一样美好，当然这一切都暗示着他的成功与辉煌。现在张璐来了，谎言像气泡不戳即破。他没有那样好，四川人为了三百块钱的生意和他讨价还价，说了快一个小时了，他要表现得和颜悦色，尽量说服人家买他的账。他们的生意最后以二百六十元成交，大大小小一共二十六个泡沫字，做好，还要粘上去，最多也就一百块钱的利润。

打发走四川人，罗东明让她坐在会客的藤椅上。店里太乱了，这里算是一方净土。张璐坐得很拘谨，两只手搁在膝盖上，罗东明问她要不要来杯水，张璐摇头说她带了。随即从手提袋里摸出半瓶饮料。她的行李也就一个简陋的袋子，别无他物。罗东明不忍心他千里迢迢过来不喝一口水，又问她要不要吃个苹果。张璐没有表示，低下头，手在眼睛上抹一抹，再次抬起头来时，已是泪眼喷花。十八岁的张璐投奔于他，内心酝酿着一场狂风暴雨，找到了宣泄的山林。

罗东明坐下来，抓起一个苹果削皮，他们中间隔着藤条茶几。

"你父母亲知道你来找我吗？"

“不知道。”

“你是一个人跑出来的，离家出走？”

“也许吧，也许是离家出逃。”张璐哭了，声音在颤抖，“他们把我关起来，半夜里我爬出窗户，掉在一堆煤块上，差点摔死了。我第一个想到的就是你，在这个世上我已经也没有亲人了。”

“你来之前应该说一声，我以为你在开玩笑，没想到你真的来了。”罗东明递给她苹果，叫她稳一稳情绪，他想知道在这个女孩子身上到底发生了什么。

“我家里的情况你也知道，我那个一条腿的父亲简直不是个人。我受够了。有些话我只想对你说，可是我又怕。我想留在这座城市，想在你的身边，你是我的恩人。”张璐泣不成声。

“别难过了。”罗东明看着张璐把一枚晶莹剔透的苹果吃得干干净净，只剩下一枚精瘦的果核。他想她是个好姑娘，只有好姑娘才懂得节俭的意义。

张璐在罗东明的店里住了下来，帮他打打杂。她的想法几个月后变成了现实，学院路上的大学录取了她，与其说是选择了心仪的学校，还不如说她是冲着罗东明这个人来的。

起初，他们的关系普普通通，但当这个假期过完，情况就有了变化。张璐成了大学生，烫了头发，买了几件像样的衣服，俨然是罗东明心中爱慕的对象。他热爱年轻自由的灵魂，爱她们身上散发出的特有的青春气息。大三下学期，罗东明发现张璐交了男朋友，心里拧了个疙瘩。他是恨铁不成钢，又挑不出毛病。

有天晚上，学校宿管科打来电话，楼管阿姨晚上突击检查宿舍时发现张璐的床铺是空的。学校禁止学生夜不归宿，现在这年头，大学生外出同居，包夜打游戏，令学校头疼不已。前几日警察在校园里带走了一家副食店的小老板，好家伙，原来是个杀人犯，二十几年前在东北犯了事，手里有三条人命，现在竟然躲到了大学里。有的同学表示经常去他那里买水果，老板人挺不错，看不出是个坏人。这件事把学校吓得够呛，于是颁布规定，加强校园安全管理，学生外出，必须给辅导员请假，否则严惩不贷。

辅导员知道张璐在罗东明的店里打工。宿管科的电话打过来，罗东明正悬在舜耕街最大的广告牌上换标语。明天市里举办省运动会开幕式，各处都在营造氛围，今天管城市的人来检查，牌面上的一句话弄错了，少了个“的”字。句子读起来通顺，也没有语法上的毛病，但管城市的人说这不是市长的原话，指示连夜更换，确保明天运动员的车队经过时，要看到“预祝在省运会中江淮健儿取得优异的成绩”。罗东明吊在空中，离地面十五米的广告牌像一堵悬空的墙，上不着天下不着地，橘红色的灯光照着，他看起来像只爬在墙上觅食的壁虎。夜风送爽，罗东明的身体微微摆动，一股凉意浸透脊背。低处的人说：“老罗，电话，响了好一会儿了。”罗东明在空中挂着，回头说：“莫管它，干活儿!”这活儿他干了十几年，轻车熟路，就像给崽子穿衣服，或者包一个礼品盒。说不定过几天，一个电话又得更换。低处的人说：“七个未接电话了，说不定是哪个大老板照顾你的生意，莫错过了。”罗东明说：“谁打的，看不见我没手吗？替我接上。”低处的人握着亮晃晃的手机给他看：“陌生号码，我们可不敢接，说不定是店里的女学生晚上想你了。”

罗东明想到了张璐，让人把他从半空中降下来，站稳后拍拍手掌的灰尘，接过手机。那边又打过来了，很客气地问他是不是罗东明，张璐晚上没回宿舍，这事跟他说可以吗？罗东明连忙说是，可以。他真不知道为什么要答应辅导员对张璐严加管教，好像他就该对她负责。

绿岛距离学院有一千米远，他把活儿交代给打下手的人，一路小跑过去，顺路进店喊了球墩一起去。球墩说：“叔，我买了宵夜等你回来，干吗这么急呀，这个城市我姐比你熟，急啥呀，急也没用。”罗东明心里窝火，说：“你知道个屁，一个女孩子，万一遇上坏人咋办，电话打不通，你要不想去，拉倒。”球墩就跟着罗东明出门找张璐。他们先去学院路的小饭馆找，午夜时分，大部分门店都已打烊。他们又去KTV，球墩说，张璐不爱唱歌，肯定不会去这种地方。罗东明不信，掀开一个鬼哭狼嚎的包厢，撞在一个胖子身上。胖子的身体像一只啤酒桶，冲上来要揍他，罗东明不得不拿出一副好脾性赔礼道歉。他们把学院路上十多家KTV找了个遍也没找到张璐。罗东明有点灰心，问球墩咋办。

球墩打了个哈欠说：“叔，两点了，回吧。”

他们走在大街上，一群约有五六只野狗从草丛里窜出来，为首的是条杂毛犬，被吓到了，退后几步朝他们狂吠。一群狗昂首挺胸都叫了起来。罗东明趿拉着鞋，两条腿软绵绵的。后来，他们往绿岛的方向走，罗东明看到一颗大星星掉下来，接着好几颗划过黑夜，一闪而逝。

夜色抖了抖。他远远看见一个黑影摇摇晃晃向他走来。近了，原来是一对情侣。男孩身材矮小，背着女孩，双手托住她的屁股，走得很吃力。女孩喝醉了，头枕在男孩的肩膀上，头发垂下来，铺在男孩胸口，两只脚横在前面。绿岛下的小径旁有灯柱，光线正好镀在她洁白的脚踝上，罗东明看到小巧的蝴蝶文身，先前复杂的情绪一股脑儿转化成愠怒，他很想揍那个男孩一拳。

“张璐！”他抓住女孩的胳膊。

“你们干什么？”男孩吃了一惊，身体剧烈摆动。罗东明确信她是张璐。为这个文身，他曾批评过她，说女孩子文身很不好，古代流放囚犯才在他们身上刺字。张璐反驳说很多女生都有文身，很时尚。他们第一次发生争吵，罗东明扮演了父亲的角色，说，你就不能学点好的。张璐说他是老古董，女孩子文身怎么了，他管不着。现在这个文身，让他认出了她。

“带她去哪了？”罗东明问。

“喝酒。”

男孩把张璐放下来，扶她站住，说：“我带她去岛上看流星，仙英座的流星雨。我们等了大半夜，结果张璐喝多了。”

罗东明看那男孩，一张年轻的脸，下巴上蓄着一簇浓密的小胡子，头发很长，一副少年老成的样子。他想也许男孩没有撒谎。

这时候张璐“哇”的一声，弯下腰在路边吐起来，很难受的样子。后来，她干脆蹲下去，两手摁住脑袋，一句话也不说。罗东明心疼她，由着她醒酒，可免不了要多说几句：“一个女孩子，喝的啥酒，夜不归宿，学校的电话都打到我这里来了。”

张璐醉醺醺的，问他：“女孩子怎么了？”

罗东明说：“女孩子不该像你这样。”

张璐站起来，把几丝头发撩到耳后。因为喝酒，她的脸有了几分风尘色。灯下看美人，更加妩媚动人。这显然是一次精心准备的赴约，化了妆后脸显瘦，假睫毛又弯又长，眼睛水汪汪的，唇彩是点睛之笔，在白皙的脸上留下一抹红色的魅惑。大学是最好的美容院，这时候的张璐已经从三年前的高中暑假中脱胎而出了。

张璐说："叔，我求求你，以后别管我了，我承受不起。"

罗东明把这句话搁在了心上，一有空就想。到底是他哪里做过了，让她承受不起。

大四寒假，这座城市落下一场薄雪。她很久都没见过雪了。她想起，故乡的冬天漫天飞雪，一下就是好几天，能把汽车的轮子陷进去。她的那位热爱美术的父亲，会给她做一架简易的雪橇，用围巾牵引着她在雪地里奔跑。校园里的学生像候鸟，天气一冷，差不多都回家了。这个在淮河边上的城市，气候一点都不宜人。橘生淮南则为橘，生于淮北则为枳，处在中国南北的分界线上，两边的便宜都沾不到。零下七摄氏度，北方会有火炉暖气电热毯，但宿舍里没有任何取暖设施，空气冰冷潮湿，被子能拧出水来。

大街上张灯结彩，节日喜庆的气氛热烈起来。张璐看见精品店里卖一种毛绒鹦鹉，会讲各种讨人开心的台词，新年愉快，大吉大利，欢迎光临等等，随便顾客挑选。她挑了一只"欢迎光临"挂在店门口，只要有人光顾，就会发出委婉的警示。店里的暖风机坏了，吹着冷气，空调开着，但温度总是上不去，气温差不多只有十五度吧。张璐后来想，那天她为什么要问一句没头没脑的话。她说："罗叔，罗阿姨不知道咱俩的关系吧。"

空气变得闷热。他俩是什么关系呢？

罗东明想不透了，总失眠，每天晚上喝点酒才能入睡，或者叫借酒浇愁，也不一定吧。

四、那人衔着一颗昂贵的假牙

海棠跟着继母走了。分析这个苦命女孩的经历就会发现，她五岁时母亲与人私奔，十二岁时亲生父亲劳改入狱，只剩下同父异母的弟弟白小宝与她相依为伴，是她最亲的人。她的继母后来同我们县一位开塘养鱼的人同居，她和弟弟被迫改名换姓，也就是说，叫爹叫娘朝夕相处的那两个人其实跟她没有半点血缘关系。这个情况勿再赘述，当那个男人从两条腿变成一条腿再坐上轮椅的时候，继母就开始了一贯的放荡生活。说白了，她就是个贪财好色的女人。当初嫁给大她二十岁的暴发户白勇是为了钱，后来又和养鱼人纠缠不清，是想在失败的婚姻里找回真爱，可惜失败了。她这样的女人会赢得什么样的真爱呢。据说她和养鱼人有过一段人尽皆知的早恋史，现在在一起了，却横着多出两个冒着鼻泡的拖油瓶，而那个爱她的男人也摔成了残废。

继母与养父的战争日益频繁，那个女人十分热衷化妆打扮，整日把精力全用在了涂脂抹粉上。在败掉两个男人之后，她的风骚依旧不减，裙子短得只能勉强包住半个屁股，有老奶奶就说了，她用的抹布都比那块料子大很多。还有，她的高跟鞋的鞋跟有半尺高，个子矮，所以要靠脚上的玄机解决身材的缺憾。有老婶婶说，她穿鞋就像踩着高跷，两扇屁股夹得紧紧的，活像发情的母狗。一个初谙人事的少年在跟踪了她一天之后，公然向众人宣称，这个风骚女人穿着一条红色的内裤，大小嘛，竟然像女生扎头发用的花皮筋。

这话被养鱼人知道了，他跳着一只脚站在水产店门前看着女人一步一扭走回家。他骂她骚货，丢光了老子的脸。女人嘴巴也不干净，再骚也是你们这些坏男人惯出来的，你们不就喜欢骚货吗？两条腿都没见你有什么好本事，现在这样子了，老娘陪你玩个屁呀。男人去打女人，她跑了，那些有钱的姘头还等着她回屋搓麻将呢。

十五岁那年夏天残阳如血的黄昏，养父遭到继母的羞辱钻进房间里去了。她家在县城的老街上，巷子窄，铺子旧，这里有座土城，据说当年皇皇大唐的一位将军抗击吐蕃的藩兵，斩下无数敌人的首级，现在这里总能挖出很多无头的尸骨遗骸。他们租住的是本地人的房子，巷口的街道上槐树长得十分茂盛，遮住了窗户，阴森可怖，到了晚上，能听见鬼叫。他家的水产店，把活鱼装进玻璃缸，然后往水里吹氧气。鱼还是会死，就像人吃饱喝足之后，仍然可能突然倒地不起。死鱼的价格要降一小半，北方人吃鱼不讲究，出手不成问题。海棠带着弟弟，把死鱼盛进筐子，搬到店门口。这些死不瞑目的鱼如果卖不掉，晚上会发臭，脾气暴躁的养父又会打她。眼下，她已是家的小劳力，洗衣、做饭、照顾弟弟，生意上也是个好帮手。

走过来一位外地来的老者，问她这鱼卖吗？

当然。她纳闷，鱼摆在这里就是卖的呀。

老者的个子很高，身材挺拔，他长途跋涉来到这里，背着一个她从来没有见识过的巨大的帆布背包，黑色的相机挂在胸前，他摘下墨绿的渔夫帽，风吹动满头的白发，像养父鱼厂里垂钓用的丝线。老者露出慈祥的笑容，问她，小姑娘，你叫什么名字？她心里怯怯的，犹如仰视一株高大的树。

“张璐。”

“几年级了？”

“今年上初三，有什么事吗？”她想让对方看到自己的勇敢。

“没事，随便问问，你家里人呢？”

她不敢回答。家里的事她不想对一个陌生人讲。

“要买鱼吗？一条十块钱。”

“哦，买买，这么便宜。”老者顺口说道。

“要剖掉吗。”

“你还会剖鱼？”

“当然了。”她骄傲地说，“刮鳞片、挖腮，掏内脏，谁不会干？”

“小小年纪你会做这些！这是你的弟弟吧。”老者指着旁边的小男孩说。

“是的，是我弟弟，卖了这筐鱼就是我的学费。”

小男孩被系在凳腿上，拿一把水枪在盆子里吸水。小家伙很调皮，吊着鼻涕，脸蛋皴得红扑扑的，穿着开裆裤。老者蹲下去逗他：“嗨，叫爷爷，你看这是什么呀。”他想给小男孩看看自己的相机，他一定没见过这么大的家伙。他对他昂贵的机器好像一点都不感兴趣，这个肮脏的小家伙真是可爱，很像在尼泊尔见过的小孩，眼睛大大的，眼神空洞，满怀期许。他不由自主地伸手去摸他。小家伙掉转枪头，一条水柱喷在他脸上，弄得女孩的作业本上到处都是。

女孩立刻做出反应。她抓住男孩，狠狠捶他的屁股。这个家里，养父发火时打她，她生气时揍弟弟，他们都在用同一种方式排解糟糕的情绪。

小男孩哇哇哭起来，嘴洞大张，把一点痛苦像高音喇叭扩散出去。“哎呀，看我这老头。”老者搔搔头发，不好意思地站起来又和女孩说话。

“要买鱼吗?”女孩问。

“买一些吧。”

“要多少?”

“一筐子全拿走。”

“要剖吗?”

“不用，不用了。”

夕阳的余晖落在巷子口，照在繁茂的槐树上，老者红光满面，银丝变成了金发，好像一下子年轻了十几岁。女孩始终想不起来老者后来是怎样把一筐鱼拿走的，没用人力车，似乎他是将竹筐抓起来，小跑着出了巷子。临走，老者满含深情地说了句谢谢，还说一定会寄照片给她。莫名其妙。

一个月后，女孩真的收到了老者寄来的照片，落款地址是安徽淮南。照片有两张，一张是关于她的。女孩从照片上看到了自己，看到了熟悉的竹筐，看到了写着“鲜鱼”的牌子，背后的巷子和水产店都模糊了，但是眉梢的痣很清楚，眼仁里的光十分明亮。她发现自己的眼睛很大，她从来没有觉得自己会和“漂亮”这个词联系上。

还有一张照片，很神奇，上面是一只展翅飞翔的雄鹰，或许是一只金雕吧，白头、黄喙、黑羽，伸开利爪，扑向大地。老者在简短的说明中写道，照片拍摄于尼泊尔卡帕山谷，那里距离喜马拉雅山脉很近，一抬头能看见圣洁的雪山。他给照片取名《天空的自由》。她喜欢这张照片，很多打动人心的时刻往往是在不经意的瞬间。一个花季的少女做起了屠夫，整天与鱼打交道，浑身沾满鱼腥味。目光涣散的死鱼令她崩溃，还有那些她亲手掏出鱼腹的腌臜之物。她发誓以后再也不碰鱼了，后来当她离开这个县城看见鱼就要吐。

她想逃生，不想做一条死鱼。

这张照片救了她，好像一扇窗户，她看到了不一样的世界。相比于死气沉沉的鱼目，鹰的眼睛犀利敏锐，一个活活的生命就在眼前。更重要的是，它翱翔在远方的天空，多么富有诗意和诱惑啊。她的出名是始料未及的。老者的作品获得国际最高摄影大赛普立策奖，她的照片也登上了很多报纸的副刊。关键是那行字，“卖了这筐鱼就是我的学费”，极具广告的煽动性。很多动了恻隐之心的读者写信打电话给编辑部询问她的状况，希望能帮她。一条腿的养父果然是个精明的生意人，虽然他的婚姻失败透顶，但面对商机脑清目明。而且，他总是大言不惭，将自己的不幸无限放大，包括对远在安徽的罗东明也是这样说的。

女孩在一身鱼腥味中读完三年高中。高考结束后的那个盛夏之夜，风有些凉爽。她第一次和养父认真谈论上大学的事。她的前途不光在于自己的努力，还被这个男人紧紧攥在手里。养父将对继母的一腔怒火转嫁到她身上，可是，一年前他再也不对她动手了，会对顽劣的小宝拳脚相加。养父对她格外关心，显然超出了父女的界限。有一次，她拽开自己小闺房的门，发现一条腿的男人夹着木拐，正在门后面对着她无耻地搓弄下体。她又羞又恼，可她只能当作什么都没看见。之后，养父更加肆无忌惮，经常做这样龌龊的事。鬼魅的脚步配合着木拐轻轻捣击地板的声音，当这声音停下来，她便知道一条腿的男人站在了门外。木拐会暴露他的行踪，她害怕极了。他站在那里，“啊啊”地呻吟。这时候，她就将那把小刀紧紧握住，握得手心里冒汗。

养父不怀好意。他说，你长大了，是吃家里的饭才有今天，大学考上考不上都是这里的人，刚到这家时，你瘦得像一棵烧苗的高粱，现在都多高了。带你来的那女人每天只知道往脸上擦粉，在外面勾引野男人，哪里管过你，还不都是我一条腿瞎蹦。你要是觉得我还是你父亲，就尽尽女儿的义务。你给我洗衣服，你给我换过衣服吗？我这一条腿，干啥事都不方便，一条裤子能穿三个月。

她不敢反驳，养父从来没有这样温言善语。她想讨好他，找了一条干净的裤子，说换上吧。男人的双手完全能够正常使用，他解开腰里的翻毛皮带，说你过来，帮我一把，我也享享我女儿的福。她向他走去，好像准备饲喂一头饥饿的野兽。那个男人从床边站起来，他一条腿竟然能玩“金鸡独立”，然后迅速把裤子脱掉了。她看见他的小腹下面野草丛生，无端想起整日被她剪开肚皮的死鱼，噘着嘴，泛着银白的光，红头绿尾的苍蝇在周围飞来飞去，她甚至嗅见了熟悉的令人恶心的腥臭之味。男人一跳一跳向她扑过来，她看见他干涸的眼睛里充满血丝，红巴巴的，两颗黄板门牙，牙缝里挤满黑色的烟垢，鼻子出奇大，生满了黑头，还有那只张大的嘴巴里绿色的舌苔，很像池塘水面上的胰沫。

那是个长期缺爱的可怜人，她想。对他的憎恶由来已久，如果那把小刀在手，她一定会毫不犹豫地横刺过去。她往死鱼一样的东西上猛踢一脚，男人犹如木桩倒地。鱼被开膛破腹，她想起了那只飞在尼泊尔天空中的鹰。

她总是把寄给她照片的老者和罗东明想象成一个人。她从甘肃的小县城来到淮南，真好，现在别人都知道她叫张璐。她是一名即将毕业的大学生。

宿舍里的女生到了大四都开始找工作了，穿上齐膝的一步裙和五厘米的高跟鞋，抱着简历，到处参加毕业招聘会。张璐在罗东明的店里做事，独来独往，女生们问她要不要考本地的公务员，或者回老家乡下当教师。她和她们泛泛交谈，嘴上打哈哈，自从见到球墩的父亲李金牛，一个想法就在她心里敲起了小鼓。

李金牛胆儿大，十几岁就到城里来混社会，从一个卖早餐的小老板起家，和别人合伙买下了淮南市倒闭多年的针织厂，二十多亩地。那时候土地资源还不被人重视，招拍挂的政策也没有正式颁布，做房地产生意全凭个人眼光。土地买对了稳赚，买不对值得跳楼，就跟买股票一样。李金牛一伙人就是在世纪初的房地产走上高峰前押上了一笔后来令他颇为自豪的赌注，当时和他们竞争的还有一伙陕西人，为了将对方赶走，他们在废弃厂区里进行了一场规模浩大的械斗，钢管、马刀、洋镐全用上了，跟古惑仔一样，两方势力展开拼杀。李金牛跟罗东明都在大别山长大，小时候一起放牛割稻，练了一身青筋暴起的肌肉疙瘩。而且他有钱，放话出去，给我狠狠打，没打死的送医院，打死了算我折一笔倒霉财。所以小弟们胆壮气盛，没几下就把一伙乌合之众打跑了，然后顺利将地皮收入囊中。赚了第一桶金后，他们又如法炮制，像母鸡生蛋一样挪窝儿。现在锦绣花园城就是李金牛的得意之作。

李金牛经常到罗东明的店里来。他看上了大学生张璐，之后来的次数就更频繁了。他是个轻浮的男人，头发梳得油光可鉴，腋下夹个黑色公文包，包里总备着一沓一沓的现金。有时候他会说：“嘿，小张，毕业了到我们公司，我养你。”隔天又说：“小张人漂亮，跟着老罗没出息，我给你二十万，给我生个儿子，改良一下我们老李家的基因。”他说这话从不避讳儿子球墩，那傻脑壳是他的心病，就知道玩电脑游戏。他创业之初，儿子还小，尚在襁褓里，他们一家人住在铁路边上，估计脑子上的一根弦被火车的汽笛声给吹断了，长大后不灵光了。

罗东明说：“去去去，兔子不吃窝边草，你就那点臭钱了。”

李金牛得意扬扬地说：“也是，穷得只剩下钱了。”他把皮包从腋下抽出来说，瞧瞧，这是登喜路的英国牌子，三千多块。他又亮出明晃晃的腕子说，看看，这是一款江诗丹顿的瑞士手表，七万多的原装进口货。还要再说时，罗东明打断他的话说，忘了当年你也是个卖茶叶蛋的，吹什么牛呀，白袜子黑皮鞋，和我一样都是乡下的土包子，人家小张是天之骄子的大学生，你高攀不起。

张璐腼腆一笑。虽说是开玩笑，但两个男人为她醋意大发却是真的。李金牛伸展胳膊打了个大哈欠，张着河马一样的大嘴巴，她看见房产商的下牙槽里镶着一颗青白的假牙。罗东明故意奚落他说：“嗨，兄长，你那枚假牙多少钱呀！”李金牛咋呼说：“没个三五万元买不来。”

那段时间，张璐害怕见到罗东明。他对她好，以至于有纠缠不清的感觉。未来在哪里，没人能知道。偏偏家里传来噩耗，弟弟小宝躺在医院的病床上，瘦得像一根狗啃剩下的骨头。他跟她流着二分之一相同的血液，要说世上的亲人，除了服刑的父亲白勇，没别人了。继母打电话过来，说小宝的命只有她能救下，十岁的孩子患的是尿毒症，需要换肾，县里的医院做不了，只能靠打针吃药维持，不让病情恶化，大手术需要到西京医院，费用几十万呢。继母说，她老了，这么多的钱，就是叫她去“卖”，也凑不够。继母已经没人要了。前年的时候，她跟一个有妇之夫睡在了一起，后来东窗事发被原配夫人抓奸在床，遭到了一顿毒打。她赤裸着身体被夫人的兄弟牵到大街上，脖项上挂着两只咧开嘴的破鞋，身上绑了胡萝卜、黄瓜、棒槌和擀面杖，情形跟披红挂彩相似。她羞臊地用手捂住下体，却把两只沉甸甸的乳房露在外面。还好这样的闹剧很快被居委会的人制止，但留下的影响却久久无法消除，在谈起当日的事件时，人们显得意犹未尽，极具感官的描绘，让未曾亲眼相见的人暗自饮恨，有点美术常识的人都把她想象成了圣母玛利亚的形象。当然，人们不可避免地联想起许多年前那场轰动一时的爆炸案，因为被人抓去游街的破鞋正是当年那起案件主犯的妻子。

继母哭哭啼啼，这女人果然善于运用身体。贫困已经击倒了这个家，现在张璐长大了，是可以依靠的力量。继母希望她在工作之后，很快筹集一笔钱，给小宝换肾，不看她的面子，也该想想这辈子永无出头之日的白勇，他就这一个儿呀。

张璐对那个家没有任何感情，想到一条腿的男人就好像闻到了恶臭的鱼腥味。父亲在她的心里是一抹彩色，她曾有过快乐的童年。所有的不幸都是从十二岁那年开始的。她想见见父亲。

绿皮火车一路摇晃了三十多个小时，第三天下午，她站在了腾格里沙漠边缘父亲服刑的那座城市火车站的广场上。一轮红日正浅浅地搁在远处寂寥的沙丘上。低矮的楼房和风尘仆仆的街道呈现在眼前，这是个陌生的地方，戴着白色礼拜帽的伊斯兰教民和穿着黑衣的汉人从狭窄的出站口涌出，在她面前渐渐散乱成大千世界里熙攘的过客。她感到从未有过的孤独，肠胃发出鸽子归巢一般咕咕的怪叫。

张璐找了家旅馆住下。第二天天不亮，她坐上店老板介绍的一辆顺路车去探望父亲。月亮惨淡，天空坠着三四颗星星，天地尽头有一条亮亮的轮廓线，笔直的公路把沙漠一分为二。晨曦微露，多么贫瘠的土地都将迎来阳光的照射。

父亲躲在玻璃后面，跟电视上的情节一模一样。他老了，秃顶，皮肤反倒更好，婴儿一般吹弹可破，眼袋耷拉着，眼球突出，仿佛一不小心打个喷嚏，眼珠子就会掉在地上。见到女儿，做父亲的势必要痛哭流涕，这是人之常情。十多年没见，当初的小姑娘出息成了大学生。白勇因生活的厚赐而泣不成声。他是高兴啊，语无伦次，反复说："你长大了，长高了，就是瘦，饭都吃到哪了。"

值班狱警通过音筒提醒她剩下三分钟时间。白勇问小宝的情况。他激动地说自己在监狱里表现好，已由无期减刑至有期徒刑二十年，争取减到十八年，七年后就能出狱，那时候小宝刚好成人。听到这里，张璐鼻子一酸，差点哭出来。垂危的小宝能否等到七年之后父亲出狱的那一刻呢？

但是她还是决定告诉父亲生活的变故。给他的伤口上撒盐，在他的心脏上插刀，看到他痛苦她才开心。张璐说，假设七年之后小宝还活着，你出狱也是穷光蛋一个，哪来的钱给他治病。他要换肾，知道吗，换肾！

她转身走了。父亲白勇惊讶地长大嘴巴，两行老泪流下来。

几天之后，张璐回到淮南。校园里的梧桐树下，即将毕业的学生们将四年来积攒的生活用具摆出来向学弟学妹兜售，这些东西带不走，弃之又可惜，真正的鸡肋。他们称作"跳蚤市场"，有很多东西，比如考研用过的书籍、笔记本电脑、随身听、小风扇、台灯、衣服撑子、半新不旧的球鞋、茶饭缸子等等。校外的阿姨专挑这种在学生眼里一文不值的东西，转手就卖给了城里干活儿的农民工。张璐卖光了自己所有的东西，然后在阿玛尼店买下一件打五折的青色纱裙。回到宿舍，她洗了澡，换上新的内衣裤，穿上裙子，化了淡妆。她觉得自己正在做一件无比高尚的事业——去见恩人罗东明。那一刻，一种奇妙的感觉让她年轻的心怦然跳动，她想，如果罗大将要她，她愿意献身给他。

张璐一点也没想到那个穷酸的画家小子，尽管名义上他是她的男友。管不了那么多了，她对他只有感激，谈爱情有点儿勉强。她要报答她的恩人，这时候，是该做个感情上的了断了。

她不由想到，城市里的人真可怜，男女约会无非就是那些地方，在不同样式的水泥窟窿里喝茶、喝酒、吃饭、唱歌、蹦迪、洗浴，毫无新意。所谓的夜生活，就是把白天结余的精力和情感甩干净，整得人困马乏，找个出口爬出来，好像钻过了夜晚的重生之门。她约他在洞山宾馆一楼餐厅见面，这样，吃完饭可以足不出户，在楼上要一间客房。张璐没有给他打电话，而是用他们惯用的联系方式，在 QQ 上留言，告诉见面的地址，至于原因，她没有说。

他一定会来，她知道自己在罗东明心中的地位。她提前十五分钟到，找了靠窗的位子坐下，服务员上来询问她要点什么。她说，等会吧，我在候着一位先生。她没有任何不适的感觉，老练的语气连自己都惊讶，或许她天生熟稔男女之事，喜欢把他们玩弄于掌股。趁着间隙，她伸手在旁边的报刊架上拿了一份报纸，是《淮河早报》。大约在八年前，她的照片曾刊登在上面，随后她的命运发生了改变，要不是后来遇到那些男人，她的前途命运恐怕要葬送在甘肃老家的小县城，大好年华要以杀鱼为生，还要被一条腿的继父当成性幻想的对象，整日担惊受怕。她想起一生热衷于拍摄鸟的老者，未及见第二面他就死了，脑出血，一个人跌倒在家，死了十天后尸体开始腐烂，周围邻居闻到一股奇臭才报了警。这些都是罗东明告诉她的。后来他唯一的小儿子从加拿大飞回来处理父亲的后事，把他拉到洞山后面的殡仪馆里烧掉，装进一只松木匣子。办完这些，那个说话夹杂着洋文的矮个子男人在网上定制了四个大木箱子，将父亲的遗物挑拣了一部分打包托运到他工作的温哥华市布利斯小镇，其余东西统统当作废品，按斤论两卖掉，包括在老者在尼泊尔拍摄的那张鹰的照片——《天空的自由》。

报纸的内容空洞得要紧，副刊一个整版全是治疗男女不孕不育的广告，好像这社会男人女人已无法正常诞出下一代了。还有球墩父亲李金牛锦绣花园城的售房广告，他现在事业发达了，有了钱，可以随心所欲地做一些事情。后来，中缝的一条简短的招工启事引起了她的注意：

成都华锟教育咨询有限公司招聘，外派尼泊尔文员翻译 2 人，统招大学本科，英语相关专业本科毕业，具有较强的沟通能力及交际技巧，吃苦耐劳，能适应长期高海拔山区工作，工资面议。

城市上空放响了烟花，不知谁家办喜事，礼花足足炸了十分钟，深紫色的夜空留下一卷一卷的烟团。罗东明终于来了，他进门时左顾右盼被保安拦住。张璐站起来向他招手，保安以貌取人，看见美若天仙的张璐，便傻乎乎笑了笑，连一句道歉的话都没说。

罗东明穿着工装服，衬衣是刚换的，领口洁白。张璐认真注视着眼前人，他并不显老，四方脸，浓眉，眼睛明亮。几日前小瑛抓伤了他的脸，血痂子掉了，新肉长出来，还有几条粉红色的印痕，有点像斑马的脖子。他们面对面坐下。他看张璐，简直不可思议。

“你真漂亮。”他赞美道。

“谢谢。”

“这里的饭菜很贵，有什么事须要到这里说？”

“我买了新裙子，从里到外穿得都很干净，就是为了见你。我想告诉你一个事实，我一直把你当父亲，我去白银监狱探望我爸，除了他比你老，其他感觉一模一样。你收留我这么多年，从我十五岁你给我写第一封信开始，到现在，我都大学毕业了。二十三岁的女人，也许身体是最成熟的。”

“我明白。”他低下头，红着脸，老男人的腼腆和羞涩简直比一场凄美绝伦的爱情电影还要令人感动。

“那么，”她说，“报答你也许只有一种方式。”她看见他在流汗，她完全占据了谈话的主导权，在这个昔日的长辈或者店主面前，她保持着不知哪里来的信心。“我知道你也喜欢我，这没有错。不过，不要再叫小瑛阿姨抓花你的脸，否则我跟她急。”

一位鼻子整得像芭比娃娃的女服务员走过来，问是否点餐，她已经在旁边站了很久。张璐说来两杯咖啡。很快，一只托盘托来两个小瓷杯，空气里飘着一股淳郁的香气。服务员对罗东明说，先生，您还可以点别的。张璐抢话说，不用了，晚餐已经用过。服务员拿出小票说，一共一百零八元，谁来买单。罗东明欠欠身体，从上衣口袋里摸钞票。

他抢着付钱，把粗糙的大手暴露出来。那是一双劳动者的双手，指甲缝里残留着黑色污垢，指头上粘着顽固的颜料、液体胶，洗也洗不掉。张璐抓住他的手，他想退缩，她不给他机会溜走。张璐熟练地用微信支付费用，等芭比娃娃走后，她接着说：“罗叔，今晚上不回去了吧，小瑛阿姨会不会找你？”

“也许会吧。”他说得一点也不坚决。

罗东明捏住张璐柔软的小手亲了一口，然后贴在自己脸上，就像一位绅士向他的新娘求婚那样。更深的沉默笼罩着，这样的餐厅经常用来开办大型宴会，没人来此只为喝两杯咖啡。今天运气不错，周围没有别人，环境很清雅。就他俩，谁也不说话，打破沉默者必须要做出是去是留的决定。

这时候，罗东明的电话响起来，果然是小瑛。他起身走到另一个餐桌前接听。小瑛问他在哪，罗东明说在外面吃饭。小瑛说，跟谁？他说，和几个生意上的朋友。小瑛说，不许喝酒。他说知道了。女人在罗东明面前一贯强势，说话嗓门大，张璐听得很清楚。

他回到餐桌旁坐下，心里有点毛。张璐面带苦笑，正剥着指甲。他们喝干桌上的咖啡，走出餐厅，外面微风醺面。头顶传来一声爆破，一朵又一朵的烟花在夜空炸开，犹如天女散花。那些璀璨的花瓣不会飞向人间，张璐纱裙上落满了黑色的土。她紧紧挽住罗东明的胳膊，也许这是他们许多年里挨得最近的一次。

回到宿舍，她在卫生间里照镜子，把自己好好打量一番。姐妹们问穿这么好看和谁约会，是不是那个小画家。她说去找工作，参加面试打扮得漂亮一点。姐妹们追着问是哪个单位，她神秘地笑了笑说，暂时还不能确定，所以先保密。她心里说不上遗憾还是痛快，但有一点是肯定的，那就是她再也不用去罗东明的美工店做事了。她躺在床铺上想给他打个电话，最好是在 QQ 上聊聊，不要让小瑛知道。拿起手机，上面有条十分钟前罗东明发来的短信：

我这人嘴笨，有的话不会当面说。请不要觉得欠了别人就非得知恩图报，或许有的人根本不求回报。这个社会很复杂，学会关爱自己，我既不是你的父亲，也不是你的兄长，所以有时候真的无能为力。以后去了什么单位，请尽快告诉我，等着你的好消息。你是一个好姑娘，好自为之。

她像做了错事的孩子，有很多话想说，最后却只发了五个字：知道了，罗叔。

五、我想我是个画家

离开海棠，日子有些艰难。首先是我彻底失去了生活的依靠。以前，她的宿舍离我租住的画室很近，出了校门，沿着校园围墙走正方形的两条边，街对面有个叫花田庵的城中村。我在姓徐的老妈子家租了半间没有窗户的房子，卖画谋生。徐妈的房子等着政府拆迁，所以加盖了很多蓝色的泡沫板房。人在上面走总感到地动山摇，隔壁屋里的小两口晚上干那事，我能清楚数出小伙子一晚上晃了多少个来回。海棠不喜欢来我的画室，主要嫌脏，红黄蓝绿青粉紫的颜色涂抹在画布上，如果你不认为那是一幅画，真的比屎还要恶心。有次我们把蚊帐摇得散了架，一直从床上滚到地板，打翻了画夹和颜料，后来安静下来，才发现我们的身体五彩斑斓，简直就是两头在泥水里打滚的猪。从那以后海棠就不愿在我的画室多待哪怕五分钟，她经常会从学校的食堂里打一份盒饭送到楼下，然后打电话叫我下来取，当然更多的时候是给我的微信上转几十块最多一百块零钱，告诉我自己买饭，别老是吃泡面，把自己关在房间里，画没成名，先成了疯子。我说只有把自己逼疯了，才能画出好作品，艺术这玩意儿都是靠自我折磨寻求创作的突破。

现在，海棠不在了，我不得不每天跑到外面吃炒粉，淮南的牛肉汤很有名，加两个烧饼可以美餐一顿。可是，慢慢地，这样清苦的生活也有了问题。上次卖画已经是两个多月前的事了，那时候海棠刚走，就有一笔生意找上门来，是一个自称潮汕人的书商，准备在师院门口开店，看上了我的两幅作品。他是通过微信关注我的，然后问我朋友圈里发的那些油画怎么卖。他叫我画家，我很开心就给他打了五折，一幅画卖了一千元。成交后多嘴问了一句，准备把画挂哪，他说洗手间里，为了提高文化品位，让读者随处都能享受艺术的熏陶。我当时真的很生气，这不是亵渎艺术吗？我故意说，给他换个卡拉乔瓦的水果静物，这样蹲马桶的时候既能受到艺术的熏陶也能激发他的食欲。书商气得改用家乡话骂我，呜里哇啦一句也听不懂。

我将这件事告诉了海棠，她说我的脾气太杠了，卖出去的画由着人家，管那么多干吗。我们通过微信交谈，她说刚到尼泊尔加德满都，什么都还不适应，公司要开展一个月的岗前培训。我问她具体干什么工作，她没有回答。我发视频邀请，她挂断了，回复说信号不好，而且太费流量，有什么事发文字。

我以前从未了解过这个国家，上网搜索，百度词条里这样解释：尼泊尔，南亚山区内陆国家，与我国西藏地区接壤，国土面积狭小，有两千五百多万人，大部分国民从事农业生产，世界上最高的十四座海拔超过八千米的山峰尼泊尔独占八座，是世界三大宗教之一佛教的发源地。这里有个奇特的婚俗，尼瓦尔族女人一生至少要结两次婚。女孩子会在童年时期选择嫁给一枚青色的贝尔果，被称作“果实婚”。即使成年后和真正的男人生活在一起，这颗坚果都要陪伴她们一生一世。

我每天都担心海棠在那边过得好不好。

徐妈找我要房租。最近，花田庵要拆迁了，一些大型机器开了进来，村子四周围上了钢皮护栏。徐妈一双眼睛盯不过来，怕我们这些外地人跑路，便在大门廊里拴了一条狗。夜里有人出入，那狗就忠诚地欢叫起来，可还是叫隔壁那对青年光着脚板溜了。房里的东西不值钱，就一床烂被子，可他们不知使了什么迷魂术，跑的时候竟然把看门狗都偷走了。徐妈大发雷霆。据她说，那条狗在狗市上能卖两千元，是当副区长的表弟送来的。以前它过得也是上等狗“锦衣玉食”的日子，只因副区长老婆死了，找了个年轻的模特填房，这条狗咬伤了女主人的腿，闯下大祸，差点被炖了。

徐妈气势汹汹地打开门，掀掉被子，那会儿我正穿着一条裤衩午睡。她这个年纪的女人，天热总是不戴胸罩，那两坨肉随着手臂的摆动一甩一甩。她质问我什么时候给钱，别想跑。我说我不跑，假如我跑了，留下来这些画也太便宜你了。徐妈吐了一口唾沫说，谁看上你那些破烂玩意儿。我说一张画能顶半年房租。徐妈说，少在这耍嘴皮子，你还欠着我四个月的房租，到了后天正好是一千二百元，什么时候给。我说我没钱。

徐妈气得原地转了个圈，环视一遍，发现房间里除了画和一些简单的生活用品之外确实什么也没有。徐妈说，你他妈真不要脸。我说我怎么叫不要脸。徐妈说，你以为我不知道，你就是靠那个小妮子养着，这段时间她不来了，你连房租都掏不出来，你以为你是达·芬奇还是毕加索？

我说，你说得对，但请别骂人，我给你钱就是了。

我不得不找海棠要钱，画出不了手我也急啊。她微信转来一千元，我说要是手头紧就算了。她没有回。

就在徐妈的脸阴转多云的那一刻，我决定好好赚钱，等着海棠回来。我们要在这座城市买一套房子。当年她考上大学，我追随她来到这里，不就是为我们能永远在一起吗？只要我足够努力，就会攒一笔钱。她说尼泊尔那边工资高，一年能挣十万块。到时候，我们把各自的钱和起来，差欠部分可以申请银行贷款。有了房子我们就结婚，再也不用寄人篱下受这番窝囊气了。

当然我想着赚钱还有一个更重要的原因，那就是我必须得活下去，不至于饿死。我背着画夹拎着小马扎去市中心最繁华的商业街给人画像。这活儿轻松简单，不用费脑子和自己较劲，只要把人脸画得像，那些俊男靓女并不关心自己的喜怒哀愁。一幅画可以挣二十块钱，而且速写只需要十分钟就能完成。

那一天，我回到花田庵，画室里的油画被徐妈统统扔了出来。为了卖钱，我刻意临摹各种世界名画，尤其喜欢画谢楚余老师的《陶》。我只画少女的上半身，因为她的模样跟海棠很像。可是那天，画片像垃圾一样被那个老女人扫地出门。少女的脸上被人踩了个大脚印，我也无家可归了。

我租下在淮南四年来的第二处房子，是一个老旧的家属楼，一室一厅一卫，带四个平方米的厨房。我看上这个房子的最大原因在于价格便宜，一个月也是三百块钱。房东是个加拿大的华人，房子空置了好几年了，一直没租出去，后来托给中介打理。中介商说我很幸运，那些个假洋鬼子花得都是美刀，这点儿小钱不够饭后给小费，也就是想找个人看看门而已。

那是一个安静的住处，楼上楼下的邻居很少碰面，这点我尤其喜欢。楼道里灯坏了，物业总不来修。到了晚上夜深人静，会有些奇怪的声音。好像是从楼板上传来的，仿佛竹竿儿弯曲发出的“梆梆”的声音，有时候又像是一枚弹珠落地滚动。我用被子蒙住头，仔细听又能听到生锈的管道在滴水，犹如时间一秒一秒跳过去。还好，到了早晨阳光明媚，我便又背上夹子出门给人画像。

一件事情教训了我。那天，两个妖媚的女人让我画速写人像，画好后她们左瞧右看，嘿嘿地笑，说画得还蛮像，把自己画漂亮了。她们赏了我两百元，问我画不画人体。我说画，这个贵，太费事了，画者和模特都必须调整出最佳状态，作品才能神形兼具。我是从专业角度讲的，没想到那两个女人痛快地答应了，说一幅五千元，给她俩一人画一幅。

我想到一万元差不多能买一个平方米的房子，就同意了。可是当我到了她们的住处后很快就后悔了，她们的要求简直令人尴尬。那是一幢我从未见过的豪华别墅，男主人不知道是干什么的，但看得出他对绘画艺术无比热爱。墙壁上挂满了欧洲文艺复兴时期的名画，虽然是仿品，但都价值不菲。那两个女人像姐妹一样，洗完澡披着白色浴巾款款走来，她们身材和皮肤都很好，裸体像两个大白瓷瓶，不停变化出各种风骚的姿势。我要根据光线和背景环境指挥她们，没想到其中一个女人竟然要求我把衣服脱掉为她们作画，说这样可以再多付五千元。我想了想还是认了，反正这里就我们三个人。可是这两个狐狸一样的女人在我的身上又抓又挠，她们一点儿都不像是要画画，反而用笔在我的身上涂抹颜料，嘻嘻哈哈地说画家原来也是个男人啊。我实在忍受不了她们的撩拨和戏弄，便拿上衣服跑了。我听见她俩淫邪的笑声在巨大的客厅里回荡，好像在说："咦，原来是个卖艺不卖身的小棒子。"

回到新租的房子，我反复回忆着那场梦幻般的遭遇。两个妖精一样的女人，令我对海棠的思念更甚。两个月了，她走的时候是七月初，现在都到了九月份。那天中午，我和她在洞山宾馆楼下吃了一顿简单的午餐。点的是两份加了糖和花生酱的凉皮，吃了几口不合口味就都剩下了。海棠急着要走，我说坐会儿吧。海棠看了一眼手机说，赶时间。我说，最后的午餐，舍不得你。海棠说，你需要一个人生活，还是那句话，找个事干着，别把自己废了。我把那幅画从挎包里拿出来给她。我说也没什么相送，像我这样的人就会画张画。那是一张画布，用塑料袋裹着。海拿在手里正反看了一下说，我爸爸年轻时也画画，不过他画的是素描，而你画油画。她说得异常平静，好像她的父亲白勇一直陪伴在身边。我说，不打开来看看吗？海棠说，时间来不及了。我说，你知道画的是什么吗？是一朵花，秋水海棠。海棠噢了一声说，我还以为你画的是我。我说，到了尼泊尔，找个木匠做件相框，把画镶起来，窄边的，用白色油漆，这样风格上更搭。海棠把画塞进背包的侧兜，看了一眼手机说，时间不早了，我们走吧。

我们乘坐机场大巴，很快到了新桥机场 T2 航站楼。我们最后一次拥抱。我以为分别时她会哭，可她竟然没有。我正难过着，从另一辆大巴上哗哗啦啦下来一个旅行团，苦短情长的悲伤气氛被弄得荡然无存。女导游拿着小喇叭绵绵地说着话，大妈们穿着水红色的速干服，墨镜、毡帽、手机自拍杆，都是很专业的装备。她们吵吵嚷嚷，一拥而上。我把背包递给海棠，她斜了斜身子背上，一转眼就被卷入人流中。我们甚至连告别的话都没来得及说。

十五天后，我放弃绘画，从事了一项之前从未设想过的职业：空调安装。

帮人画像挣钱太慢，有时候一天画一两张，还要和人讲半天价。这样计算，等海棠两年后从尼泊尔回来，我恐怕还是个一贫如洗的穷光蛋。别说买套房子，连目前的生活也无法保障。像我这样的穷小子，只有把钱赚到手，才能跟海棠讲关于我俩的未来。我很快就找了个安装空调的工作，由一位老师傅带着，每天爬到窗户外边，安装一台空调给我的提成是八十元。差不多每天能安装两台，情况好的话能做四台。

那天，我坐3路公交车去锦绣花园城，经过绿岛，以前海棠打工的店被警戒线围了起来，还站了很多警察。交警疏导车辆，公交车不允许在站牌停靠，报了个站名就开过去了。我去的那个客户住在二十五层，我想以后我们买房子就买这么高，站在飘窗前能看见洞山，看见绿岛，能看见半座城市。那户人家姓李，留了电话号码，我们一般不问他们具体名字，都叫某某先生或某某女士。李先生的家装修很高档，客厅里整个墙面做成高级灰的电视墙，四十八寸的家庭影院，米黄色的真皮沙发，简洁的实木家具，一些摆件和饰品都是别出心裁。我很喜欢这种风格，叫北欧情调。

角落里安装了中央空调。李先生不在，只留了一位大约四十岁的保姆。我问新空调装到什么地方。保姆说主卧室。我说有一台中央空调完全够用，不必这么浪费。保姆说，女主人准备诞孩子，怕冬天冷，今天她正好不在，和李总一起去医院做孕前检查，赶紧装吧，人家不差钱，不要等回来了还把房间弄得乱七八糟。我说，我就是随便说说，没别的意思。

师傅先进卧室开孔，就是在墙体上钻一个洞，把几根管子抽出去，让里外的机器连通起来。这时候一个陌生电话打了进来，我向保姆示意抱歉。那边一个冷硬的声音问我是不是胡小可。我说是的。那边说他是市刑警支队的吴警官，有个案子需要协助调查，问我有没有时间。我被搞得莫名其妙，说我在安装空调，这会儿正忙着。那边说，中午十二点前到公安局刑警大队。我说，我到底犯什么事了。那边说，你认识张璐吗？我说认识，我女朋友。那边说罗东明死了，不排除他杀的可能。我说，怎么会呢？

保姆用纸杯倒了水，递到我手里。她是在催我。保姆说，你们不知道，李总对这个女人可好了，人家年轻又长得漂亮，这几个月一直叫我给她做瑜伽训练，还要做营养膳食，调理身体，每天读书、听音乐，有钱人为生一个孩子真是花费心思，就差把大学教授请来了，你还不快点，把活儿做仔细，万一有个投诉，你这趟就白来了。

我心里乱嚷嚷的，像有无数只蚂蚁在爬。罗东明怎么会死呢？他是个好人，这些年来是他一直在偷偷帮助海棠。一个好人怎么会死？之前我曾想，在我和海棠的感情里，他是必须死掉的，现在他竟然真的死了。我四肢麻木，脊背发凉。走进卧室，师傅已经把墙钻了一半，正在用铁榔头敲打环形钻头，以便把吃进去的石柱吐出来。师傅见我进来，找出那根手腕粗的绳子将我拦腰拴紧，保姆打开窗户，一边说小心，一边和师傅把我从窗户外面吊下去，就像往井里吊一只打水的木桶。

我的脚踩到墙沿上，立稳了。师傅递给我电锤，把绳子一头死缠在腰上，然后蹲下去，用身体卡在窗台下面吃住劲。保姆不忍心地说，哎哟，下苦人真是不容易。师傅说，我年轻时跟他一样。

我在窗户外面悬着，露出半个头，抬眼就能看清楚整间卧室。我还想着罗东明，却看见挂在床头的那副油画，太熟悉了，白边窄框，画的是一朵白色的海棠。那天天气晴好，二十五层距离地面大概有八十米，风在楼宇之间穿梭，呜呜咽咽。我想起我和海棠第一次亲近的情景。

那是她考上大学的那个暑假。她住在我们县城的康王巷里，打开窗户，伸手能摘一束清香扑鼻的槐花。她被一条腿的男人关进房间，我像勇敢的王子去救她。我从窗户里爬进去，她正趴在床上哭鼻子。见到我，她可能想起数年前似曾相识的美妙光阴。她是一个遭人嫌弃满身鱼腥的女子，也许在我们的童年，就结下了不解之缘。我说，你还不如去找罗东明，出去打工总比杀鱼要好。你高考分数上线，而我差得远。我苦笑一声，也许这辈子都与大学无缘，只能画画，但我一定会来找你的。我和她躺在床上，好像那时候已经不需要山盟海誓，我们唯一能做的就是紧紧搂在一起，然后忘情地亲吻。一切都在不由自主地发生着，那样美好。后来，我躺在她的怀里，像个婴儿咿咿呀呀哭泣。我嗅见一缕清苦的槐花香。我是因为感动，泪水又咸又涩。我看见门缝里小宝一双纯澈的大眼睛，正好奇地注视着我们。

尼泊尔小孩，我突然想。

那副油画挂在女主人卧室的床头，像一块墓志。

有风吹过，我在空中剧烈地摇晃起来。保姆惊叫，哎哟，你怎么哭了。我说，我没哭，我只是在流泪，也许是一粒沙子掉进了眼睛。

（原载于《飞天》2021年第一期）

后 记

我曾在新窑乡下待过一段日子，小独院，秃秃的五间大平房，红瓦洋瓷，周围是一圈漆成白色的铁栅栏。

新窑盛产煤炭，这院子就在公路边上，每天晚上运煤卡车呼啸着从门前驶过，窗户被震得嗡嗡作响。除此之外，夜晚一点儿声音都没有，要有，也是因了我而触发的，有时候反把自己吓一跳。那段平静的日子十分短暂，回忆起来却很特别。夏天的夜晚，我用水龙头上清凉的自来水冲脚，到了冬天，卧房里会有一盆吼吼的炉火。乡下的夜色总是美好，有月，或者星云璀璨，而我的桌灯始终是昏暗且陈旧的。

这样的时刻，我开始了真正意义上的文学创作。怎么说呢，彼时我已三十岁，过了夸夸其谈的年纪，对一些人生的道理有了切身的体会。于是，我把注意力从那些荒唐的、缥缈的、虚荣的事物上转移开来，寻找心灵中聊以慰藉的东西。当时我有一个强烈的想法：与其个体努力的价值要通过别人带有偏见的肯定来实现，不如找件自己可以做主的事情干上。时隔多年，我给当初的想法总结出一个宏大的人生命题：活在别人的手心，不如自己攥紧命运。命和运，我只相信后者。

文学是最自由的心灵表达，无需别人掺和，一个“我”即是一场修行。生活的常态是遗憾和不断制造遗憾，只有文学世界的营造才能尽善尽美。这着实令人向往。我几乎是憋着一口气开始写作的，妄想告诉人们那个年纪的我对命运的理解，可笑的是，不久我便陷入了一场灾难性的文字泥淖。文无定法，但“千万别试图告诉读者什么”这句话我为什么不能早早地领悟呢。恐怕以当时的心智，与生活层面紧张的关系，只会让我走火入魔，迷失方向了。

年龄的成长和写作的成长不成正比。我属于晚熟的一种。我要感谢三十岁的那次挫折，当年珍若生命的机遇，搁到现在我连嗤之以鼻的兴趣都没有了。要不是遭此变故，我的生活必将走向另一个令我苦不堪言的方向，现在想来，一身冷汗。所以，我认为，任何一个匍匐在文学道路上的人都是幸福的，因为很多人的一生，都无法感知这种独特的生命创造的乐趣。孤独是其最主要的成分。

第一部令我满意的作品是中篇小说《磨窖》。它让我重新理解了“文章本天成”的古语。那是一个偶然的机会，给我装修房子的表叔讲起家乡的故事，黑河流域的泾川县茜家沟村，我的外公和他的父亲去陕西凤翔寻亲，从上百里路上拉回来一盘石磨，累得吐了血。当时听他一讲，我马上意识到这是一个很好的小说题材，于是动笔，很快就完成了初稿。记得给小说画上句号，已到了凌晨两点。很多画面在脑海中反复出现，兴奋得难以入睡。小说中的情节好似我亲身经历过一样，靠着想象，我在故乡陌生的土地上漫步游走，与父老乡亲说话，观察他们的一颦一笑。这种感觉之前从没有过。月光下，我真切地听见一声凄惨的猫叫，之后才陷入昏昏睡意。第二天是正月初十，我拿着稿子去赶回城的班车，误了点。我夸张的动作吓到了蹲在巷子口的一条狗，于是，我追着班车跑，那狗追着我跑。路边的人停下来看我，呵——那一个疯脚瓜手的人。接着又写了《解药》，一个瞎编的故事，写着写着就跑偏了，童年是人类的父亲，我对童年最初的记忆停留在黑河边上，后来我们举家外出，离开故土，在百里之外安营扎寨。这篇小说中，我把故乡的土地城镇化了，在我情感深处的童年，这两个地方早已融为一体，难以分割，它们都是同一个叫作故乡的地方。《紫荆花开》的原型是发生在我的家乡的一起骇人听闻的真人真事。一位愚昧的父亲，为和同村的寡妇结婚，毒死了一双亲生儿女，然后毁尸灭迹。萌发就此题材创作的想法时，我正在新窑的山间植树，漫山遍野开满了紫荆花。紫荆的花语是骨肉情深。那一刻，阳光下我有一种负罪感。故乡不只有美好的记忆，亦有一群鳏寡孤独和疯傻痴呆。我逃离了他们，我是幸运的，但是，我就能丢下他们不管吗？我写《四喜》，是听闻了很多与之相关的故事。四喜确有其人，在我现在居住的县城里他是一个知名度颇高的人物。之前我从没想过要把他写进小说。我在大概七八岁时，就认识他了，那时他也差不多七八岁。有一天我在街上遇到他，仔细观察了一番，发现他老了，于是我知道自己也不再年轻。他像一面镜子反照着我，刺激着我，我想他在故土之上老去，而我只能在故乡边缘游荡，我明白了土地对一个人的重要，尤其是写作者，没有故乡，他们作品无根亦无魂。如此，写《安口》就是情感的自然延续了。我又一次回忆起童年，及至少年时代。三十多年前，我的父母从农村走进城市，拖儿带女，它们身上肩负着某种时代的使命。离开养育了好几辈人的土地，放下春播秋收的手艺，在陌生的城市开疆拓土，安家糊口便是他们首要解决的难题。时至今日，我依然会想起父亲的工厂车间里散发出的诱人的黄油面包的香味，所以我尽量贴近记忆去写。艰难的岁月是我进行文学创作的宝藏。人情世故，冷暖自知，为了体面地生活，反倒活得更加不体面了。最后说说《风中贝尔果》，这是换了一种风格的写作尝试，多角度叙述，讲两个孩子向往远方，逃离故土，从县城的小地方走进大城市，多元化的社会价值取向，还能叫青梅竹马的两个人拥有幸福的明天吗？尼泊尔的尼瓦尔族女人一生至少要结两次婚，女孩子会在童年时期嫁给一枚青色的贝尔果，即使成年后和真正的男人生活在一起，这颗坚果都要陪伴她们一生一世。后来他们怎么样了，我也不知道。我能做的是叫她们保持单纯，但人各有命，我笔下的人物需要独立成长。这六部中篇小说写完之后，放在一起，便有了结集出版的想法。写作的过程中，虽然注重给予每部小说空间上的关联，但压根没去刻意设定时间上的顺序。从《磨窑》到《风中贝尔果》自然地生成一种潜在的文学逻辑，它们串联了黑水流域黄土地上人物的成长与发展，几代人的命运何去何从，竟有一个明确的指向。这是始料未及的，也算是本书的一个特点。书名费了好大的工夫。六部小说需要一个恰当的线索将它们拎起来，最先考虑用黑水的地名，而我自诩是一只白色的乌鸦，在故乡的土地上聒噪不止，由此想到“黑水白鸦”这个词，但始终都不满意。我认为，即使再平庸的作品，都要有不甘平庸的气度。于是，搔烂了脑袋想，终于有了现在的书名。

那是我写《格子》的短篇小说，讲一个胆小懦弱的男人出差回家，发现楼道的鞋架上搁着一双好像歌舞明星登台表演穿的那种漆皮鞋。他害怕撞见老婆偷情，便折返下楼，去公园里散步，然后坐在石凳上抽了半盒香烟。他想要是抽完烟再回去，那双皮鞋不见了，就当什么都没看见。可是烟抽完后鬼使神差又去小卖部买烟。巧的是，他正好看见一把尖尖的水果刀，于是就起了杀人的念头，回家直接把那个赤裸的男人给捅死了。

生活中我们总容易被一些本该一晃而过的事物迷恋。如果买烟的时候不曾看见水果刀，也许事情的发展又将是另一种结果。就如同我给这本书的命名，如果出版之前我没有注意到故乡凋敝的土地上猫已几乎绝迹，估计本书只能得前一个稍显平庸的名称。

为什么是猫？那是因为在我完成至今最满意的作品《磨窑》的夜晚，听到了月光下一只猫的叫声，也因为在《四喜》的故事里，刘庄被拆作废墟，一只黄眼珠子的黑猫跳上破败的屋顶，更是因为我写小说《格子》时突然想到，我们这个地方的农村，普遍流传着“猫奸狗忠”的说法。狗不嫌家穷，猫则不一样。猫易变节，做不到像狗一样对故园始终如一的坚守。

我就是这样一只猫。我故乡的土地夕阳斜下，屋舍破败。

本书成稿时我已离开新窑乡下三年多了，红瓦白瓷的洋房后面一百米便是黑河，下游八十公里处，河水流过故乡的土地，河的南岸是一个叫作茜家沟的小村子。我在那里出生，我对这方水土充满眷恋。三十岁之后我重新认识故土、故人、故事，匍匐在文学道路上的人不只需要物理意义上的故乡。

写下这段话，忠实记录我的第一部小说集诞生的过程。在此，特别感谢《飞天》杂志社以及马青山、阎强国、郭晓琦、赵剑云诸君，我在写作之初有幸遇到了一个好刊物，和一群清风高节的好编辑。

一只猫从黄昏走过，我便是那个猫先生。

（注：后记题目为《一只猫从黄昏走过》）

尚　元

庚子年初春于淋沐居